红楼随笔

安旗林　著

中国文联出版社

图书在版编目（CIP）数据

红楼随笔 / 安旗林著 . -- 北京 ：中国文联出版社，
2023.5

ISBN 978-7-5190-5047-4

Ⅰ . ①红… Ⅱ . ①安… Ⅲ . ①读后感－作品集－中国
－当代 Ⅳ . ① I267

中国国家版本馆 CIP 数据核字（2023）第 020577 号

著　　者　安旗林
责任编辑　蒋爱民
责任校对　吉雅欣
装帧设计　谭　锴

出版发行　中国文联出版社有限公司
社　　址　北京市朝阳区农展馆南里 10 号　　　邮编　100125
电　　话　010-85923025（发行部）　010-85923066（编辑部）
经　　销　全国新华书店等
印　　刷　三河市龙大印装有限公司

开　　本　710 毫米 ×1000 毫米　　1/16
印　　张　10.75
字　　数　280 千字
版　　次　2023 年 5 月第 1 版第 1 次印刷
定　　价　46.00 元

目　录

钻营能手——门子

　　文学名著《红楼梦》中有一个小人物，这个人无名无姓，书中仅按他从事的营生来称谓他的身份，他就是在应天府当差的门子。门子者门路门道隐喻也，文本中的门子虽说生活在社会底层，但却非老实本分之人，极具投机钻营之能事，他凭借自己的鬼机灵到处打探消息，就像专门寻找鸡蛋上缝隙的苍蝇一样收集各色人物的故事和隐私，拨弄是非，巴结权贵，目无法纪，伤天害理，坑害民众，并从中发现自己的上升通道，获得不当利益。

　　门子的故事集中发生在《红楼梦》第四回。但根据门子的自述，其实他在第一回中就已出场，那时他是集体出场的葫芦庙里的和尚们中的一个小沙弥，曾与《红楼梦》中另一重要角色贾雨村时空交集过，甚至是密接者，或许给雨村端茶倒水之类，认识不认识倒在其次，最起码混个面熟。就是和尚们炸供致火外溢酿成葫芦庙那场大火，不知道这个小沙弥在不在现场，是不是当事人？但是在第一回中小沙弥没有台词，没有特写镜头，连个路人甲都算不上，只有远景的镜头横扫过去，作为衬托背景，也就是能领一份盒饭而已。

　　只有小人物，没有小角色。无名无姓的门子，我们必须高看一眼。

　　有人说，《红楼梦》第四回"葫芦僧乱判葫芦案"是整个书的总纲，而总纲中的"护官符"则是理解整个红楼梦的总钥匙。而这把总钥匙是通过门子口中说出并呈给贾雨村的。如果说癞头和尚和跛足道人是《红楼梦》的理想中的导读和布局者，亦真亦幻隐性对应，贾雨村和门子也起到了同样的作用，是现实中《红楼梦》的导读和布局者。门子对于历史故事中社会结构与众生万象的角色意义等价于《风月宝鉴》中贾瑞的角色意义！

　　回到第四回。话说丢了官的贾雨村在贾政的提携下复授应天府尹，刚一到任就遇上了霸王薛蟠纵使家奴打死了与他争买一婢的公子冯渊一案。堂上冯家诉说了案发始末，言："案发后凶身主仆已皆逃走，无影无踪，只剩了几个局外之人。小人告了一年的状，竟无人作主……"雨村初来乍到，不知水深，听了大怒道："岂有这样放屁的事！打死人命就白白的走了，再拿不来的！"因发签差公人立刻将凶犯族中人拿来拷问，令他们实供藏在何处，一面再动海捕文书。接下来戏的主角换成了门子，雨村正要发签时，只见案边立着一个门子给他使眼色，暗示雨村不要发签。

　　原来在贾雨村发达之前，门子与雨村曾在葫芦庙有过交集，但也仅有交集而没有交情更没有故事，虽然作者能让门子从一开始就认出了雨村，却并不能让雨村认出门子，这种情况在双方地位相差悬殊时比较常见。门子发现新来的老爷曾与自己时空伴随过，心中窃喜，满脑子盘算着如何搭讪和巴结，以便夤夜苞苴，行动上却并不急着相认，他伺机而动，在等待机会，他要让手中的这点资源更有效地运用发挥最大的效用。现在门子认为机会来了，不仅仅要把与雨村的关系上溯到葫芦庙，关键是他要让雨村认为他有用，能帮助到雨村，从而奠定他在雨村心中的地位。门子看到了老爷初来乍到和水土不服，也不知马王爷长了三只眼，这时他果断出手，并用他认为至关重要的"护官符"作为晋见雨村的投名状讨喜。

一切都要按照预先的设计来。到了密室，门子忙上来请安，笑问："老爷一向加官进禄，八九年来就忘了我了？"雨村道："却十分面善得紧，只是一时想不起来。"那门子笑道："老爷真是贵人多忘事，把出身之地竟忘了，不记当年葫芦庙里之事？"雨村听了，如雷震一惊，方想起往事。门子的口气好大，完全不似奴才对老爷的态度，气质这块儿倒是拿捏得死死的！取得初胜后，门子乘胜追击。雨村因问方才何故有不令发签之意。这门子道："老爷既荣任到这一省，难道就没抄一张本省'护官符'来不成？"雨村忙问："何为'护官符'？我竟不知。"门子道："这还了得！连这个不知，怎能做得长远！如今凡做地方官者，皆有一个私单，上面写的是本省最有权有势，极富极贵的大乡绅名姓，各省皆然，倘若不知，一时触犯了这样的人家，不但官爵，只怕连性命还保不成呢！所以绰号叫作'护官符'。方才所说的这薛家，老爷如何惹他！他这件官司并无难断之处，皆因都碍着情分面上，所以如此。"一面说，一面从顺袋中取出一张抄写的"护官符"来，递与雨村，看时，上面皆是本地大族名宦之家的谚俗口碑。其口碑排写得明白，下面所注的皆是自始祖官爵并房次。石头亦曾抄写了一张，今据石上所抄云：

贾不假，白玉为堂金作马。（宁国荣国二公之后，共二十房分，宁荣亲派八房在都外，现原籍住者十二房）

阿房宫，三百里，住不下金陵一个史。（保龄侯尚书令史公之后，房分共十八，都中现住者十房，原籍现居八房）

东海缺少白玉床，龙王来请金陵王。（都太尉统制县伯王公之后，共十二房，都中二房，余在籍）

丰年好大雪，珍珠如土金如铁。（紫薇舍人薛公之后，现领内府帑银行商，共八房分）

门子进一步解释道："这四家皆连络有亲，一损皆损，一荣皆荣，扶持遮饰，俱有照应的。今告打死人之薛，就系丰年大雪之'雪'也。也不单靠这三家，他的世交亲友在都在外者，本亦不少。老爷如今拿谁去？"

门子的三板斧抡下来，觉得自己在老爷心目中的形象高大起来了，不免有些得意，话语随之多了起来，知无不言，言无不尽以巩固刚刚取得的成果。门子听见雨村问他："如你这样说来，却怎么了结此案？你大约也深知这凶犯躲的方向了？"得意地笑道："不瞒老爷说，不但这凶犯的方向我知道，一并这拐卖之人我也知道，死鬼买主也深知道。待我细说与老爷听。"门子随后详细介绍了案件原委及经过；冯渊的出身和家道，以及生活日常，连冯公子原先酷爱男风，不近女色也不曾漏过；拐子的一贯行为和被拐女子的悲催生活；被拐女子乃雨村恩公甄士隐之女的身份和以往所遇；薛蟠日常恶行及近况等。门子的确神通广大，是各类消息的服务交换站和路由器，难为他将这些消息一一网罗收集来，可算派上了用处。

听了门子的细述，老谋深算的贾雨村先不动色声，淡然言道："且不要议论他，只目今这官司，如何剖断才好？"门子没喝酒就高了，飘着笑道："老爷当年何其明决，今日何反成了个没主意的人了！小的闻得老爷补升此任，亦系贾府王府之力，此薛蟠即贾府之亲，老爷何不顺水行舟，作个整人情，将此案了结，日后也好去见贾府王府。"

门子听了贾雨村这只老狐狸有关"事关人命""蒙皇上隆恩"等虚伪的废话后冷笑道："老爷说的何尝不是大道理，但只是如今世上是行不去的。岂不闻古人有云：'大丈夫相时而动'，又曰'趋吉避凶者为君子'。依老爷这一说，不但不能报效朝廷，亦且自身不保，还要三思为妥。"

雨村故意低了半日头，方说道："依你怎么样？"这时的门子已经不知道天有多高，地有多厚了，道："小人已想了一个极好的主意在此：老爷明日坐堂，只管虚张声势，动文书发签拿人。……"门子的方案总结起来就是薛蟠逍遥法外，冯渊有冤难申，英莲与父母团聚无望，拐子背锅，其间门子与雨村上下其手，门子上蹿下跳。老狐狸听后奸笑道："不妥，不妥。"

至次日坐堂，雨村便徇情枉法，胡乱判断了此案。

没有反转不成戏。如果任由门子表演，贾雨村就不是贾雨村了。贾雨村得到了门子呈献的护官符，借力胡乱判了葫芦案，急忙作书信二封，与贾政并京营节度使王子腾，不过说"令甥之事已完，不必过虑"等语。但心中一直忐忑不安，此事皆由葫芦庙内之沙弥新门子所出，雨村又恐他对人说出当日贫贱时的事来，因此心中大不乐业，后来到底寻了个不是，远远地充发了他才罢。

事态何至如此呢！是贾雨村卸磨杀驴又一次恩将仇报吗？可以这么认为，的确如此。其实门子在此过程中却犯了更多的错误，反而是聪明反被聪明误，搬起石头砸自己的脚。

贾雨村受困于葫芦庙卖字为生，是贾雨村人生阶段性的低谷，他发达腾飞以后更忌讳提及甚至隐瞒这段经历，这对有些人而言是自然而然的事情，朱元璋当了皇帝以后，有一个旧时的伙伴找他来，大谈过去他们曾一起偷东西的各种趣事，结果让朱元璋一怒之下给斩了。而朱元璋另一位旧时伙伴则聪明得多，只谈朱元璋聪明智慧有魄力等而得到很多赏赐。门子以曾与雨村在葫芦庙时空伴随作为资本本来就有所犯忌。

不仅如此，门子知道的太多了。他细知贾雨村和甄士隐交往的过程和细节，在他眼里贾雨村就是一个忘恩负义恩将仇报之人。更有甚者，门子竟然知道贾雨村复授应天府走的是贾政的路子，这实在不是什么光彩之事而需刻意隐瞒的。这当然会让贾雨村很不爽，成为一块心病。曹操就对处处耍着小聪明啥都知道的杨修举起了屠刀。其实让贾雨村最不能忍的是门子的献计远远超过了所谓参谋的职责范围了，更不符合奴才的身份。门子吃过了界，越俎代庖，牝鸡司晨，犯了思不过位的大忌。门子让雨村大不乐业，于是出了手。

反转让人遐想，再反转才是王道，再反转才真正让人唏嘘不已。我非常欣赏1987版电视连续剧《红楼梦》末尾的处理，贾宝玉万念俱灭之时，终于破执出家，旷野之下遥遥走来一官差队伍，囚车上枷锁内之人正是贾雨村，而大轿内扬扬得意的却是门子，这可真是莫大的讽刺，乱哄哄你方唱罢我登场，反认他乡是故乡；甚荒唐，到头来都是为他人作嫁衣裳。

门子怀揣的"护官符"反映了当时社会的基本政治生态，门子与雨村则是这种生态延续的土壤，也致使四大家族必然且不可逆地走向覆灭。门子故事的最低价值是为人们提供了职场拼搏的反向教材和案例。

压死骆驼的最后一根稻草

抄检大观园后，世事无常，繁华一梦的感觉愈发强烈，处处弥漫着宴席要散，青春将尽，大厦欲倾的氛围，《红楼梦》全书逐渐走向高潮。如果说《红楼梦》前八十回种因，后面结局与命运的收获是水到渠成的事了，八十回以后就过了播种的季节。曹公在七十八回又布下疑阵，讲了一段"老学士闲征姽婳词"的事，秋尽之机最后播种。贾政先自讲了一个青州恒王府姽婳将军林四娘舍身抵抗贼寇的故事，并招集贾宝玉、贾环、贾兰与众门客一起写诗填词、歌颂林四娘。

蒋勋先生认为这段情节的引入是对《芙蓉女儿诔》的铺垫和对比，是《芙蓉女儿诔》的干扰项和对比参照物，并且认为《姽婳词》文字虽优，但形式八股，枯燥乏味，没有感情，因而也没有生命力，谐音鬼话词。拙见觉得蒋先生这层意思也对，只不过捡了芝麻。如果仅仅这样无关紧要，显然就不会放在全书的高潮部分，相反"老学士闲征姽婳词"非常重要，是贾政在暮秋时节亲手埋下的威力巨大的定时炸弹，是后来百年老店贾府被查抄的主要罪证，成为压死骆驼的最后一根稻草。

先看文本。彼时贾政正与众幕友们谈论寻秋之胜，又说："快散时忽然谈及一事，最是千古佳谈，'风流隽逸，忠义慷慨'八字皆备，倒是个好题目，大家要作一首挽词。"众幕宾听了，都忙请教系何等妙事。贾政乃道："当日曾有一位王封曰恒王，出镇青州。这恒王最喜女色，且公余好武，因选了许多美女，日习武事。每公余辄开宴连日，令众美女习战斗功拔之事。其姬中有姓林行四者，姿色既冠，且武艺更精，皆呼为林四娘。恒王最得意，遂超拔林四娘统辖诸姬，又呼为'姽婳将军'。"众清客都称："妙极神奇。竟以'姽婳'下加'将军'二字，反更觉妩媚风流，真绝世奇文也。想这恒王也是千古第一风流人物了。"贾政笑道："这话自然是如此，但更有可奇可叹之事。"众清客都愕然惊问道："不知底下有何奇事？"贾政道："谁知次年便有'黄巾''赤眉'一干流贼余党复又乌合，抢掠山左一带。恒王意为犬羊之恶，不足大举，因轻骑前剿。不意贼众颇有诡谲智术，两战不胜，恒王遂为众贼所戮。于是青州城内文武官员，各各皆谓'王尚不胜，你我何为！'遂将有献城之举。林四娘得闻凶报，遂集聚众女将，发令说道：'你我皆向蒙王恩，戴天履地，不能报其万一。今王既殒身国事，我意亦当殒身于王。尔等有愿随者，即时同我前往；有不愿者，亦早各散。'众女将听他这样，都一齐说愿意。于是林四娘带领众人连夜出城，直杀至贼营里头。众贼不防，也被斩戮了几员首贼。然后大家见是不过几个女人，料不能济事，遂回戈倒兵，奋力一阵，把林四娘等一个不曾留下，倒作成了这林四娘的一片忠义之志。后来报至中都，自天子以至百官，无不惊骇道奇。其后朝中自然又有人去剿灭，天兵一到，化为乌有，不必深论。只就林四娘一节，众位听了，可羡不可羡呢？"众幕友都叹道："实在可羡可奇，实是个妙题，原该大家挽一挽才是。"说着，早有人取了笔砚，按贾政口中之言稍加改易了几个字，便成了一篇短序，递与贾政看了。贾政道："不过如此。他们那里已有原序。昨日因又奉恩旨，着察核前代以来应加褒奖而遗落未经请奏各项人等，无论僧尼乞丐与女妇人等，有一事可嘉，即行汇送履历至礼部备请恩奖。所以他这原序也送往礼部去了。大家听见这新闻，所以都要作一首《姽婳词》，以志其忠义。"众人听了，都又笑道："这原该如此。只是更可羡者，本朝皆系千古未有之旷典隆恩，实历代所不及处，可谓'圣朝无阙事'，唐朝人预先竟说了，竟应在本朝。如今年代方不虚此一句。"贾政点头道："正是。"

贾政说的明白，今上有旨，要察核前代以来该褒奖而未奖的人和事给予奖励，他找到了林四娘，已经把姽婳将军林四娘的先进事迹整理好了，并且报给了礼部。

恒王及林四娘的先进事迹有谱吗，有历史依据吗？答案是有影儿，的确为前朝之事，不幸的是恒王乃明王，而贼寇并非"黄巾""赤眉"，而是清兵！

林四娘这个人物，正史不见踪迹，野史颇为丰富，还有相关传说，文人清客十分推崇林四娘，乃当时网红。清代另一位文学家蒲松龄也以林四娘的题材为背景，撰写了一个短篇小说《林四娘》，收在《聊斋志异》第三卷中。此外，另有王士禛的《池北偶谈》、林云铭的《林四娘记》、陈维崧的《妇人集》、卢见曾的《国朝山左诗抄》、李澄中的《艮斋笔记》、安致远的《青社遗闻》、邱琼玉的《青社琐记》、王士禄的《燃脂集》等，也收有关于林四娘事迹的笔记，曲家杨恩寿更是以林四娘故事编撰了六出昆曲大戏的文本《姽婳将军》。

恒王却确有其人，只不过历史上是衡王而非恒王，藩青州。第一代衡王，名朱祐楎，明宪宗朱见深的第七子，明孝宗朱祐樘异母弟，母德妃张氏。成化二十三年（1487）封为衡王，弘治十二年（1499）就藩青州。嘉靖十七年八月七日（1538年8月30日）去世，谥号恭王。衡王在青州传六世、七王，分别是恭王朱祐楎、庄王朱厚燆、康王朱载圭、安王朱载封、定王朱翊镬、宪王朱常庶和末代衡王朱由椷。清顺治元年（1644）末代衡王朱由椷降清。顺治三年（1646）衡王世子被处死，衡王府被抄。

让人不解的是《红楼梦》文本说，故事无朝代可考，有意将朝代模糊隐去，即真事隐去，假语村言。《芙蓉女儿诔》开头还"维太平不易之元，蓉桂竞芳之月，无可奈何之日"大摆迷惑阵；对于地名大多也是虚拟的，在本书第12篇《殇地》中有说明，这里不再重复。因此上七十八回中"老学士闲征姽婳词"把朝代、时间、人物、地名交代得如此清晰，如此写实，实乃《红楼梦》中之罕见，恐怕亦是唯一处。何以如此呢？说不清。也许是雪芹在大厦将倾之时，众姐妹四散之刻，满怀愤懑，此时此刻，此情此景，几近崩溃，所以老虎此时打盹儿了。

按传统说贾府乃行伍出身，将门之后，一般不养门客，聚集清客。贾政却装文弄墨，假装正经，养了一堆门客、清客，谈天说地，无病呻吟，胡说扯淡。

贾政的身边就聚集着一帮清客，曹公给这些清客都起了一个与帮闲身份相衬的姓名。如詹光谐音"沾光"，意思是他沾了荣国府的光；单聘仁谐音"善骗人"，暗指他会用一些雕虫小技糊弄人；胡斯来谐音"胡事来"，暗指他很会来事。他们在贾府中阿谀逢迎，混口饭吃。看上了贾宝玉的大龄女青年傅秋芳的哥哥傅试（附势）、娶了并打死了贾迎春的孙绍祖（孙臊祖），忘恩负义、恩将仇报的贾雨村等都是贾政门前的常客。常言道，不作不会死。

在文字狱盛行的清朝早期，《姽婳词》必将成为贾府被抄的主要罪证。不要说林四娘先进事迹的原序已报礼部，就是不报礼部，也会不胫而走，这些帮闲们早会争相把府中公了小姐们的诗词传山并广为流传，更有可能的是贾雨村、孙绍祖在贾府江河日下之时凭《姽婳词》对恩府完成反戈一击的致命助攻。压死骆驼的永远不会是一根稻草，贾府的不肖子孙，包括贾政才是贾府的掘墓人。

在现今青州市玲珑山南路路西的石坊公园内，还保存着600多年前明代衡王府的遗迹，它就是衡王府石坊，这是潍坊市现存建筑年代最早的宫廷装饰性牌坊。虽然这两个牌坊叫作衡王府石坊，但是这个名字并不准确。从牌坊现存的坊体结构来看，这两座牌坊只有坊柱、坊额和坊基，却缺少坊顶。

牌坊是石质的坊柱、坊座、坊额，而坊顶则是木质彩绘，上面覆盖着蓝色琉璃瓦与脊兽，是和大殿及府门色彩相匹配的豪华牌坊。在清顺治三年（1646），清朝廷以"谋反"罪剿灭衡王府时，将大部分木结构建筑物拆毁，此坊的木质部分也因年久失修木质腐烂而倒塌失落，只留下石质部分，随后渐渐被称为了"石坊"。这仅存的两座牌坊和衡王府一同见证着明代朱氏王朝的胜败兴衰。

试算王夫人的心理阴影面积有多大？

文本中说，披着吃斋念佛外衣的荣府董事长王夫人，心中有一恨且是平生最恨。恨什么，恨狐媚子。

世界上从来就没有无缘无故的恨。平生最恨首先说明这恨由来已久，不是新恨，是旧恨，是有年头的恨；其次是这恨给王夫人造成了巨大的伤害，也许使她的生活出现了重大变故，遭受了巨大打击，是一生隐藏的伤疤，抹不去的痛，是长期的隐痛并一经触发就会巨痛，甚至于这种恨不会因为时间的流逝而减轻，反而会加重！

什么样的狐媚子呢，首先要长得好，脸蛋好，身材好；其次要能说会道，巧舌如簧。王夫人认为长得好看且能说会道就是狐狸精，就会勾引男人。

那么让王夫人恨之入骨的狐媚子会是谁呢？有人认为是贾敏，贾敏出嫁前在贾府生活期间的姑嫂矛盾会给王夫人留下心理阴影。所以王夫人后来迁怒于林黛玉，一直不喜欢林黛玉。

但是文本中并不支持这样的推断，也并不符合逻辑。曹公在全书中让王夫人与贾敏交集的只有一段话，是王夫人对王熙凤说的，"你如今林妹妹的母亲，未出阁时，是何等的娇生惯养，是何等的金尊玉贵，那才像个千金小姐的体统。如今这几个姊妹，不过比人家的丫头略强些罢了"。从这句话中实在看不出王夫人与贾敏的矛盾来，最多只能看出王夫人的羡慕嫉妒恨。

即使贾母疼贾敏多点儿，再即使到贾府没几年的王夫人地位低点儿，加上贾敏再跋扈点儿，王夫人与贾敏姑嫂关系出现一些不和谐甚至小摩擦，但绝不是深仇大恨，随着贾敏的出嫁和岁月的流逝，一切都会随风而散，何况贾敏即使就是狐谁媚谁又关王夫人什么事！因此，狐媚子不是贾敏。

有的学者觉得是赵姨娘，认为赵姨娘丫鬟上位，分享甚至夺走了贾政的爱。这种观点起码看起来比认为是贾敏的靠谱多了，但这种观点却同样经不起推敲。

赵姨娘的外在条件并不符合狐媚子的要求。一是赵姨娘姿色平平，甚至像刘心武等一些学者根据贾环的长相认为赵姨娘长得丑陋猥琐。二是赵姨娘情商堪忧，不仅不属于巧舌如簧，反而不怎么会说话，往往几句话就会让人生厌。

赵姨娘丫头上位也不奇怪，俗话说情人眼里出西施，也许贾政就好这一口儿呢，也许贾政长期受王夫人打压，能在赵姨娘身上找到情绪出口，就像侄子贾琏一样香的臭的都往屋里拉！人人厌烦赵姨娘，她却是贾政的爱妾，真是世事难料啊，何况在贾府中丫头上位有多种途径呢，机缘巧合赵姨娘就当上了姨太太！

赵姨娘与王夫人分享了丈夫，但王夫人并未失去太太地位，也许从此更能有效拿捏贾政，而赵姨娘却陷入了王夫人的手掌中，就好似被迎入府中的尤二姐。况且旧时贵族老爷有三四个妾室实乃平常，王夫人虽然心中有气，但却因此显示自己的大度与贤良。因此赵姨娘不是王夫人心中的狐媚子。

看来寻找造成王夫人心中巨大阴影的狐媚子，仅靠海选，工程浩大，必须辅以逻辑分析缩小缩短名单才行。

王夫人此恨悠悠，此恨绵绵，无法忘却，有时就像黄昏时的影子瞬间膨胀，不时折磨啃噬着王夫人，使其焦虑狂躁，精神抑郁，怒火的阀门一经打开，报复的魔鬼就开始横行霸道，愚蠢行事，殃及甚至滥杀无辜。怒火的阀门就是看到、听到藏在心中的狐媚子！

从书中我们不难总结出，这个狐媚子外形酷似天上掉下来的林黛玉，所以王夫人并不是不喜欢林黛玉，只是林黛玉躺着中枪了，你说冤不冤！比林黛玉更冤的是晴雯、金钏儿等一长串屈死鬼！

我们来看看她们的长相吧：林黛玉两弯似蹙非蹙罥烟眉，一双似喜非喜含情目；态生两靥之愁，娇袭一身之病；泪光点点，娇喘微微；闲静时如姣花照水，行动处似弱柳扶风；心较比干多一窍，病如西子胜三分。晴雯水蛇腰，削肩膀，高挑身材，眉眼恰似黛玉。这就是王夫人心中的魔鬼狐媚子的形象！！所以长得像林黛玉的龄官，曹公虽然没有给出结局答案，相信也逃不出王夫人的魔掌。

那么，问题来了，到底是什么深仇大恨使王夫人变成这样抑郁和纠结？如果没有遭到近似毁灭性的打击，甚至夺夫杀子何至如此？王夫人一生中最重大的人生变故就是长子贾珠之死，透过现象看本质，从书中的蛛丝马迹中以及曹公一些不写之写的留白，笔者大胆推猜，王夫人之心理阴影只能与贾珠之死有关！！

贾珠乃贾政与王夫人所生的长子，雪芹借冷子兴之口说，贾珠"十四就进了学，不到二十就娶了妻生了子，一病死了"。这简短的二十一个字透出的信息却比较丰富。一是贾珠是贾政的嫡长子。二是贾珠十四岁就考取了秀才，是荣府甚至是两府贾家子弟中最聪明进学的，是贾家复兴之希望。三是贾珠死了，留有一妻一子。

中华传统宗亲文化主要内容是嫡庶文化，实质上是嫡长子文化，嫡尊庶卑。贾珠凭借嫡长子的身份，加上努力进学少有成就，在荣府中地位了得，是荣府未来的继承人。母凭子贵，王夫人也因此确立了在荣府中的地位，万分疼爱贾珠。贾政暴打宝玉后，王夫人哭诉，"要是我的珠儿还在，就是打死一百个宝玉也无所谓了"。

贾珠死后，王夫人感情寄托转移了，奇怪的是王夫人把爱全部转移给了宝玉，没有留一点给嫡长孙贾兰。嫡长孙贾兰莫名其妙地在荣府被边缘化了。

我们来看细节，一是处处突出宝玉，淡化贾兰；二是贾兰出场很少且每次都是和贾环形影相随；三是宝玉闹学堂时，贾兰保持中立；四是赵姨娘认为除掉宝玉后荣府的财产都是她环儿的；五是贾赦曾当众夸奖贾环诗做得好，认为将来贾三爷可继承荣府祖业；六是在抄检大观园后的回头看中，王夫人补查了稻香村，发现贾兰奶子长得妖乔，当场除名并通知李纨"兰儿大了，也不用再配奶子了"（这可是全书中王夫人与贾兰唯一的交集，且是通过王夫人对王熙凤的间接转述）；七是荣府重要活动不通知贾兰参加；等等。这些都不能不使人怀疑贾兰的嫡长孙地位。

现在我们再来分析一下贾珠是怎么死的。大家还记得吗？贾赦欲霸鸳鸯受阻，贾琏无故受到牵连遭贾母痛骂，邢夫人则说，"这有什么呀，人家的儿子都可以为父亲去死！"邢夫人这是有所指啊！这是强烈暗示贾珠是被父亲贾政打死的！！想想贾政暴打宝玉，王夫人提到贾珠时，贾政的满眼满脸的泪水吧！

书中不是明明说贾珠是病死的，怎么又死于贾政家暴呢？这是因为雪芹菩萨心肠，为了秦可卿都可以删去淫丧天香楼，对贾珠还不能说病死吗？退一步讲，说贾珠病死了也对，谁说贾瑞不是病死的呢，可卿之弟秦钟不也是病死的吗？

事情的真相可能是，贾珠与一个丫头有情并生一子贾兰，贾兰之母姿色出众酷似林黛玉。事发后贾珠被父亲贾政暴打，一病不起呜呼哀哉了。这就是王夫人心理阴影面积的全部。

集结号与烟雾弹

四王八公都是开国功臣，曾经出生入死，枪林弹雨，功勋卓著，为自己和家族挣下了一份功业。但是一朝天子一朝臣，随着时光的流逝，一百年以后，这些当年风光无限的老贵族逐渐被边缘化而走下坡路了，如果加上子孙不争气等内因，下滑必呈加速度！伴随着这一趋势的是新的权势者的不断涌现，新老贵族伴生共存。这当然是一种客观规律，不仅宁荣两府是，也不仅四大家族是，相信四王八公的多数家族也是如此。

老贵族们当然不愿退出历史舞台，他们当然怀念过去属于自己的时代，看不上权贵新势以及他们的所作所为，较劲着他们的较劲，甚至于积蓄力量，伺机而动，反攻倒算，最起码形成新的政治力量，增加话语权，让新贵与皇上不能也不敢小觑。

秦可卿的葬礼就是四王八公在这种背景下借机吹响的政治联盟（穿联）的集结号！！！

秦可卿葬礼是对封建礼制的严重僭越！若用孔夫子的观点看，是可忍孰不可忍！秦可卿虽然说是宁府长孙媳妇，终归地位低下，出身低且无诰命身份，何况死时年龄尚小，属于夭殇，且不说宁荣两府人人都心中犯嘀咕，疑心其为非正常死亡

（中华传统中有寿数的人死去，丧事才叫白喜事，要大办，而寿数不足或夭殇者，丧事一般较小），而且一般有长辈在世时，晚辈丧事简办。因此秦可卿的葬礼犯规了，还有北静王水溶为首的四王八公的参与！！若有政治考量，则另当别论！

秦可卿的葬礼花费巨大，动摇了宁府的经济基础，宁府从此走上了下坡路。秦可卿的葬礼堪称超高规格、超长时间、越大规模，正如贾珍所言倾其所有而已，贾珍也交代王熙凤千万别为他省钱，花钱如流水。四王八公，权亲贵戚，各类附众，远近亲族，数不胜数；和尚道士超度，规模空前；祭祀礼节繁杂，场面浩大；近两个月的祭期，加上冒领浪费实在也算不清花费多少！

且看下面细节，原为义忠亲王老千岁预置的出产潢海铁网山上的樯木，后为可卿的僭越棺木价值实不下千两银子；为了体面的牌位寻情托关系撒了千两银子；贾珍暗给可卿之父秦业之封口费4000两银子；108位高僧，99位道士七七四十九日的超度；等等，哗哗的银子啊！

宁荣两府被动也好主动也罢，深深地陷入了这场政治运动。老贵族们弄的动静实在太大，布满耳目的皇上和新贵们不想知道都不行。这也必然引起皇上的警觉和警惕，老谋深算的对策就是放一个烟雾弹，封贾元春为妃，用以拉拢、稳住、麻痹、掣肘、制衡、瓦解老贵族集团！！！

实际上贾元春就从来没有受宠过。首先，宁荣两府贾家子孙都没有因此升官。其次，掏空荣府建造的省亲别墅造成财政拮据，没有实现用皇家的钱办皇家的事的愿望，羊毛出在自己身上。再次，太监都敢不断对贾府敲诈勒索。最后元春省亲时间只能安排晚上、半夜回宫，省亲时元春泪水不断，抱怨自己到了见不得人的地方。贾元春封妃是皇上下出的一着妙棋。

建造大观园，花钱无数，连贾元春都说太过奢侈！虽然曹公文本中并没有给出大观园的预决算，但后来在太监敲诈时拆东墙补西墙左右腾挪时，贾琏长叹曰"这时从什么地方再发一笔三二百万钱财就好了"，从中可以看出，元春省亲费用应在200万两以上，这对一个百年贵族而言数量极不差。想来可卿丧事花费估计也大体相当。

秦可卿葬礼和贾元春省亲在《红楼梦》中占有重要的地位，是宁荣两府由盛至衰的标志性事件，是集结号和烟雾弹。此后两府就走向了不可逆的衰亡之路。

妻管严与炟耳朵

如果说贾琏是妻管严的话，贾政就是炟耳朵。妻管严是一个过程，一种状态，一方面老虎也有打盹儿的时候，另一方面可能存在哪里有压迫哪里就有反抗，也许处处时时暗流涌动；炮耳朵则是一种结果，就像炮熟的地瓜，虽然外形完好内里早已酥软，从里到外完全缴械投降，意识中早就没有了反抗。

王熙凤在荣府中也是颜霸之一，智商先进，情商领先。办事干练，知世故手段多，争强好胜，夫妻关系上有进退。凤姐对夫君贾琏并非一味的唯我独尊，除在偷吃油腥方面严格监管外，独自杀伐决断的同时，注意发挥调动贾琏的积极性，一是面子上要给足，二是一些事交由贾琏出头按自己的主意办，三是在一些无关紧要的小事上示弱，佯装不懂而请教于贾琏。

贾政与贾琏相比就没有那么幸运，尽管王夫人与凤姐相比，颜值、智商、情商都要打对折，但是她如愿以偿坐上了觊觎已久的荣府董事长的交椅，披着吃斋念佛的外衣，欺上瞒下，独断专行，愚蠢行事，剥夺贾政的一切权利。

贾琏虽然惧内，但仍与凤姐一道掌航荣府。贾琏也具有一定的办事能力，结交外官，送接黛玉，主持外务，偷吃油腥。贾政则像他大哥贾敬一样采用逃避现实的方法不理家事，这宁荣两府不败也难。

贾政以不善俗务为名，不理家政（他亲哥贾赦想理家事却无权奈何），实际上说了也不算，一天到晚道貌岸然地假装正经，养了一群混吃混喝的清客无所事事地泡饭点，随心所欲地在儿女面前耍大牌玩家暴以排解自己的不良情绪。

戴着面具的贾政与王夫人的夫妻生活已失去了爱情，举案齐眉都谈不上，更多的是例行公事与装装样子，面对王夫人对他的至爱赵姨娘的欺负与打压，不敢怒不敢言。贾政一生无癖无趣无情，口不对心，面目狰狞。全书唯一的真实之光照进内心世界的瞬间出现在贾政初进大观园之稻香村与潇湘馆，贾政憧憬务农与向往竹下读书，也仅仅是灵光一闪。

中秋之夜，贾赦与贾政这两个活宝，当着母亲与众人讲了可笑性不高的笑话。贾赦讲的是母亲偏心的故事。贾政讲了一个怕老婆并舔老婆脚指头的低俗而恶心的故事。赦政哥俩哪里是在讲故事，分明都在讲自己的实际生活状况和心中的委屈，这也是对现实不满的一种间接表达！

人参

人参，多年生草本植物，多生长于海拔 500 — 1100 米山地缓坡或斜坡地的针阔混交林或杂木林中。由于根部肥大，形若纺锤，常有分叉，全貌颇似人的头、手、足和四肢，故而被称为人参。性味甘、微苦。微温、补气、生津安神、益气，含多种皂苷和多糖类成分。人参被人们称为"百草之王"，是驰名中外、老幼皆知的名贵药材。

古人非常迷信人参的药用与保健价值，竞相购买，收藏，使人参逐渐被赋予了货币与财富的功能。商人、富贵、权势们热炒成稀，人参成为追逐、购买、掠夺、送礼、收藏的佳品。人参历来价值不菲，一株人参价值数十两银子不算什么，相当于普通人家一年的生活嚼头，如果人参品质上乘那就更加价值连城了。有资料表明，清朝康乾盛世时期，人参就处在价值曲线的波峰。

贾府百年富贵，什么稀罕物儿没有，家存很多人参实乃平常，想来各色人等送给府中的人参只怕还拿不出手，收了一般人的礼那叫看得起你！

林黛玉初进贾府时，大家看她身子单薄，知道她有不足之症，问她吃什么药。她说，吃人参养荣丸。贾母就说："我这里正配丸药呢，叫他们多配一料就是了。"

后来，王夫人过问林黛玉的医治事宜，推荐了个鲍太医，想给她换一种药。但贾母不同意，让仍然吃王太医的药。林黛玉在贾府，长期吃的这味药里，必须要有人参。

秦可卿生病，太医开药方，一剂药需人参二钱。凤姐对可卿说："……咱们若是不能吃人参的人家，这也难说了，你公公婆婆听见治得好你，别说一日二钱人参，就是二斤也能够吃的起。"

荣府人参固然多，但人参也是按战略物资由王夫人集中管理，由于制度漏洞之故，实际上各房均私存人参，人参管理混乱。

荣府鼎盛期人参并不短缺，谁也没有把人参当回事。对于普通百姓，情况就大不一样，不要说穷人，就是一般人家，例如私塾贾代儒老师，家中也是没有人参的。

医生给贾瑞开出"独参汤"的药方，因为家里穷，贾代儒向荣国府求救。所以，王夫人命凤姐称二两给他。但是，王熙凤却借口都给老太太和杨提督的太太配药了。王夫人听了之后，让凤姐问问邢夫人那边找点儿给贾瑞。王夫人对王熙凤说："吃好了，救人一命，也是你的好处。"可是，王熙凤不遣人去寻，只把些渣末泡须凑了几钱，找人送到贾瑞家。王夫人说的是二两，到凤姐这里变几钱了，而且是碎渣子。到了王夫人面前，王熙凤又说已经凑了二两送过去了。当然了，贾瑞最后还是医治无效死了。

光阴荏苒，岁月如梭。许多年过去，给贾府送礼的人越来越少，打秋风敲竹杠的也不乏其人。人参由多变少，由少变无，身价倍增，如同府外一般人家一样。

第七十七回中，王夫人要二两上好人参给王熙凤配药。可她翻遍自己屋里，也没找到一根好的，凤姐屋里也没有，连邢夫人那都没有。后来王夫人只好求助贾母，贾母拿出一大包手指粗细的人参来。大夫看了贾母的人参，说这人参虽好，但时日太久了，差不多要成灰了，早没了药性。最后还是宝钗帮忙，让薛蟠去外面参行兑了二两来。

宝钗虽然解了一时之急，却当众讥讽和羞辱贾母，说"这东西虽值钱，究竟不过是药，原该济众散人才是。咱们比不得那没见世面的人家，得了这个，就珍藏密敛的"。

王夫人也感叹道:"卖油的娘子水梳头。自来家里有的,好坏不知给了人多少。没想到这会子轮到自己用,反倒各处求人去了。"

王熙凤当年给贾瑞的几钱人参须末和残渣,最后留给了自己,真让人万分感慨!

在这每况愈下的情景下,林黛玉每天要吃的人参养荣丸中的人参品质,甚至还有无人参,的确堪忧呀!

人参即人生。透过人参,我们看到了王熙凤、秦可卿、林黛玉、贾瑞等的人生变化,以及贾府由盛到衰的过程。正如秦可卿所说,这病我知道,治得了病治不了命。

家暴

子兴叹道:"老先生可不要这样说!如今这贾家宁国府、荣国府,也都萧条了,不比从前。"雨村道:"去年我到金陵,从他老家宅门前经过,隔着围墙一望,里面厅殿楼阁,也是气宇轩昂,哪里像个衰败之家?"冷子兴笑道:"古人有云:'百足之虫,死而不僵。'如今虽说不像从前那样兴盛,但和平常官宦人家比起来,到底气象不同。不说别的,就说他家如今的儿孙,也是一代不如一代了!"雨村听了,纳闷儿道:"这样的诗礼之家,岂有不善教育之理?"

雨村真乃一针见血,贾府的确教育出了问题,他们遵循君君臣臣父父子子的儒家理论,深信棍棒之下出孝子的理念,人人脾气暴躁,一言不合,动用家法,棍棒伺候,面目狰狞,在儿女面前维护着虚伪的不值钱的权威。这样的结果却得到了子女的反弹,南辕北辙,一代不如一代了。家暴具有外溢性、传染性和遗传性,家暴实乃贾府世代相传的传家宝。

第一代代表人物,贾演,贾源。

贾家的祖上是一对兄弟,哥哥叫贾演,弟弟叫贾源,他们为朝代的建立立下大功,是开国功臣,各自被封为宁国公、荣国公,分别居住在宁国府、荣国府。贾府是皇室下令敕造的。

文本中并没有贾演、贾源两兄弟更多的事迹介绍,想来两兄弟,出生入死,提着脑袋干事业,性格也不会太温厚,这从他们子孙性格中隐隐可见,但也并不绝对,我们不做过多猜想。

第二代代表人物,贾代化、贾代善、贾代儒。

代化与代善兄弟俩的家暴是赖嬷嬷揭露的。贾代化乃贾敬之父,贾珍的爷爷;贾代善乃贾母之夫,贾赦、贾政、贾敏的父亲,贾珠、贾琏、贾宝玉的爷爷;赖嬷嬷辈分同代化、代善、贾母，是侍候过主子的地位很高的类似焦大的贾家老奴。第四十五回中赖嬷嬷因又指宝玉道："不怕你嫌我，如今老爷不过这么管你一管，老太太护在头里。当日老爷小时挨你爷爷的打，谁没看见的。老爷小时，何曾像你这天不怕地不怕的了。还有那大老爷，虽然淘气，也没像你这扎窝子的样儿，也是天天打。还有东府里你珍哥儿的爷爷，那才是火上浇油的性子，说声恼了，什么儿子，竟是审贼！"

从赖嬷嬷这段话中，可以看出，贾代化脾气火暴，恼了对于儿子贾敬竟像审贼一样动用家法；贾代善对于不争气的大儿子贾赦，也是天天打；对于比宝玉还乖巧的小儿子贾政也经常施以家暴，并合府人人尽知。

第二代的另一代表人物是距宁荣两府关系稍远点儿的贾代儒。《红楼梦》第十二回："那代儒素日教训最严，不许贾瑞多走一步，生怕他在外吃酒赌钱，有误学业。今忽见他一夜不归，只料定他在外非饮即赌，嫖娼宿妓，那里想到这段公案？因此也气了一夜。贾瑞也捻著一把汗，少不得回来撒谎，只说：'往舅舅家去了，天黑了，留我住了一夜。'代儒道：'自来出门非禀我不敢擅出，如何昨日私自去了！据此也该打，何况是撒谎！'因此发狠按倒打了三四十板，还不许他吃饭，叫他跪在院内读文章，定要补出十天的功课来方罢。贾瑞先冻了一夜，又挨了打，又饿着肚子，跪着在风地里念文章，其苦万状。"这一段描写，可以说是中国传统家教模式之经典，也是贾代儒的经典教育模式。可以说是相当严厉，甚至不讲任何道理。

第三代代表人物，贾赦、贾政、贾敬。

先说贾赦，据平儿所说，有个浑号儿叫作石呆子的，"穷的连饭也没的吃，偏他家就有二十把旧扇子"，贾赦"便叫买他的"，贾琏没买成，贾雨村讹这石呆子"拖欠了官银，拿他到衙门里去，说所欠官银，变卖家产赔补，把这扇子抄了来，作了官价送了来。那石呆子如今不知是死是活"。还说，贾赦"拿着扇子问着二爷说：'人家怎么弄了来？'二爷只说了一句：'为这点子小事，弄得人坑家败业，也不算什么能为！'"贾赦就生了气，把贾琏打了，"也没拉倒用板子、棍子，就站着，不知拿什么混打一顿，脸上打破了两处"。

再说贾政，"宝玉挨打"是《红楼梦》前半部最花力气描写的事件。从第三十回就写了金钏与宝玉的调笑，为它作了准备。然后第三十二回金钏自杀，启动了事件的大幕。接着便是宝玉"五内摧伤"而撞进父亲的怀抱，接着忠顺府亲王长史官打上门来向贾政索要琪官，这便成了宝玉挨打的导火索。贾政气得"目瞪口歪"，又碰上贾环在贾政面前告了宝玉的黑状，贾政更气得"面如金纸"，"喘吁吁直挺挺坐在椅子上，满面泪痕"，一叠声"拿宝玉！拿大棍！拿索子捆上！把各门都关上！有人传信往里头去，立刻打死！"然后喝令小斯打宝玉，后来觉得不解恨，索性自己打开了。门客来劝，贾政道："你们问问他干的勾当可饶不可饶！素日皆是你们这些人把他酿坏了，到这步田地还来解劝，明日酿到他弑君杀父，你们才不劝不成？"王夫人得信赶来，以老太太不安为理由劝贾政不打，贾政却气得要将宝玉"今日一发勒死了，以绝将来之患"，而这时的宝玉已被打得"面白气弱"，"一条绿纱小衣皆是血渍"，"由臀至胫，或青或紫，或整或破，竟无一点好处"。父子剧烈的冲突，一至于此。此后，贾母、李纨、凤姐、袭人、宝钗、黛玉，乃至于有薛姨妈、薛蟠介入，有些人物出场还不止一次，一直到第三十五回，宝玉才算进入养伤时期，与"挨打"事件逐渐脱钩。

事实上，贾政是家暴的惯犯，对宝玉也绝非仅此一次。宝钗等人怀疑宝玉挨打与薛蟠有关时，薛蟠赌身发誓的分辩，揭示了另一起家暴："分明是为打了宝玉，没的献勤儿，拿我来做幌子；难道宝玉是天王？他父亲打他一顿，一家子定要闹几天。那一回为他不好，姨爹打了他两下子，过后老太太不知怎么知道了，说是珍大哥哥治的，好好的叫了去骂了一顿。"

贾政具有性格缺陷，感性从事，容易失控，不计后果。其实贾政还涉嫌另一起更为严重的家暴，即暴打贾珠案，这起事件被雪芹雪藏了。

第四代代表人物是贾珍，贾琏、贾宝玉等尚年幼。

还是赖嬷嬷言道："如今我眼里看着，耳朵里听着，那珍大爷管儿子倒也象当日老祖宗的规矩，只是管的到三不着两的。他自己也不管一管自己，这些兄弟侄儿怎么怨的不怕他？"

贾珍乃贾府爷们儿中最不堪的，打醮时对树下纳凉的贾蓉当众动用家法，让仆人羞辱和打贾蓉耳光。

贾琏、贾宝玉、贾环等年龄尚小，往往是被家暴的对象。只有贾琏稍长几岁，已娶妻生女，与王熙凤口角不合，恼羞成怒，提刀追杀王熙凤。

贾府中唯一让人欣慰的是具有悲悯情怀和佛心的宝玉，没有家暴倾向，却也有几次发脾气的时候。

贾府之外却和贾府有关联的两起著名家暴案件，是孙绍祖暴打贾迎春致死案，以及秦业暴打秦钟致死案，却也并非与贾府风马牛不相及，也算家暴外溢吧。

让我们看看教育效果。贾敬一味好道，在都外玄真观修炼，烧丹炼汞，别的事一概不管，放纵家人胡作非为。贾赦为人好色，平日依官作势，行为不检。虽上了年纪，儿子、孙子、侄子满堂，却还要左一个右一个小老婆放在屋里寻欢作乐。贾政自幼读书，失之迂腐，不谙世事，不理家政，整日价戴着假面具装正经。

贾珍行为放纵，无拘无束，聚赌嫖娼，淫秽不堪，行为不端，是败家的根本。贾琏不务正业，一味好色，香的臭的都往室里拉。贾宝玉更加坚持厌恶儒学，与林黛玉相互默契达到新高度，心心相印。

所以，大家可以看看贾府是否一代不如一代了，家暴是否是贾府灭亡的催化剂。

我对于儒家礼教学说一直持保留意见，至于朱理学说，认为那简直就是害人的学说，什么君君臣臣父父子子，什么父权嫡庶文化，什么男女授受不亲等糟粕，不讲人性，违反人伦确应扬弃。看看贾政贾宝玉父子的关系吧，简直就是老鼠和猫、水与火似的，哪里有天伦与亲情！不讲人情的事物禁哪禁得住，看看年轻的太医仅仅看到晴雯的红指甲就脸红心跳，额头冒汗的样子吧，相信他看到全景晴雯反而可能并不怎么的，这种礼教甚至发明了看病手腕都不露只牵出红线的害人的奇葩！《红楼梦》就是一部反儒家礼教的文学巨著！

较量

雪芹著书《红楼梦》采用的是多头绪、多线索的编织手法，每一回事件叙述相对完整，回回间衔接严谨，一个事件这回说了一段，后边的回数中不经意间可能会继续冒出来。所以《红楼梦》亦可以看作短篇小说集，合起来就是长篇巨著。稍不留神，您就仅看了一段折子戏，而没有看到全剧，只见树木，不见森林。本篇要说的这事穿插在第四十二回至第五十四回之间。

引 子

鸳鸯道："如今我说骨牌副儿，从老太太起，顺领说下去，至刘姥姥止。比如我说一副儿，将这三张牌拆开，先说头一张，次说第二张，再说第三张，说完了，合成这一副儿的名字。无论诗词歌赋，成语俗话，比上一句，都要叶韵。错了的罚一杯。"

骨（牙）牌是古老的游戏，一没见过，二不会玩，看过点儿资料，似是而非，还是不懂。

鸳鸯又道："左边一个'天'。"黛玉道："良辰美景奈何天。"宝钗听了，回头看着她。黛玉只顾怕罚，也不理论。鸳鸯道："中间'锦屏'颜色俏。"黛玉道："纱窗也没有红娘报。"鸳鸯道："剩了'二六'八点齐。"黛玉道："双瞻玉座引朝仪。"鸳鸯道："凑成'篮子'好采花。"黛玉道："仙杖香挑芍药花。"说完，饮了一口。

要敲黑板的是，黛玉所说的"良辰美景奈何天"和"纱窗也没有红娘报"是现在的文学名著当时的禁书《牡丹亭》和《西厢记》的词句。本篇双方较量的几个回合全部都是以《牡丹亭》和《西厢记》为介质的。

问 罪

且说宝钗等吃过早饭，又往贾母处问过安，回园至分路之处，宝钗便叫黛玉道："颦儿跟我来，有一句话问你。"黛玉便同了宝钗，来至蘅芜苑中。进了房，宝钗便坐了笑道："你跪下，我要审你。"黛玉不解何故，因笑道："你瞧宝丫头疯了！审问我什么？"宝钗冷笑道："好个千金小姐！好个不出闺门的女孩儿！满嘴说的是什么？你只实说便罢。"黛玉不解，只管发笑，心里也不免疑惑起来，口里只说："我何曾说什么？你不过要捏我的错儿罢了。你倒说出来我听听。"宝钗笑道："你还装憨儿。昨儿行酒令你说的是什么？我竟不知哪里来的。"黛玉一想，方想起来昨儿失于检点，那《牡丹亭》《西厢记》说了两句，不觉红了脸，便上来搂着宝钗，笑道："好姐姐，原是我不知道随口说的。你教给我，再不说了。"宝钗笑道："我也不知道，听你说的怪生的，所以请教你。"黛玉道："好姐姐，你别说与别人，我以后再不说了。"宝钗见他羞得满脸飞红，满口央告，便不肯再往下追问，因拉他坐下吃茶，款款的告诉他道："你当我是谁，我也是个淘气的。从小七八岁上也够个人缠的。我们家也算是个读书人家，祖父手里也爱藏书。先时人口多，姊妹弟兄都在一处，都怕看正经书。弟兄们也有爱诗的，也有爱词的，诸如这些'西厢''琵琶'以及'元人百种'，无所不有。他们是偷背着我们看，我们却也偷背着他们看。后来大人知道了，打的打，骂的骂，烧的烧，才丢开了。所以咱们女孩儿家不认得字的倒好。男人们读书不明理，尚且不如不读书的好，何况你我。就连作诗写字等事，原不是你我分内之事，究竟也不是男人分内之事。男人们读书明理，辅国治民，这便好了。只是如今并不听见有这样的人，读了书倒更坏了。这是书误了他，可惜他也把书糟踏了，所以竟不如耕种买卖，倒没有什么大害处。你我只该做些针黹纺织的事才是，偏又认得了字，既认得了字，不过拣那正经的看也罢了，最怕见了些杂书，移了性情，就不可救了。"一席话，说的黛玉垂头吃茶，心下暗伏，只有答应"是"的一字。

薛宝钗主动出击，志在必得，出手稳准狠，站在道德的高度，盛气凌人。事出突然，黛玉猝不及防，猛然间被人揠了七寸，动弹不得，无法还手，只能举白旗告饶，面对说教，只得暗伏和说是。什么是暗伏，暗伏就是不服；说是也是不是。当然对于宝钗，举证困难，你说黛玉看了禁书，说明你也看了，所以只好警告警告，还得管控分歧。1:0，宝钗暂时领先。

示 弱

接下来众姐妹园中讨论惜春画画儿请假的事，黛玉表现活泼可爱，宝钗话语中又提及昨日之事。在宝钗帮惜春开列画具之时，黛玉看了一看宝钗开出的长长的单子，笑着拉探春悄悄地道："你瞧瞧，画个画儿又要这些水缸箱子来了。想必他糊涂了，把他的嫁妆单子也写上了。"探春"嗳"了一声，笑个不住，说道："宝姐姐，你还不拧他的嘴？你问问他编排你的话。"宝钗笑道："不用问，狗嘴里还有象牙不成！"一面说，一面走上来，把黛玉按在炕上，便要拧他的脸。黛玉笑着忙央告：

"好姐姐，饶了我罢！颦儿年纪小，只知说，不知道轻重，作姐姐的教导我。姐姐不饶我，还求谁去？"众人不知话内有因，都笑道："说的好可怜见的，连我们也软了，饶了他罢。"宝钗原是和他玩，忽听他又拉扯前番说他胡看杂书的话，便不好再和他厮闹，放起他来。黛玉笑道："到底是姐姐，要是我，再不饶人的。"宝钗笑指他道："怪不得老太太疼你，众人爱你伶俐，今儿我也怪疼你的了。过来，我替你把头发拢一拢。"黛玉果然转过身来，宝钗用手拢上去。

私看禁书不是小事，还关系黛玉声名，黛玉见宝钗又提及昨日之事，心中当然有鬼，故意逗急宝钗然后当众示弱止损，打出可怜牌，意欲管控分歧，防止事态扩大。众人当然不知黛玉话中有话，宝钗当众也不好说出什么。比分还是 0∶1。

反　击

第五十一回中，薛宝琴讲述随父行走东南西北海内海外的有趣见闻，其中含有用十个名胜为素材写的怀古诗形成的谜语，其中第九首《蒲东寺怀古》取材于《西厢记》，第十首《梅花观怀古》取材于《牡丹亭》：

蒲东寺怀古
小红骨贱最身轻，私掖偷携强撮成。
虽被夫人时吊起，已经勾引彼同行。

梅花观怀古
不在梅边在柳边，个中谁拾画婵娟？
团圆莫忆春香到，一别西风又一年。

众人看了，都称奇道妙。宝钗先说道："前八首都是史鉴上有据的，后二首却无考，我们也不大懂得，不如另作两首为是。"黛玉忙拦道："这宝姐姐也忒'胶柱鼓瑟'，矫揉造作了。这两首虽于史鉴上无考，咱们虽不曾看这些外传，不知底里，难道咱们连两本戏也没有见过不成？那三岁孩子也知道，何况咱们？"探春便道："这话正是了。"李纨又道："况且他原是到过这个地方的。这两件事虽无考，古往今来，以讹传讹，好事者竟故意的弄出这古迹来以愚人。比如那年上京的时节，单是关夫子的坟，倒见了三四处。关夫子一生事业，皆是有据的，如何又有许多的坟？自然是后来人敬爱他生前为人，只怕从这敬爱上穿凿出来，也是有的。及至看《广舆记》上，不止关夫子的坟多，自古来有些名望的人，坟就不少，无考的古迹更多。如今这两首虽无考，凡说书唱戏，甚至于求的签上皆有注批，老小男女，俗语口头，人人皆知皆说的。况且又并不是看了'西厢''牡丹'的词曲，怕看了邪书。这竟无妨，只管留着。"宝钗听说，方罢了。

胶柱鼓瑟是用胶把柱粘住以后奏琴，柱不能移动，就无法调弦。比喻固执拘泥，不知变通。矫揉造作，矫：使弯的变成直的；揉：使直的变成弯的。比喻故意做作，不自然。黛玉评价宝钗的这八个字，不仅符合当时的语境和情形，对于宝钗品性的评价也是相当深刻的。

黛玉伺机而动，抓住机会，实施反击。进而说明，咱们禁书不看看戏，戏中《牡丹亭》和《西厢记》的故事多了，连3岁小孩都知道。还引来了探春、李纨的附议。宝钗眼见黛玉同盟军扩大，也就罢了。黛玉扳回一局，比分1:1。

致 胜

第五十四回中，先是由女先儿说书引起的贾母一大段关于才子佳人的贯口似的说词（其中不乏严词重语），红迷们称之为掰谎记。众多粉迷及红学家对于贾母的这段贯口进行过充分的解读，认为是对金玉良缘派的重大打击。对此我没有新的解读。下面是贾母在这著名的贯口以后，为了缓和气氛，鸣金收兵，叫来学戏的女孩子唱戏。

一时，梨香院的教习带了文官等十二个人，从游廊角门出来。婆子们抱着几个软包，因不及抬箱，估料着贾母爱听的三五出戏的彩衣包了来。婆子们带了文官等进去见过，只垂手站着。贾母笑道："大正月里，你师父也不放你们出来逛逛。你等唱什么？刚才八出《八义》闹得我头疼，咱们清淡些好。你瞧瞧，薛姨太太这李亲家太太都是有戏的人家，不知听过多少好戏的。这些姑娘都比咱们家姑娘见过好戏，听过好曲子。如今这小戏子又是那有名玩戏家的班子，虽是小孩子们，却比大班还强。咱们好歹别落了褒贬，少不得弄个新样儿的。叫芳官唱一出《寻梦》，只提琴至管萧合，笙笛一概不用。"文官笑道："这也是的，我们的戏自然不能入姨太太和亲家太太姑娘们的眼，不过我们一个发脱口齿，再听一个喉咙罢了。"贾母笑道："正是这话了。"李婶薛姨妈喜的都笑道："好个灵透孩子，他也跟着老太太打趣我们。"贾母笑道："我们这原是随便的顽意儿，又不出去做买卖，所以竟不大合时。"说着又道："叫葵官唱一出《惠明下书》，也不用抹脸。只用这两出叫他们听个疏异罢了。若省一点力，我可不依。"文官等听了出来，忙去扮演上台，先是《寻梦》，次是《下书》。众人都鸦雀无闻，薛姨妈因笑道："实在亏他，戏也看过几百班，从没见用箫管的。"贾母道："也有，只是像方才《西楼·楚江晴》一支，多有小生吹萧和的。这大套的实在少，这也在主人讲究不讲究罢了。这算什么出奇？"指湘云道："我象他这么大的时节，他爷爷有一班小戏，偏有一个弹琴的凑了来，即如《西厢记》的《听琴》，《玉簪记》的《琴挑》，《续琵琶》的《胡笳十八拍》，竟成了真的了，比这个更如何？"众人都道："这更难得了。"贾母便命个媳妇来，吩咐文官等叫他们吹一套《灯月圆》。媳妇领命而去。

贾母当然不能单说薛家，捎带着连李亲家一起说，说薛姨太太和李亲家太太都是大户人家，都是有戏的人家，好的戏曲，看得多，听得多。这些姑娘都比咱们家姑娘见过好戏，听过好曲子。如今这小戏子又是那有名玩戏家的班子，虽是小孩子们，却比大班还强。咱们好歹别落了褒贬，少不得弄个新样儿的。咱们就一起看一看，听一听《牡丹亭》和《西厢记》的折子戏吧！随后贾母竟然说，这都是随便的玩意儿，又不是出去做买卖，所以竟不大合时。直指薛家的商人身份。贾母一剑封喉，黛玉团队加一分，最终比分2∶1，黛玉团队逆转取胜。

真不是较真

较量结束，比分2∶1，黛玉团队胜利。但是有的读者可能心中还有疑惑，黛玉不是想息事宁人，管控分歧，示弱求安，尽量减少外部效应吗？干嘛事隔很久又旧事重提，主动反击呢？为什么贾母也要参与其中，亲自出马呢？这事的确让人纳闷儿，雪芹也没讲，怎么回事呢？但是事情的发展可能与黛玉所愿刚好相反，这事私下也许有所传播，风言风语的，造成一定影响，传进贾母耳中也是有的。

那么问题来了，常言道言不传六耳，当事者仅黛玉、宝钗两人，是谁在传播呢？经过反复仔细地研读本文，竟然有惊天发现，这也许是较量剧本中雪芹最隐秘的描述呢！下面这段话大家先看十遍，看看有什么问题？

> 宝钗便叫黛玉道："颦儿跟我来，有一句话问你。"黛玉便同了宝钗，来至蘅芜苑中。进了房，宝钗便坐了笑道："你跪下，我要审你。"黛玉不解何故，因笑道："你瞧宝丫头疯了！审问我什么？"

问题就出在黛玉笑道"你瞧宝丫头疯了！审问我什么？"这句上！！我们大家试写一下，如果现场仅黛玉和宝钗两人，黛玉应该如何称呼，如何问话？试验的结果和逻辑告诉我们，现场至少三人以上！！大概率事件是黄莺儿在场，这个莺儿确是《红楼梦》中嘴最快的丫头，没有之一。

贾宝玉曾问林黛玉，是几时孟光接了梁鸿案？林黛玉连说了三个好！依我见孟光何曾接了梁鸿案！！！

金玉良缘

金玉良缘之说是在宝钗选秀失败后出笼的。如果之前就有此说，何必还要参加选秀，岂不自我打脸。当然有人说金玉良缘与选秀不矛盾，因为玉玺也是玉，只不过太过牵强附会了。所以说薛家第一志愿是选秀进宫，第一志愿若不能达成，退而求其次才是嫁入贾府。需要说明的是，规则是考前报志愿。最开始没有第二志愿，只有第一志愿。在第一志愿不能实现的情况下，第二志愿也就成了第一志愿。

曹公站在薛蟠的角度是这样解释薛蟠进京的原因，"一为送妹待选，二为望亲，三因亲自入部销算账目、再计新支。其实则为游览上国风景之意"。也许对于薛蟠，游览上国才是最看重的原因，但对薛家而言，宝钗选秀才是根本原因。

关于选秀，先看原文。"近因今上崇尚诗礼，征采才能，降不世之隆恩，除聘选妃嫔外，在世宦名家之女，皆得亲名达部，以备选择，为宫主郡主入学陪侍，充为才人赞善之职。"

大家注意除聘选妃嫔外，为宫主郡主入学陪侍，充为才人赞善之职。所以并非选妃，与玉玺搭不上界。那么宝钗是何时落选的呢？曹公交代并不清晰。

宫里选秀，是先把符合条件人员的名字报到部里。然后，由部里进行首轮筛选，符合条件的，进入下一轮，也就是入宫待选。不符合条件的，直接淘汰。有红粉认为也许皇商家庭不属于世宦名家，加上薛蟠惹出人命官司，因此宝钗的名字根本就没有达部，资格审查委员会就没有通过，入宫待选就已经失败。这种说法有一定道理，否则，为什么文本中此后对此没有任何交代以及相应的选秀描写呢？既就如此，拙见还是倾向于下面的说法。

在第七、八回中，宝钗在梨香院中病了几日，贾母、王夫人处及园中各处均没有露面（原来是每日都去的）。这时周瑞家的、贾宝玉、林黛玉先后造访梨香院，从后面对宝钗身体及精神状态的文字描写看，宝钗根本没有病！如果有病，宝钗又得的什么病？脂砚斋很不厚道地说是"凡心偶炽，孽火攻心"，有人称之为热症，冷香丸横空出世，周瑞家的对冷香丸的配方叹道，若雨水节气不下雨，这一误就是三年。而我们知道上国选秀三年一次！电视剧《甄嬛传》中选妃被选中的留牌子，没有被选中的赐宫花，故这时薛家拥有了十二支宫花。所以拙见倾向此时宝钗选秀失败，而且金玉良缘剧本同时杀青。我们且先看看原文金玉良缘最初的版本。

闲言少述，且说宝玉来至梨香院中，先入薛姨妈室中来，正见薛姨妈打点针黹与丫鬟们呢。宝玉忙请了安，薛姨妈忙一把拉了他，抱入怀内，笑说："这么冷天，我的儿，难为你想着来，快上炕来坐着罢。"命人倒滚滚的茶来。宝玉因问："哥哥不在家？"薛姨妈叹道："他是没笼头的马，天天忙不了，那里肯在家一日。"宝玉道："姐姐可大安了？"薛姨妈道："可是呢，你前儿又想着打发人来瞧他。他在里间不是，你去瞧他，里间比这里暖和，那里坐着，我收拾收拾就进去和你说话儿。"宝玉听说，忙下了炕来至里间门前，只见吊着半旧的红绸软帘。宝玉掀帘一迈步进去，先就看见薛宝钗坐在炕上作针线，头上挽着漆黑油光的纂儿，蜜合色棉袄，玫瑰紫二色金银鼠比肩褂，葱黄绫棉裙，一色半新不旧，看去不觉奢华。唇不点而红，眉不画而翠，脸若银盆，眼如水杏。罕言寡语，人谓藏愚，安分随时，自云守拙。宝玉一面看，一面问："姐姐可大愈了？"宝钗抬头只见宝玉进来，连忙起身含笑答说："已经大好了，倒多谢记挂着。"说着，让他在炕沿上坐了，即命莺儿斟茶来。一面又问老太太姨娘安，别的姐妹们都好。一面看宝玉头上戴着累丝嵌宝紫金冠，额上勒着二龙抢珠金抹额，身上穿着秋香色立蟒白狐腋箭袖，系着五色蝴蝶鸾绦，项上挂着长命锁，记名符，另外有一块落草时衔下来的宝玉。宝钗因笑说道："成日家说你的这玉，究竟未曾细细的赏鉴，我今儿倒要瞧瞧。"说着便挪近前来。宝玉亦凑了上去，从项上摘了下来，递在宝钗手内。宝钗托于掌上，只见大如雀卵，灿若明霞，莹润如酥，五色花纹缠护。

宝钗看毕，又从新翻过正面来细看，口内念道："莫失莫忘，仙寿恒昌。"念了两遍，乃回头向莺儿笑道："你不去倒茶，也在这里发呆作什么？"莺儿嘻嘻笑道："我听这两句话，倒像和姑娘的项圈上的两句话是一对儿。"宝玉听了，忙笑道："原来姐姐那项圈上也有八个字，我也赏鉴赏鉴。"宝钗道："你别听他的话，没有什么字。"宝玉笑央："好姐姐，你怎么瞧我的了呢。"宝钗被缠不过，因说道："也是个人给了两句吉利话儿，所以錾上了，叫天天带着，不然，沉甸甸的有什么趣儿。"一面说，一面解了排扣，从里面大红袄上，将那珠宝晶莹、黄金灿烂的璎珞掏将出来。宝玉忙托了锁看时，果然一面有四个篆字，两面八字，共成两句吉谶：不离不弃，芳龄永继。

宝玉看了，也念了两遍，又念自己的两遍，因笑问："姐姐这八个字倒真与我的是一对。"莺儿笑道："是个癞头和尚送的，他说必须錾在金器上……"宝钗不待说完，便嗔他去倒茶，一面又问宝玉从那里来。

宝玉此时与宝钗就近，只闻一阵阵凉森森甜丝丝的幽香，竟不知系何香气，遂问："姐姐熏的是什么香？我竟从未闻见过这味儿。"宝钗笑道："我最怕熏香，好好的衣服，熏的烟燎火气的。"宝玉道："既如此，这是什么香？"宝钗想了一想，笑道："是了，是我早起吃了丸药的香气。"宝玉笑道："什么丸药这么好闻？好姐姐，给我一丸尝尝。"宝钗笑道："又混闹了，一个药也是混吃的？"

一语未了，忽听外面人说："林姑娘来了。"话犹未了，林黛玉已摇摇的走了进来，一见了宝玉，便笑道："哎哟，我来的不巧了！"宝玉等忙起身笑让坐，宝钗因笑道："这话怎么说？"黛玉笑道："早知他来，我就不来了。"宝钗道："我更不解这意。"黛玉笑道："要来一群都来，要不来一个也不来，今儿他来，明儿我再来，如此间错开了来着，岂不天天有人来了？也不至于太冷落，也不至于太热闹了。姐姐如何反不解这意思？"

细节高于情节，我们还是画画重点吧。一、薛姨妈超热情地接待宝玉，不在客厅待客而把宝玉让入宝钗闺房，说你们先谈，我随后就来（没来）；二、宝玉眼中宝钗并非家常着装（先时周瑞家的来时，宝钗家常着装），而且宝钗没有病态；三、宝钗主动提及宝玉的玉，宝钗挪身近前看，宝玉是摘了玉递给宝钗看；四、宝钗故意把玉上的字念了两遍（念给莺儿听）；五、宝钗三次让莺儿倒茶，莺儿不去倒茶，坚持说完台词；六、宝玉看金锁，宝钗解开排扣从里边大红袄里掏出金锁；七、想想金锁的大小，两人就着脖胸看锁，就有了体香；八、宝钗打断莺儿的后半句话，宝钗是知道的，在第二十八回中由薛姨妈补充说完了；九、宝钗的金锁，先有锁，后有字錾上去的；十、周瑞家的和宝玉来时，无人通报，黛玉来时，外面有人通报；十一、从黛玉来后的语言知道，黛玉听到了里屋的谈话，只是不知黛玉听到了多少！

莺儿没有说完的后半句台词，第二十八回中由薛姨妈说完整了，文本说，薛宝钗因往日母亲对王夫人等曾提过"金锁是个和尚给的，等日后有玉的方可结为婚姻"等语，所以总远着宝玉。"往日"一般理解就指不是一次，说给"王夫人等"中的"等"非常绝妙，就是指不仅仅是说给王夫人，还说给其他很多人。

第三十四回，一日薛蟠和薛宝钗吵架，无意中说出了"好妹妹，你不用和我闹，我早知道你的心了。从先妈妈和我说：你这金锁要拣有玉的才可配，你留了心，见宝玉有那劳什子，你自然如今行动护着他"。

这就是金玉良缘出笼之完整版。

由此可见有关金玉良缘之说法，完全由薛家人自娱自乐、自拉自唱的单方面制造并传销。这里有一个关键的人证——癞头和尚。癞头和尚是在《红楼梦》中出场多次的群众演员。我们来回放癞头和尚出场的几次情景吧。

> 黛玉道："我自来是如此，从会吃饮食时便吃药，到今日未断，请了多少名医修方配药，皆不见效。那一年我三岁时，听得说来了一个癞头和尚，说要化我去出家，我父母固是不从。他又说：'既舍不得他，只怕他的病一生也不能好的了。若要好时，除非从此以后总不许见哭声，除父母之外，凡有外姓亲友之人，一概不见，方可平安了此一世。'疯疯癫癫，说了这些不经之谈，也没人理他。"
>
> 英莲（香菱）三岁时，甄家来了一僧一道，见面和尚就要度英莲出家。甄士隐老来得女，怎么可能舍了英莲？于是和尚只好离开。临走时留下四句言辞：
>
> 惯养娇生笑你痴，菱花空对雪澌澌。
>
> 好防佳节元宵后，便是烟消火灭时。

第十八回，有关妙玉。因生了这位姑娘自小多病，买了许多替身儿皆不中用，到底这位姑娘亲自入了空门，方才好了，所以带发修行，今年才十八岁，法名妙玉。

这一节虽然没直接提到有癞头和尚让妙玉出家，但显然只有之前听到过这样的建议，妙玉的父母才会有如此举动。不然哪有因病入空门的道理？而且这番行事正合了和尚的作风以及目的。

从林黛玉、英莲、妙玉，直到贾宝玉、甄士隐、柳湘莲，癞头和尚都是劝人出世的，唯独是劝宝钗入世的，莫非癞头和尚的三观混乱了吗，或是脑袋瞬间短路？

从癞头和尚与贾宝玉的前世今生看，癞头和尚是知道贾宝玉的最后结局的，那他还要做月下老人，这不是故意坑害薛宝钗吗？！可见所谓的金玉良缘是彻头彻尾的谎言！

难怪睡梦中的贾宝玉忽然喊骂："和尚、道士的话如何信得！什么'金玉良缘'，我偏说是'木石姻缘'！"

谍影

宝玉忽然"哎呦"了一声，说："好头疼！"林黛玉道："该，阿弥陀佛！"只见宝玉大叫一声："我要死！"将身一纵，离地跳有三四尺高，口内乱嚷乱叫，说起胡话来了。林黛玉并丫头们都唬慌了，忙去报知王夫人、贾母等。此时王子腾的夫人也在这里，都一齐来时，宝玉益发拿刀弄杖，寻死觅活的，闹得天翻地覆。贾母、王夫人见了，唬得抖衣而颤，且"儿"一声"肉"一声放声恸哭。于是惊动诸人，连贾赦、邢夫人、贾珍、贾政、贾琏、贾蓉、贾芸、贾萍、薛姨妈、薛蟠并周瑞家的一干家中上上下下里里外外众媳妇丫头等，都来园内看视。登时园内乱麻一般。正没个主见，只见凤姐手持一把明晃晃钢刀砍进园来，见鸡杀鸡，见狗杀狗，见人就要杀人。众人越发慌了。周瑞媳妇忙带着几个有力量的胆壮的婆娘上去抱住，夺下刀来，抬回房去。平儿、丰儿等哭得泪天泪地。贾政等心中也有些烦难，顾了这里，丢不下那里。

熟悉《红楼梦》的朋友对上面的情节都会印象深刻，这是贾宝玉、王熙凤着了赵姨娘、马道婆的魇魔法了。鲁迅在《中国小说史略》中说："中国本信巫，秦汉以来，神仙之说盛行，汉末又大畅巫风，而鬼道愈炽；会小乘佛教亦入中土，渐见流传。凡此，皆张皇鬼神，称道灵异，故自晋讫隋，特多鬼神志怪之书。"《红楼梦》第二十五回"魇魔法姊弟逢五鬼"写的就是一种巫术，"魇魔法"学名叫作偶像祝诅术，指"对塑像、雕像、画像或其他偶像实施诅咒和攻击，借以打击偶像所代表的人物或鬼神"。

常言道"哪里有压迫，哪里就有反抗"，贾宝玉这个赵姨娘眼中的火龙，以及擅于媚上欺下的王熙凤，一个专宠，一个专权，极大地压缩了赵姨娘和贾环的生存空间，使赵姨娘与贾环活得无自信，活得很自卑，活得很猥琐，活得不耐烦。这当然不能全怪贾宝玉和王熙凤，但赵姨娘和贾环却不这样看，他们习惯于外部归因，绝对会伺机报复，蒋勋先生一再提醒要当心卑微人士的刻意报复。种什么因结什么果。下面略去赵姨娘与马道婆讨价还价的过程，看看达成协议后马道婆的道白。

马道婆看看白花花的一堆银子，又有欠契，并不顾青红皂白，满口里应着，伸手先去抓了银子掖起来，然后收了欠契。又向裤腰里掏了半晌，掏出十个纸铰的青面白发的鬼来，并两个纸人，递与赵姨娘，又悄悄地教他道："把他两个的年庚八字写在这两个纸人身上，一并五个鬼都掖在他们各人的床上就完了。我只在家里作法，自有效验。千万小心，不要害怕！"

提醒读者注意的是，行动的关键环节之一是要把写有生辰八字的纸人连同五个鬼掖在贾宝玉和王熙凤的床上。任务还是蛮艰巨的呢，以怡红院为例，怡红院贾宝玉的卧室还是戒备森严的，一般死鱼眼的老婆子和干粗活儿的二等丫头是不能进入的，还记得小红儿设局进入卧室给宝玉递茶被秋雯等大丫头发现后大骂吗？相信大家也不会忘记春燕的妈欲给宝玉吹汤而蒙羞吧。所以怡红院贾宝玉的卧室不好进，不要抬杠说刘姥姥都进去过，只能说那不过是一个机缘巧合，实际上这样的机会少之又少，想想怡红院有多少大丫头、小丫头，以及老婆子！赵姨娘这样的身份虽然说可以进入宝玉卧室，但却是有人时可进，无人时不宜进入。事实上，赵、马密谋后，赵姨娘、周姨娘也确实进过宝玉的卧室，不过当时李纨、宝钗、黛玉等人均在场中，哪有机会下手。事实上赵姨娘再蠢也不会蠢到亲自下手，她不会也不敢冒这样的风险！

低估自己的对手，必须付出相应的代价。赵姨娘就是一个经常被低估的角色。赵姨娘如果没有一身本事，一无是处，怎么可能擒获贾政，丫头上位，获得贾政宠爱呢？文本中赵姨娘愚笨而庸俗，探春说她心里没有成算、容易受人蛊惑利用，而平儿认为她倒三不着两。然而就是这个蠢人，能量手段也是惊人。赵姨娘在高层吃不开，但是在下面却深受好评。赵姨娘本是贾府家奴出身，作为草根中的崭露头角者，网罗一批下等婆子奴仆结成团伙不算难事，就连写给马道婆五百两银子的欠据这样机密的事情都是她心腹婆子写的。书中名言：赵姨娘素日与管事的女人们扳厚，互相连络，好作首尾，她不仅与林之孝家的、夏婆子私下互动亲密，就连与偶尔在贾府走动的马道婆也是私交颇深，哪怕是王夫人的四大贴身丫鬟，竟然也有半数被她收买，彩云彩霞可以说都是被赵姨娘拉下马的。因此拙见就是赵姨娘也不是省油的灯，在贾府各处布置眼线、邀买人心，而在怡红院，她也安插了间谍收集可利用的信息，关于纸人操作的可行性分析：只能是赵姨娘早就收买了凤姐、宝玉两处值班的丫鬟作内应，或买通了打扫浆洗的婆子们，才会如此高效机密。

一些读者奇怪，魇魔事件之后，荣府上层为何不追究呢，按说这事破案难度并不大。宝玉第一次挨打，贾母还挖出贾珍并骂之，第二次挨打袭人还追查到呆霸王薛蟠和贾环呢！这次竟然不追查，拙见是这事被贾政摆平了，家丑不可外扬嘛，当事的各方心知肚明而已。

宝玉病好之后，就对怡红院进行了彻底的大扫除，采取了必要的防范措施，而且袭人通过收买手段，在赵姨娘处也安排了谍报人员，且看第七十三回。

却说怡红院中宝玉正才睡下，丫鬟们正欲各散安歇，忽听有人击院门。老婆子开了门，见是赵姨娘房内的丫鬟名唤小鹊的。问他什么事，小鹊不答，直往房内来找宝玉。只见宝玉才睡下，晴雯等犹在床边坐着，大家顽笑，见他来了，都问："什么事，这时候又跑了来作什么？"小鹊笑向宝玉道："我来告诉你一个信儿。方才我们奶奶这般如此在老爷前说了。你仔细明儿老爷问你话。"说着回身就去了。

赵姨娘真在怡红院安排了间谍吗？完全有可能。与间谍小鹊遥遥相对的，有个小鸠。小鸠，怡红院名不见经传的粗使小丫鬟，乃何婆之女、何春燕之妹，唯一的出场是何婆要用小鸠儿洗剩的水给芳官洗头，芳官不服，二人引发争吵。除此之外八十回内再无其他故事。

没有直接证据说小鸠儿是赵姨娘的间谍，但按曹公给书中人物起名的讲究来看，却是有深意的。假若鹊是喜信，那么鸠是悲音。单听名字就让人感觉不是什么好鸟了。小鹊身在赵姨娘处，心却在怡红院，而小鸠身在怡红院内，是否为赵姨娘所用？所谓鹊垒巢鸠、鸠占鹊巢，鹊，鸠，身心错位易地而处，曹公安排两个寓意明确褒贬分明的丫鬟互相对照，应该也有所指吧？何况，怡红院乃各方必争之地，王夫人、薛宝钗、赵姨娘都安排有自己的卧底线人，简直就是谍影重重！

射覆与拇战

现在很多电视台娱乐节目有一款游戏叫"猜猜猜"，由两位嘉宾配合完成，就是把一个词汇或成语遮盖起来，一个人进行提示，提示语中不能出现遮盖词语或成语的同音、近音、谐音，另一个人根据同伴的提示语猜遮盖的语汇或成语。比如，遮盖的是一个"周"字，提示语不能出现周的同近谐音字，可以说"一星期也叫什么？"或者说"台湾歌星杰伦的姓是什么呀？"等等，猜者就可以根据提示语判断被遮盖的是什么了。这样的游戏是最古老的游戏，古代叫射覆。

射覆就是先覆后射。覆，就是把物品（词汇）覆盖或藏匿起来；射就是猜，就是根据对覆盖物有关的提示猜出被覆盖的物品（词汇）。射覆的难度应是分级的，有入门级，有初、中、高级，有骨灰级。这种难度主要取决于对提示语的限定，例如提示语与覆盖物的关系，要求出自经书、诗词、历史、文化、典掌故、戏曲等，有的甚至猜出者也并不直接说出，而是另说一词与覆盖词语组词后，说明两者之间的历史文化渊源来。所以射覆非常古老，薛宝钗说射覆是行令的祖宗。射覆既可像"猜猜猜"那样的俗不可耐，也可以像《红楼梦》第六十二回里那样引入既高又雅的文化元素的骨灰级玩法。

第六十二回里还有一种行令就是"拇战",拇战就是指战,通俗地说就是划拳,特别大众化,很普及的。但若酒面酒底加上一些文化元素却也是雅得紧。第六十二回里,宝玉、平儿、宝琴、岫烟四人同日生日,众人在园中行的酒令即是射覆与拇战两种并行,对上点的就射覆,其余等待人员可以乱战划拳。

我初看红楼梦时,由于当时看不懂,云山雾罩的,这样的段落往往是直接跳过的。但是《红楼梦》中的行酒令、猜灯谜、点戏曲、做游戏、入梦境等等才是最重要的,雪芹有诸多的铺陈和暗示,或揭示表现红楼人物的性格特点和心理期待,或透露人物的心理愿景或命运走向。雪芹实是中国版的弗洛伊德!在下面的酒令中,黛玉和湘云行的酒令来自拇战,余者均为射覆,请看原文。

宝玉便说:"雅坐无趣,须要行令才好。"众人有的说行这个令好,那个又说行那个令好。黛玉道:"依我说,拿了笔砚将各色全都写了,拈成阄儿,咱们抓出哪个来,就是哪个。"众人都道妙。即拿了一副笔砚花笺。香菱近日学了诗,又天天学写字,见了笔砚便图不得,连忙起座说:"我写。"大家想了一回,共得了十来个,念着,香菱一一的写了,搓成阄儿,掷在一个瓶中间。探春便命平儿拣,平儿向内搅了一搅,用箸拈了一个出来,打开看,上写着"射覆"二字。宝钗笑道:"把个酒令的祖宗拈出来。'射覆'从古有的,如今失了传,这是后人篡的,比一切的令都难。这里头倒有一半是不会的,不如毁了,另拈一个雅俗共赏的。"探春笑道:"既拈了出来,如何又毁。如今再拈一个,若是雅俗共赏的,便叫他们行去。咱们行这个。"说着又着袭人拈了一个,却是"拇战"。史湘云笑着说:"这个简断爽利,合了我的脾气。我不行这个'射覆',没的垂头丧气闷人,我只划拳去了。"探春道:"惟有他乱令,宝姐姐快罚他一钟。"宝钗不容分说,便灌湘云一杯。

探春道:"我吃一杯,我是令官,也不用宣,只听我分派。"命取了令骰令盆来,"从琴妹掷起,挨下掷去,对了点的二人射覆。"宝琴一掷,是个三,岫烟宝玉等皆掷的不对,直到香菱方掷了一个三。宝琴笑道:"只好室内生春,若说到外头去,可太没头绪了。"探春道:"自然。三次不中者罚一杯。你覆,他射。"宝琴想了一想,说了个"老"字。香菱原生于这令,一时想不到,满室满席都不见有与"老"字相连的成语。湘云先听了,便也乱看,忽见门斗上贴着"红香圃"三个字,便知宝琴覆的是"吾不如老圃"的"圃"字。见香菱射不着,众人击鼓又催,便悄悄的拉香菱,教他说"药"字。黛玉偏看见了,说:"快罚他,又在那里私相传递呢。"哄的众人都知道了,忙又罚了一杯,恨的湘云拿筷子敲黛玉的手。于是罚了香菱一杯。下则宝钗和探春对了点子。探春便覆了一个"人"字。宝钗笑道:"这个'人'字泛的很。"探春笑道:"添一字,两覆一射也不泛了。"说着,便又说了一个"窗"字。宝钗一想,因见席上有鸡,便射着他是用"鸡窗""鸡人"二典了,因射了一个"埘"字。探春知他射着,用了"鸡栖于埘"的典,二人一笑,各饮一口门杯。

湘云等不得,早和宝玉"三""五"乱叫,划起拳来。那边尤氏和鸳鸯隔着席也"七""八"乱叫划起拳来。平儿袭人也作了一对划拳,叮叮当当只听得腕上的镯子响。一时湘云赢了宝玉，袭人赢了平儿，尤氏赢了鸳鸯，三个人限酒底酒面，湘云便说："酒面要一句古文，一句旧诗，一句骨牌名，一句曲牌名，还要一句时宪书上的话，共总凑成一句话。酒底要关人事的果菜名。"众人听了，都笑说："惟有他的令也比人唠叨，倒也有意思。"便催宝玉快说。宝玉笑道："谁说过这个，也等想一想儿。"黛玉便道："你多喝一钟，我替你说。"宝玉真个喝了酒，听黛玉说道：落霞与孤鹜齐飞，风急江天过雁哀，却是一只折足雁，叫的人九回肠，这是鸿雁来宾。

说的大家笑了，说："这一串子倒有些意思。"黛玉又拈了一个榛穰，说酒底道：榛子非关隔院砧，何来万户捣衣声。

《红楼梦》人物的语言具有唯一性，这样的语言只能属于林黛玉，它绝不可能出自薛宝钗和史湘云！这种孤傲，这种哀怨，折足雁，九回肠，真的具有唯一性，这无关知识与才气，只与思维习惯与深度有关！不是你没有才气，只是你思想的深度没有达到这样的深度，或是你思维的触角很少扫描这样的领域，所以就写不出这样的语言！达不到"冷月葬花魂"这样的思想深度就写不出"冷月葬花魂"这样的文字。我们接着看：

大家轮流乱划了一阵，这上面湘云又和宝琴对了手，李纨和岫烟对了点子。李纨便覆了一个"瓢"字，岫烟便射了一个"绿"字，二人会意，各饮一口（气人不，我还没会意呢）。湘云的拳却输了，请酒面酒底。宝琴笑道："请君入瓮。"大家笑起来，说："这个典用的当。"湘云便说道：奔腾而砰湃，江间波浪兼天涌，须要铁锁缆孤舟，既遇着一江风，不宜出行。

说的众人都笑了，说："好个诌断了肠子的。怪道他出这个令，故意惹人笑。"又听他说酒底。湘云吃了酒，拣了一块鸭肉呷口，忽见碗内有半个鸭头，遂拣了出来吃脑子。众人催他"别只顾吃，到底快说了。"湘云便用箸子举着说道："这鸭头不是那丫头，头上那讨桂花油。"

这又是典型的湘云语言，一大气大度，二诙谐，三有表现欲。思想细腻的人绝对写不出这样的文字，能写出这样文字的人，一定直率豪爽，思想很少拐弯，甚至有点二！

底下宝玉可巧和宝钗对了点子。宝钗覆了一个"宝"字，宝玉想了一想，便知是宝钗作戏指自己所佩通灵玉而言，便笑道："姐姐拿我作雅谑，我却射着了。说出来姐姐别恼，就是姐姐的讳'钗'字就是了。"众人道："怎么解？"宝玉道："他说'宝'，底下自然是'玉'了。我射'钗'字，旧诗曾有'敲断玉钗红烛冷'，岂不射着了。"

哈哈，这可是本篇的重点，这一覆一射相当精彩，精准地反映了覆者与射者内心深处的愿望！宝钗当众生拉硬扯地对金玉良缘做出再一次的努力，宝玉心知肚明，非常客气却很直接地表明了对金玉良缘结局的展望，敲断玉钗红烛冷，啊，情何以堪！！提醒大家注意的是，宝玉和宝钗这一射一覆的整个过程林黛玉都是在现场的，依林黛玉的冰雪聪明还有什么不明白的？

玉钗诗句应该很多，"钗头玉茗妙天下，琼花一树真虚名""轻鬟半拥钗横玉""整钗微见玉纤纤，夜寒窗外更垂帘"，等等。若让我的好友琬如用玉钗作飞花令，可能会持续好久，绝不会逊于诗词大会的佼佼者，可宝玉偏偏用这句敲断玉钗红烛冷，岂不妙哉。

注：李纨与邢岫烟射覆，限定谜底为室内事物，李纨出一"瓢"字，应该是看到席上有酒杯，樽是她盖住的谜底，瓢樽就是酒具，相关诗词还是很多的，"独坐间瓢尊""药裹瓢樽挂壁蓝"等，岫烟对"绿"字，是用既有"绿"字又有"樽"字的诗句，如"愁向绿樽生""瓢弃樽无绿"以射李纨所覆的"樽"字。

射覆这样玩啊，难道都不懂就是雅呀，这也太难了吧，玩的就是脸红！

殇地

平安州是《红楼梦》第六十六回中出现的地名，从曹雪芹半遮半掩，欲盖还说，暗藏玄机的编织看，平安州非常重要。曹公对起地名着实讲究，大荒山、无稽崖、青埂峰、十里街、花枝街、仁清巷等均寓意深长，平安州也是如此。在平安州发生的事，也许事涉宁荣两府的某些重大事件，影响着主要红楼人物的命运走向，一些红粉甚至认为百年贾府获罪被查抄，与平安州关系极大。

平安州乃虚拟的地名，平安州并不平安，这是曹公有意反写。平安州地处边陲，路途遥远，来去需要半月有余；平安州地域辽阔广大，守将巡边也要耗时一月以上。有红粉指出清朝康雍乾时期，重要的边关是准格尔，地理位置不仅重要，而且还在持续用兵，从文本中零星散落的信息可以并不准确地推断平安州大概率乃准格尔也，地涉天国整个西部地区。

尤二姐怀了贾琏的孩子，身体有疾，请贾府家庭医生王太医，小厮回说，王太医为求荫封，军前效力了，请来只看到晴雯红指甲就喘气不匀、头冒虚汗的胡太医，这位太医从帐子掀起的一条缝中看到尤二姐的脸后，魂魄如飞上九天，通神麻木，一无所知。后来下了虎狼药，把尤二姐肚里的成形男胎打了下来。这话暂且不提，单说王太医军前效力的事，虽然文本上只有不到10个字，没有说在什么地方，但信息量不小，首先天国不可能同时多处用兵，另外，连太医院王太医都军前效力了，可见战事不小。拙见王太医军前效力的地方仍是平安州。

我们先看本文中荣府与平安州的联系。荣府大老爷贾赦命他儿子贾琏去平安州出差，去见平安州节度办件紧急的机密大事。其间节度嘱咐贾琏十月再来一次。

第六十六回，大家正说话，只见隆儿又来了，说："老爷有事，是件机密大事，要遣二爷往平安州去，不过三五日就起身，来回也得半月工夫。"

是日一早出城，就奔平安州大道，晓行夜住，渴饮饥餐。方走了三日，那日正走之间，顶头来了一群驮子，内中一伙，主仆十来骑马，走的近来一看，不是别人，竟是薛蟠和柳湘莲来了。

且说贾琏一日到了平安州，见了节度，完了公事。因又嘱他十月前后务要还来一次，贾琏领命。次日连忙取路回家，先到尤二姐处探望。

第六十七回，大家喝着酒说闲话儿。内中一个道："今日这席上短两个好朋友。"众人齐问是谁，那人道："还有谁，就是贾府上的琏二爷和大爷的盟弟柳二爷。"大家果然都想起来，问着薛蟠道："怎么不请琏二爷和柳二爷来？"薛蟠闻言，把眉一皱，叹口气道："琏二爷又往平安州去了，头两天就起了身的。那柳二爷竟别提起，真是天下头一件奇事。什么是柳二爷，如今不知哪里作柳道爷去了。"

第六十八回，话说贾琏起身去后，偏值平安节度巡边在外，约·个月方回。贾琏未得确信，只得住在下处等候。及至回来相见，将事办妥，回程已是将两个月的限了。

雪芹乃卖关子的大王，对于紧急、机密、大事的叙述，就是见了节度、完了公事、十月再来；第二次节度巡边在外，贾琏下处等待，及至相见，把事办妥，行程两月。别说丈二的和尚摸不到头脑，恁是多高的和尚也摸不着头脑，曹公这葫芦里到底卖的什么药！

按下紧急、机密、大事暂且不表，雪芹详细叙说了贾琏在平安州邂逅呆霸王薛蟠和柳湘莲的前后经过，并给小姨子尤三姐保媒牵线柳湘莲的过程。事实上在贾琏第一次和第二次出差平安州的日子里，贾府内外确实发生了不少事。柳湘莲定退婚；尤三姐揉碎桃花红满地，玉山倾倒再难扶；王熙凤智骗尤二姐离开花枝巷搬入荣府；张华诉讼贾琏孝中停妻另娶；王熙凤大闹宁府；蟠钗兄妹对柳尤之恋的迥异表现……这些事件都有详述。主干不发，枝叶葳蕤。接着再看。

那贾琏一日事毕回来，先到了新房中，已竟悄悄的封锁，只有一个看房子的老头儿。贾琏问他原故，老头子细说原委，贾琏只在镫中跌足。少不得来见贾赦与邢夫人，将所完之事回明。贾赦十分欢喜，说他中用，赏了他一百两银子，又将房中一个十七岁的丫鬟名唤秋桐者，赏他为妾。贾琏叩头领去，喜之不尽。

贾琏去平安州办什么事，怎么办的都不知道，但给贾赦交差时，贾赦大喜，对儿子一提出表扬，说儿子中用，二奖金100两银子，三赏自己的丫头秋桐给儿子做妾（但不知贾赦是否对秋桐收过房）。我们知道，贾赦贾琏父子关系也是耗子与猫相类，在贾赦欲娶鸳鸯、欲霸石呆子古扇等事上，贾赦对贾琏非骂即打，毫不客气，哪里祈求还有这等奖赏和犒劳！可见平安州之事的确事关重大。

贾赦，贾代善、贾母之长子，邢夫人的丈夫。他承袭了荣国公的爵位，为三品将军。他生性好色，平日依官作势，行为不检。连他母亲贾母也说他放着身子不保养，官儿也不好生做去，成日里和小老婆喝酒。他不仅糟蹋了无数良家女子，凡贾府中稍有头脸的丫头也不放过。

文本中没有贾赦从事公事的只字描写，有的倒是欲霸鸳鸯，勾结贾雨村霸占石呆子古扇等情节，贾赦之事唯财、色、孔方兄耳！平安州的事想来同样落入这个范围。下面根据曹公提供的有关线索进行逻辑性的串联。

《红楼梦》中第一恶人（没有之一）孙绍祖，在家境困难时曾经拜倒在贾府门下，乞求帮助。后来，孙绍祖在京袭了官职，又"在兵部候缺提升"。依附贾府，候缺提升。八字要义，十分精确。孙绍祖字面意思是孙子传承了祖先的德行，如果祖宗德行就不怎么样，他还那样德行。但谐音孙臊祖，大意则为羞他的先人呢，一代不如一代了，"青出于蓝而胜于蓝"了。

候缺提升，一靠关系，二要孔方兄说话，这是规矩。连贾蓉捐个虚职都要动用宫内关系并花1000两银子，所以孙绍祖走贾府路线也是花了钱的，据孙绍祖讲他给了贾赦5000两银子。星转斗移，事情起了变化，随着甄府出事，贾府地位下降，原本说好的事情也无法兑现了，以贾赦的人品表现，归还5000两银子给孙绍祖却是不可能的，用孙绍祖的话来说，贾赦用贾迎春嫁女抵债。可怜的可叹的与世无争的木头一样的侯门小姐贾迎春被他父亲与中山狼一样的孙绍祖做了交易，贾迎春终被孙绍祖毒打折磨致死。所以事情的经过应该就是孙绍祖欲谋职，走的是贾赦的路子，贾赦收银5000两，让贾琏去平安州活动，第一次业务开拓签订合同，第二次去履约与交割。当然不排除平安州的干部也想要进京，贾赦顺势便来个搂草打兔子，两头通吃！故事讲到这样的程度，也是让人无言！贾赦最终遭到被查抄家产，革去世职，远离都城，充军边地。这个边地不知可否是平安州！

必须指出的是，有一根高压线，也是不可触碰的类似八项规定一样的红线，即内官不得结交外官，何况是战时的平安州，此乃大罪也！这样看来，虽然不断有人诟病高鹗的后四十回续，但续中有关贾赦获罪的重罪之一是结交外官还是有道理的。

与平安州事件有直接或间接关系并改变命运的红楼人物有贾赦、贾琏、王熙凤、尤二姐、尤三姐、柳湘莲、秋桐等，可能这也是百足之虫最终死亡的催化性事件。平安州对贾府而言实乃殇地。

彩云

先回答一位朋友的问题，这位朋友问贾政的夫人为什么叫王夫人不叫贾夫人呢？称呼自家人，冠娘家姓，称呼别人家人，冠夫姓，大概是一种传统吧？一家子好几兄弟，媳妇都冠夫姓，怎么区别？贾政贾赦的妻子都叫贾夫人？传统同姓为一家，异姓为别家，这就是孙子孙女与外孙外孙女的区别，也是媳妇与女儿的区别。女人出嫁，则成为夫家人，冠夫姓，以示认可为一家同姓之人。并非糟蹋女权。故外人称呼以夫姓，显示尊重。王夫人在外面，甚至在娘家，应被称贾夫人，在贾府则被称王夫人。

王夫人乃荣府董事长也，标配四个贴身丫鬟，金钏儿，玉钏儿，彩云，彩霞。金钏儿因为午间与宝玉戏闹被王夫人愚蠢地逼死了。玉钏儿是金钏儿的亲妹子，金钏儿死后，王夫人为赎罪把金钏儿的工资一并给了玉钏儿，使玉钏儿拿着和姨太一样的二两银子，但玉钏儿心中却充满了对王夫人的仇恨。彩云和彩霞是被赵姨娘拉下马的卧底，心中只有贾环，与王夫人离心离德。所以，王夫人只顾得给怡红院等安插奸细，后院却失火，做人多失败呀！本篇单说彩云。

要说清楚彩云的人与事，涉及两种高级化妆品，即蔷薇硝和茉莉粉；两种营养食品，即玫瑰露和茯苓霜。

"蔷薇硝"是蔷薇花浸水熏蒸，取出花的汁液香精，连同花瓣一起晒干，研碎成粉末，与银硝矿粉混合，制作成药用兼保养的化妆品，抹在脸上，可以止痒除癣，也可以润泽肌肤。

茉莉粉据《本草纲目·拾遗》载："紫茉莉，二三月发苗，茎逢节则粗如骨节状。叶长尖光绿，前锐后大。小暑后开花，有紫、白、黄三色，又有一本五色者，花朝暮合。结实外有苞，内含青子或簇，大如豌豆，久则黑，子内有白粉。"美容时可采取成熟种子若干，研成粉末可清热和解毒，取粉擦脸可除面斑等，使面部光洁、白皙，有美容之功效。

玫瑰花性甘微苦，温、无毒。有理气解郁、和血散淤的功效。主治肝胃气痛，新久风痹，吐血咯血，月经不调，赤白带下，痢疾、乳痈，肿毒。《食物本草》谓其"主利肺脾、益肝胆，食之芳香甘美，令人神爽"。既能活血散滞，又能解毒消肿，因而能消除因内分泌功能紊乱而引起的面部暗疮等症。玫瑰露的主要成分是香茅醇、橙花醇、丁香油酚等一些挥发性的物质，它们所散发出的那种芳香浓郁的甜美气息，能够作用于人的神经系统，可以让人放松紧张的精神，释放压力，特别是对于现在都市生活中，工作压力大，精神紧张，食欲不振的人群，不妨试一试这道玫瑰露，说不定就有很好的解压放松作用呢。

茯苓是寄生在松根上的真菌。它长在地下 20—30 厘米处，菌核呈球形或不规则块状，大小不一。别看茯苓其貌不扬，可是一味著名的中药。

除方剂中的应用外，茯苓历来还被当作珍贵的滋补食品为人们所喜爱。据说慈禧在晚年就喜食一种叫茯苓夹饼的小点心。《红楼梦》第六十回中还详细介绍了茯苓霜（碾碎的白茯苓末）的服法：用牛奶或滚开水将茯苓霜冲化、调匀，于每日晨起吃上一盅（净含量约 20 克），其滋补效力最好。茯苓中含有大量人体极易吸收的多糖物质，能增强人体的免疫功能，对久病、体弱、老年人均有帮助。其中的某些成分如茯苓次聚糖对癌细胞有抑制作用，长期服用可促进癌症患者化疗、手术后的康复。

第一件事，蔷薇硝和茉莉粉的事。话说的绕些儿。春来史湘云犯了杏癣，向宝钗求些蔷薇硝，宝钗却都给了宝琴，让丫头去向黛玉求些，蘅芜苑的小丫头蕊官和大丫头莺儿去潇湘馆黛玉处取得一些蔷薇硝，恰逢怡红院小丫头春燕和她妈给先前得罪的莺儿赔不是来了，蕊官顺便包了一包蔷薇硝让春燕带回怡红院给她的好朋友芳官。芳官得到了源自黛玉的蔷薇硝时，却让赵姨娘的儿子贾环偶遇，贾环便求宝玉分他一些给他的女朋友彩云。芳官却觉得这包蔷薇硝有蕊官的情义在，欲另取一些给贾环，不料怡红院中的蔷薇硝刚好被用完了，就用酷似蔷薇硝的茉莉粉打发了贾环。

> 贾环连日也便装病逃学，如今得了硝，兴兴头头来找彩云。正值彩云和赵姨娘闲谈，贾环嘻嘻向彩云道："我也得了一包好的，送你擦脸。你常说，蔷薇硝擦癣，比外头的银硝强。你且看看，可是这个？"彩云打开一看，嗤的一声笑了，说道："你和谁要来的？"贾环便将方才之事说了。彩云笑道："这是他们哄你这乡老呢。这不是硝，这是茉莉粉。"贾环看了一看，果然比先前的带些红色，闻闻也是喷香，因笑道："这也是好的，硝粉一样，留着擦罢，自是比外头买的高便好。"彩云只得收了。赵姨娘便说："有好的给你！谁叫你要去了，怎怨他们耍你！依我，拿了去照脸摔给他去，趁着这回子撞尸的撞尸去，挺床的便挺床，吵一出子，大家别心净，也算是报仇。莫不是两个月之后，还找出这个碴儿来问你不成？便问你，你也有话说。宝玉是哥哥，不敢冲撞他罢了。难道他屋里的猫儿狗儿，也不敢去问问不成！"贾环听说，便低了头。彩云忙说："这又何苦生事，不管怎样，忍耐些罢了。"赵姨娘道："你快休管，横竖与你无干。乘着抓住了理，骂给那些浪淫妇们一顿也是好的。"又指贾环道："呸！你这下流没刚性的，也只好受这些毛崽子的气！平白我说你一句儿，或无心中错拿了一件东西给你，你倒会扭头暴筋瞪着眼踱摔娘。这会子被那起尿崽子耍弄也罢了。你明儿还想这些家里人怕你呢。你没有尿本事，我也替你羞。"贾环听了，不免又愧又急，又不敢去，只摔手说道："你这么会说，你又不敢去，指使了我去闹。倘或往学里告去挨了打，你敢自不疼呢？遭遭儿调唆了我闹去，闹出了事来，我挨了打骂，你一般也低了头。这会子又调唆我和毛丫头们去闹。你不怕三姐姐，你敢去，我就服你。"只这一句话，便戳了他娘的肺，便喊说："我肠子爬出来的，我再怕不成！这屋里越发有得说了。"一面说，一面拿了那包子，便飞也似往园中去。彩云死劝不住，只得躲入别房。贾环便也躲出仪门，自去顽耍。

贾环有这样的妈，他不可能有自信，不可能不猥琐；探春有这样的妈，她不可能不尴尬不难堪。贾环表现及格，胆小怕事，有所敬畏，觉得得不到蔷薇硝、茉莉粉也是好的，他妈闹时他也遁去了。仅说彩云事中表现却也可圈可点。先时不管硝还是粉，彩云只认贾环的情，贾环认为粉也不错，彩云就收着。等到赵姨娘生事，彩云死劝，极力息事宁人，后见死劝不住，忙又躲入别房。彩云懂事明事理。后来赵姨娘大闹怡红院，单挑芳、藕、蕊、豆四官各种不堪表演按下不表。

讲完蔷薇硝和茉莉粉这一档事，后来又发生了玫瑰露和茯苓霜的事。这个事两条线索，独立发展，至平儿处汇合，曹公精细编织，精彩纷呈。一条线索是彩云禁不住赵姨娘的再三央求，被缠不过千不该从王夫人柜子里偷了些玫瑰露给贾环，却被玉钏儿发觉。

晴雯走来笑道："太太那边的露再无别人，分明是彩云偷了给环哥儿去了。你们可瞎乱说。"平儿笑道："谁不知是这个原故，但今玉钏儿急的哭，悄悄问着他，他应了，玉钏也罢了，大家也就混着不问了。难道我们好意兜揽这事不成！可恨彩云不但不应，他还挤玉钏儿，说他偷了去。两个人窝里发炮，先吵的合府皆知，我们如何装没事人。少不得要查的。殊不知告失盗的就是贼，又没赃证，怎么说他。"

大家都知道玫瑰露是彩云偷给贾环的，但彩云不认，反诬陷是玉钏儿干的，关键是没有赃证，赃证在赵姨娘和贾环处，平儿为难。

另一条线索，事情起因是由于柳家五儿得芳官所赠玫瑰露，被其母柳氏送侄子，换来茯苓霜，而正此时王夫人屋中玫瑰露正好丢失，引得贾府管家婆林之孝家的怀疑五儿，以其手中玫瑰露、茯苓霜为赃，认定五儿为贼，而五儿因此受冤枉被监禁起来，其母也因此事被剥去贾府厨房负责人的职务。

平儿经过在怡红院的调查研究，核实到五儿所讲属实，露是芳官所赠，霜是五儿表兄所送。照实讲，洗白了五儿，却又牵扯五儿表兄，事情又扩大化了，而且彩云之事未了，还得另外破案。若依林大娘，失窃之事就破了，人赃俱获，就是冤枉了五儿，得意了彩云。平儿为难。

其实破案不难，贼赃就在赵姨娘和贾环处，一起赃案就破了，关键是林大娘和平儿都不想破案，区别在于林大娘怵于得罪赵姨娘和贾环，欲顺水推舟栽赃五儿了事，平儿却另有考虑。

宝玉道："也罢，这件事我也应起来，就说是我唬他们顽的，悄悄的偷了太太的来了。两件事都完了。"袭人道："也倒是件阴骘事，保全人的贼名儿。只是太太听见又说你小孩子气，不知好歹了。"平儿笑道："这也倒是小事。如今便从赵姨娘屋里起了赃来也容易，我只怕又伤着一个好人的体面。别人都别管，这一个人岂不又生气。我可怜的是他，不肯为打老鼠伤了玉瓶。"说着，把三个指头一伸。袭人等听说，便知他说的是探春。大家都忙说："可是这话，竟是我们这里应了起来的为是。"平儿又笑道："也须得把彩云和玉钏儿两个业障叫了来，问准了他方好。不然他们得了益，不说为这个，倒像我没了本事问不出来，烦出这里来完事，他们以后越发偷的偷，不管的不管了。"袭人等笑道："正是，也要你留个地步。"

平儿便命人叫了他两个来，说道："不用慌，贼已有了。"玉钏儿先问贼在那里，平儿道："现在二奶奶屋里，你问他什么应什么。我心里明知不是他偷的，可怜他害怕都承认。这里宝二爷不过意，要替他认一半。我待要说出来，但只是这做贼的素日又是和我好的一个姊妹，窝主却是平常，里面又伤着一个好人的体面，因此为难，少不得央求宝二爷应了，大家无事。如今反要问你们两个，还是怎样？若从此以后大家小心存体面，这便求宝二爷应了，若不然，我就回了二奶奶，别冤屈了好人。"彩云听了，不觉红了脸，一时羞恶之心感发，便说道："姐姐放心，也别冤了好人，也别带累了无辜之人伤体面。偷东西原是赵姨奶奶央告我再三，我拿了些与环哥是情真。连太太在家我们还拿过，各人去送人，也是常事。我原说嚷过两天就罢了。如今既冤屈了好人，我心也不忍。姐姐竟带了我回奶奶去，我一概应了完事。"众人听了这话，一个个都诧异，他竟这样有肝胆。宝玉忙笑道："彩云姐姐果然是个正经人。如今也不用你应，我只说是我悄悄的偷的唬你们顽，如今闹出事来，我原该承认。只求姐姐们以后省些事，大家就好了。"彩云道："我干的事为什么叫你应，死活我该去受。"平儿袭人忙道："不是这样说，你一应了，未免又叨登出赵姨奶奶来，那时三姑娘听了，岂不生气。竟不如宝二爷应了，大家无事，且除这几个人皆不得知道这事，何等的干净。但只以后千万大家小心些就是了。要拿什么，好歹耐到太太到家，那怕连这房子给了人，我们就没干系了。"彩云听了，低头想了一想，方依允。

"红楼梦"就是一本经书，每个人都能找到自己修行的道路，宝玉是引导者，他不是怕事，而是长怀悲悯和博爱之心怀。平儿与王熙凤管理风格迥异，一不想冤枉五儿，二不想为打老鼠伤了玉瓶，三也要对好姐妹彩云进行诫勉谈话。这也是很多人喜欢平儿的原因。彩云行为比较复杂，先是受赵姨娘胡缠偷了东西，事后又错误地分析了形势，觉得不是什么大事，赖一赖事情就过去了，大事化小不了了之了，她最严重的错误在于反诬玉钏儿，实际上她见真正有人蒙屈受冤时，她立刻全盘托出，勇于担当，有肝胆，不失为磊落之人，连宝玉也赞彩云为一个正经人。

宝玉出面平息这场风波后，但这远不是故事的结局，谁能料到这是彩云悲剧的开始。

赵姨娘正因彩云私赠了许多东西，被玉钏儿吵出，生恐查诘出来，每日捏一把汗打听信儿。忽见彩云来告诉说："都是宝玉应了，从此无事。"赵姨娘方把心放下来。谁知贾环听如此说，便起了疑心，将彩云凡私赠之物都拿了出来，照着彩云的脸摔了去，说："这两面三刀的东西！我不稀罕。你不和宝玉好，他如何肯替你应。你既有担当给了我，原该不与一个人知道。如今你既然告诉他，如今我再要这个，也没趣儿。"彩云见如此，急的发身赌誓，至于哭了。百般解说，贾环执意不信，说："不看你素日之情，去告诉二嫂子，就说你偷来给我，我不敢要。你细想去。"说毕，摔手出去了。急的赵姨娘骂："没造化的种子，蛆心孽障。"气的彩云哭个泪干肠断。赵姨娘百般的安慰他："好孩子，他辜负了你的心，我看的真。让我收起来，过两日他自然回转过来了。"说着，便要收东西。彩云赌气一顿包起来，乘人不见时，来至园中，都撇在河内，顺水沉的沉漂的漂了。自己气的夜间在被内暗哭。

种瓜得瓜，种豆得豆，加减乘除，都是因果。《红楼梦》中，赵姨娘与贾环受打压不少，形象行为也甚为不堪，猥琐至极。彩云投靠这两人，是否品位也不高呢？非也。彩云有她自己的现实考虑，她的行为类薛宝钗具有功利性质。贾府丫头最后出路很有限，主子指婚嫁给奴才，赎身出去另嫁，给主子做妾。给主子做妾是最好的结局，贾宝玉人见人爱，集三千宠爱于一身，但并不是所有的丫头都有这种姻缘和运气，贾环虽然品行等差些，但毕竟是公子哥儿，是荣府三爷，在广大的非主流社会中，仍然炙手可热。彩云争取给贾环做妾是退而求其次的现实做法，也不至于沦落到被贾赦、贾珍之流糟蹋。与其说彩云是被赵姨娘拉下马的，倒不如说是彩云根据内外条件在分析权衡了各种利弊后，做出了自己的选择，投靠了赵姨娘和贾环。彩云虽然一心对贾环好，但不是所有付出都能获得回报，看到彩云投湖包裹时，我的脑海中出现的竟然是杜十娘怒沉百宝箱，掩卷后，有关彩云的事仿佛河中的包裹沉的沉漂的漂了！呜呼，彩云和其他众多的红楼女性一样可怜可叹，终患无医之症。

说谎

《红楼梦》中说谎者众多，本篇不说薛家人自拉自唱的有关金玉良缘这种彻头彻尾的谎言，也不说假也是真、真也是假的由王夫人杜撰的侮辱我们智商的宝玉生下来口中衔着一块石头的最大谎言。因为上面两种谎言被称之为"局"，比"局"小且主要由个人完成的叫说谎。但是说谎不同类型的效应是不一样的，有的让你恶心，有的帮你修行，有的让你激动甚至泪流满面。

一、王夫人的丑恶型说谎

在《红楼梦》中，王夫人吃斋念佛，愚蠢无德，冷面心狠，专权独断，固执己见。表面看却是老实人，贾母对她的评价是"不大说话和木头似的"，可是如果老实人说起谎来，那是要人命的。王夫人说谎久经训练，张嘴就来，最是说谎冠军。

在金钏跳井之后，薛宝钗去安慰王夫人，王夫人说道，"原来是金钏她把我一件东西弄坏了，我一时生气打了她几下，撵了她下去，我只说气了两天还叫她上来，谁知她气性这么大，投井死了，岂不是我的罪过"。

金钏儿都死了，还栽赃金钏儿弄坏了她的东西，胡说过两天还叫她上来，从心灵到行为表里丑陋，王夫人这次谎言，其动机是想遮掩和贾宝玉有关的不光彩的事，也是王夫人减轻自己内心罪责的一种方式。

王夫人的第二次说谎，是在撵走晴雯向贾母汇报。这个谎言说得有点大。"宝玉屋里有个晴雯，那个丫头大了，一年到头病不离身，前日又病倒了，让大夫瞧了瞧，说是女儿痨，赶着叫她下去了。"

晴雯是生病了，但是既没有请人来瞧，也不是女儿痨。王夫人这样，就是为了一定要赶走晴雯。

贾母质疑，"那丫头挺好，模样爽利，言谈针线都好，将来还可以给宝玉使唤"。

王夫人进一步说谎，"女大十八变，她有点儿调歪，她色色比人强，只是不大沉重"。

这一次，王夫人直说晴雯人品有问题，这次的谎言，有着明显的欺骗和恶意。

二、贾宝玉悲悯型说谎

《情榜》评曰宝玉情不情，深刻表现了宝玉何等脱胎、何等心意、何等骨肉的风貌，圣之情者也。《红楼梦》是一本经书，贾宝玉是补天济世者，专掌修行与度人的，外表性格乖张，实则心存慈悲，念念禅机。

金钏儿死后，贾宝玉悲痛心愧，面对现世，勉强应付。为了金钏儿第一次撒谎，在王熙凤生日的时候，他偷偷溜出了荣国府，骗了贾府几乎所有人。袭人叹道："昨儿晚上就说了，今儿一早起有要紧的事到北静王府里去，就赶回来的。劝他不要去，他必不依。今儿一早起来，又要素衣裳穿，想必是北静王府里的要紧姬妾没了，也未可知。"贾宝玉在王熙凤生日的当天，不惜以北静王为借口撒谎，所为的就是在荒郊野外、将近十里路的地方祭奠丫鬟金钏儿。

贾宝玉第二次撒谎，是为了保护大观园的小戏子藕官。小戏子藕官，为了祭奠死去的好友药官，清明节那天违规私自在大观园烧纸。被婆子发现要抓走。宝玉忙给她打圆场道，"她并没烧纸钱，原是林妹妹叫她来烧那烂字纸的"。

得到宝玉支持的藕官，一时也大了胆子和婆子顶撞起来，那婆子不依不饶。

宝玉的谎言这次没有奏效，但是宝玉接下来又说了一段，这段谎言可是和魔幻小说有异曲同工之效。

宝玉说，"我昨晚做了一个梦，梦见杏花神和我要一挂白纸钱，不可叫本房的人烧，要一个生人替我烧了我的病就好得快，所以我请了这些巴巴的和林姑娘烦她"。

这意思显而易见，这藕官烧纸，是在帮贾宝玉的忙，保证贾宝玉身体健康。

虽然这个谎话有明显的漏洞，但是婆子显然相信了。她赶紧丢下藕官说，"之前我不知道，如果你回了老太太，我这婆子岂不完了"。

贾宝玉不仅是上面两例，其实还有不少，例如蔷薇硝和茉莉粉、玫瑰露和茯苓霜事件等都在说谎，但无一不是心怀悲悯，修行度人，愿世界充满着这样的谎言。

三、小丫头情商型说谎

晴雯死后，贾宝玉悱恻缠绵，没有出口，悲愤交加，用情至深。现实中还得应付贾政，写什么林四娘的《姽婳词》（实乃鬼话词），之后遣散开已经疑心的袭人等几个大丫头，身边只留两个文本中没有给出姓名的小丫头，详细询问了晴雯临终时的情况。小丫头情商很高，非常聪明伶俐，说出了一番谎言。

> 他便带了两个小丫头到一石后，也不怎么样，只问他二人道："自我去了，你袭人姐姐打发人瞧晴雯姐姐去了不曾？"这一个答道："打发宋妈妈瞧去了。"宝玉道："回来说什么？"小丫头道："回来说晴雯姐姐直着脖子叫了一夜，今日早起就闭了眼，住了口，世事不知，也出不得一声儿，只有倒气的分儿了。"宝玉忙道："一夜叫的是谁？"小丫头子说："一夜叫的是娘。"宝玉拭泪道："还叫谁？"小丫头子道："没有听见叫别人了。"宝玉道："你糊涂，想必没有听真。"旁边那一个小丫头最伶俐，听宝玉如此说，便上来说："真个他糊涂。"又向宝玉道："不但我听得真切，我还亲自偷着看去的。"宝玉听说，忙问："你怎么又亲自看去？"小丫头道："我因想晴雯姐姐素日与别人不同，待我们极好。如今他虽受了委屈出去，我们不能别的法子救他，只亲去瞧瞧，也不枉素日疼我们一场。就是人知道了回了太太，打我们一顿，也是愿受的。所以我拼着挨一顿打，偷着下去瞧了一瞧。谁知他平生为人聪明，至死不变。他因想着那起俗人不可说话，所以只闭眼养神，见我去了便睁开眼，拉我的手问：'宝玉那去了？'我告诉他实情。他叹了一口气说：'不能见了。'我就说：'姐姐何不等一等他回来见一面，岂不两完心愿？'他就笑道：'你们还不知道，我不是死，如今天上少了一位花神，玉皇敕命我去司主。我如今在未正二刻到任司花，宝玉须待未正三刻才到家，只少得一刻的工夫，不能见面。世上凡该死之人阎王勾取了过去，是差些小鬼来捉人魂魄。若要迟延一时半刻，不过烧些纸钱浇些浆饭，那鬼只顾抢钱去了，该死的人就可多待些个工夫。我这如今是有天上的神仙来召请，岂可挨得时刻！'我听了这话，竟不大信，及进来到房里留神看时辰表时，果然是未正二刻他咽了气，正三刻上就有人叫我们，说你来了。这时候倒都对合。"宝玉忙道："你不识字看书，所以不知道。这原是有的，不但花有个神，一样花有一位神之外还有总花神。但他不知是作总花神去了，还是单管一样花的神？"这丫头听了，一时诌不出来。恰好这是八月时节，园中池上芙蓉正开。这丫头便见景生情，忙答道："我也曾问他是管什么花的神，告诉我们日后也好供养的。他说：'天机不可泄漏。你既这样虔

诚，我只告诉你，你只可告诉宝玉一人。除他之外若泄了天机，五雷就来轰顶的。'他就告诉我说，他就是专管这芙蓉花的。"宝玉听了这话，不但不为怪，亦且去悲而生喜，乃指芙蓉笑道："此花也须得这样一个人去司掌。我就料定他那样的人必有一番事业做的。虽然超出苦海，从此不能相见，也免不得伤感思念。"因又想："虽然临终未见，如今且去灵前一拜，也算尽这五六年的情常。"

人间自有真情在。这样的说谎，满满的正能量，我每次看到此处，不由得为宝玉用情至深叹息，为不知姓名的小丫头点赞，也禁不住泪流满面。

青春的觉醒

开谈不说《红楼梦》，读尽诗书也枉然。本篇说一说李纨。

一、最初印象

李纨，即贾珠之妻。珠虽夭亡，幸存一子，取名贾兰，今方五岁，已入学攻书。这李氏亦系金陵名宦之女，父名李守中，曾为国子监祭酒，族中男女无有不诵诗读书者。至李守中继承以来，便说"女子无才便有德"，故生了李氏时，便不十分令其读书，只不过将些《女四书》《列女传》《贤媛集》等三四种书，使她认得几个字，记得前朝这几个贤女便罢了，却只以纺绩井臼为要，因取名为李纨，字宫裁。因此这李纨虽青春丧偶，居家处膏粱锦绣之中，竟如槁木死灰一般，一概无见无闻，唯知侍亲养子，外则陪侍小姑等针黹诵读而已。

李纨性格贞静淡泊、清雅端庄、处事明达，却又超然物外。她是深巷中一泓无波的古井，她是暮霭里一声悠扬的晚钟。那古井，那晚钟，沉静，从容，却也沧桑。

二、内心骚动

李纨不到二十岁守寡，表面槁木死灰，无见无闻，但其实却心有不甘。她是荣府长孙媳妇儿，按理应出任荣府总经理一职，手握权杖，喝五吆六，无限风光。但贾珠一死，一切灰飞烟灭，美好的希望成了泡影，成日价只能眼睁睁地看着王熙凤集贾母等三千宠爱于一身，出任原本属于她的总经理，光芒四射，心中充满羡慕嫉妒恨。所以心中也有祈求，憧憬着有朝一日能拿回失去的权杖，暗流涌动，底下也做了一些功课。她并非不问不管，而是关注着她的关注，当然与权杖有关，例如她认识王熙凤不认识的小红（在本书第16篇《谁认识小红》中有详述，这里不再重复）。李纨心中小九九的集中爆发是在螃蟹宴上。当时平时低调的李纨，借机难得放开，享受了过量的琼浆玉液，泄露心机。

凤姐伺候贾母等吃螃蟹，自己没吃嗨，后特命平儿来要螃蟹家去吃。众人因都爱平儿，挽留她同桌吃喝不住，可平儿忙着要走，没有要留的意思，这时李纨出手，强留住平儿。

李纨拉着他笑道："偏要你坐。"拉着他身边坐下，端了一杯酒送到他嘴边。平儿忙喝了一口就要走。李纨道："偏不许你去。显见得只有凤丫头，就不听我的话了。"说着又命嬷嬷们："先送了盒子去，就说我留下平儿了。"

李纨揽着他笑道："可惜这么个好体面模样儿，命却平常，只落得屋里使唤。不知道的人，谁不拿你当作奶奶太太看。"平儿一面和宝钗湘云等吃喝，一面回头笑道："奶奶，别只摸的我怪痒的。"

李纨的一系列动作，才使得平儿坐下肆意吃喝。李纨先拉后揽，继而触摸。

李氏道："哎呦！这硬的是什么？"平儿道："钥匙。"李氏道："什么钥匙？要紧体己东西怕人偷了去，却带在身上。我成日家和人说笑，有个唐僧取经，就有个白马来驮他，刘智远打天下，就有个瓜精来送盔甲，有个凤丫头，就有个你。你就是你奶奶的一把总钥匙，还要这钥匙作什么。"

平儿身上硬邦邦的钥匙是什么，那是荣府大管家的权杖呀，如果贾珠不死，那本应挂在素云的身上呀！

李纨追名逐利的欲望，就同她的青春欲望，掩映在孤身寂寥的漫漫长夜中，隐藏在对凤平的默默觊觎中。

三、青春醒来

大观园中的李纨可谓是青春焕发。寡妇身份阻了李纨追逐外在形象的权利，虽不能穿鲜艳服装，不浓妆艳抹，但却阻止不了她对自然美的欣赏感悟与追求。

稻香村内几百株杏花如喷火蒸霞一般，杏的色与形的热烈奔放正是李纨内心感情的外放。她对自然美的审度能力令人赞叹。满园春色关不住，一枝红杏出墙来。

参与创建诗社，她们是二月十二进入大观园的，那时李纨就有了结社的想法。延至八月，探春一提议，李纨立即赶去，说："雅的紧！要起诗社，我自长坛！"并且荐以自己的稻香村作为社址。李纨的热情一下子达到顶峰，紧接着咏白海棠、芦雪庭即景联诗等等，李纨都以饱满的热情投入进去。在诗的王国里，李纨找到了自己的位置，进入了自己的角色。她以主人公的态度与热情对待诗社的一切活动，使得大观园诗社有条不紊地进行下去，为大观园儿女理想生活提供了屏障。有了诗，就要评诗。评诗是李纨青春形象的又一精彩之笔。在这里，李纨不是标准的寡妇，更不是"槁木死灰"，在这里李纨生命散发着青春的活力，喷涌着灼热丰富的情感。

与众姐妹在一起时，没了礼法的束缚，李纨便显得格外活泼，亦不乏幽默。如第六十三回中宝玉过生日，到了晚间，大观园群芳开夜宴，李纨笑道："有何妨碍？一年之中不过生日节间如此，并不夜夜如此，这倒也不怕。"相比之下，李纨则更无所顾忌。不仅如此，她还和姑娘们玩得十分开心，甚至她还和湘云等人一起强死强活地灌探春喝酒。这时的李纨已忘记自己特殊身份，忘了那束人的礼教，于是一个充满活力的青春女性形象便展现在我们眼前。探春被黛玉打趣，便央求李纨解围："这是个什么，大嫂子顺手给她一下子。"这时李纨笑了笑说："人家不得贵婿反挨打，我也不忍的。"她的幽默风趣把大家都逗笑了。

大观园外的李纨被礼法束缚了个性，使她不得不在礼法的夹缝下生存。但远离了世俗牢笼，在大观园相对纯净的女儿理想王国里，李纨便增添了前所未有的活力。

四、关于判词

画着一盆茂兰，旁有一位凤冠霞帔的美人。也有判云：

> 桃李春风结子完，到头谁似一盆兰。
> 如冰水好空相妒，枉与他人作笑谈……

伟大的具有菩萨心肠的雪芹对于年轻守寡的李纨似乎不大厚道，打分不高，意欲贬低，不乏讥讽。一是因为李纨的确有多面性，二是脂批等说李纨没有参与刘姥姥等人搭救巧姐的行动，品质有瑕疵。但是我想李纨就是一个受礼教严重束缚的年轻寡妇，她也曾槁木死灰过，也曾暗流涌动过，也曾青春灿烂过，也曾自私自利过，是有血有肉的可怜之人，我们不必站在道德的高地鸟瞰她。

谁认识小红？

林红玉是《红楼梦》中的人物，贾府的丫鬟，原名林红玉，名字中的"玉"字，犯了林黛玉和贾宝玉的名讳，因而被改名为小红。

林红玉原本在怡红院当差，烧茶炉子喂喂鸟雀，因有几分姿色，每每想到贾宝玉跟前现弄现弄，只因袭人等伶牙利爪下不去手。好不容易得到一次倒茶的机会，出门就被秋纹、碧痕等撞见，说她也不照照镜子，不配端茶倒水，排挤得小红心灰意冷。后转投凤姐，在凤姐处得到重用。

小红是个有志青年，有见识，有理想，有追求，有行动。她与佳蕙、坠儿等丫头的对话，说出了"天下没有不散的宴席"等有见识、有分量的话语；她不甘现状，努力争取设局接近宝玉，改变命运；她受打击后，不认命，不气馁，紧抓王熙凤给的稍纵即逝的机会，认真努力，干好工作，成功实现人生转型；她讲义气，念旧恩，据脂批和刘心武的研究，在遗失的后四十回中，小红必然重新出场，狱中看望凤姐，狱神庙中看望宝玉；以及勇于追求爱情；等等。

宝玉不认识小红，宝钗认识小红

第二十四回中：宝玉在怡红院里要喝茶，当时袭人、麝月等几个大丫鬟都有事不在，别的小丫头又都玩去了。宝玉叫了两三遍，才有两三个婆子进来，宝玉最讨厌这些人，就让她们走开了。宝玉只得自己去倒茶。此时，小红出现了。"只听背后说道：'二爷仔细烫了手，让我们来倒。'一面说，一面走上来，早接了碗过去。宝玉倒唬了一跳，问：'你在哪里？忽然来了，唬我一跳。'那丫头一面递茶，一面回说：'我在后院子里，才从里间的后门进来，难道二爷就没听见脚步响？'宝玉一面吃茶，一面仔细打量那丫头：穿着几件半新不旧的衣裳，倒是一头黑的头发，挽着一个髻，容长脸面，细巧身材，却十分俏丽甜净。宝玉看了，便笑问道：'你也是我这屋里的人么？'那丫头道：'是的。'宝玉道：'既是这屋里的，我怎么不认得？'……"

这真是怪事。贾宝玉是《红楼梦》中最尊重女儿的人，怎么会连自己身边的丫头都不认识呢？而且，宝玉不认识的恐怕还不只小红一人，因为小红冷笑着回答宝玉："认不得的也多，岂只我一个。从来我又不递茶递水，拿东拿西，眼见的事一点儿不作，哪里认得呢？"

却看下面的桥段。一双玉色蝴蝶，把宝钗带到了滴翠亭，此时的宝钗因为扑蝶而有些微微的气喘，步子也慢了下来。她听到了小红和坠儿的谈话，原来是小红与贾芸的手帕传情。

宝钗在外面想道："怪道从古至今那些奸淫狗盗的人，心机都不错。这一开了，见我在这里，他们岂不臊了。况才说话的语音，大似宝玉房里的红儿的言语。他素昔眼空心大，是个头等刁钻古怪东西。今儿我听了他的短儿，一时人急造反，狗急跳墙，不但生事，而且我还没趣。如今便赶着躲了，料也躲不及，少不得要使个'金蝉脱壳'的法子。"

犹未想完，只听"咯吱"一声，宝钗便故意放重了脚步，笑着叫道："颦儿，我看你往那里藏！"一面说，一面故意往前赶。好冷静好机敏，可是一个好演员。

王熙凤不认识小红，李纨认识小红

正巧，王熙凤进园子里玩，突然想起家里有一件事没处理，她看到滴翠亭上有许多丫鬟，就向她们招手。其他女孩子都没有立即回应，要么是没看到，要么是反应慢，要么就是为人懒散，假装没看到。只有小红最机灵，她立即撇下大家，跑到王熙凤面前，笑着问她有什么事要吩咐。

王熙凤让小红到她家里交代平儿支付绣匠的工钱，顺便带一个小荷包过来。小红一听就能牢记心上，还当着王熙凤的面信誓旦旦地说："……要说的不齐全，误了奶奶的事，凭奶奶责罚奴才就是了。"

小红手脚利落，口齿伶俐，不多时就把王熙凤交代的事情办好，还回禀了平儿打发旺儿的事情。这件事传话更难，有四五门子的话，又是二爷五奶奶的，又是舅奶奶姑奶奶的，整个绕口令似的，小红却能齐全地说给王熙凤听，声音又清晰响亮。这一大堆的话，小红说得顺溜，却把李纨给绕晕了，王熙凤越听越喜欢小红，觉得自己屋子里就缺少这样一个伶俐的女孩。

王熙凤想认小红为女儿，让她到自己屋里当差，但不知小红本人愿意不愿意。她问小红叫什么名字，小红回答得更加巧妙，她说："原叫红玉的，因为重了宝二爷，如今只叫红儿了。"这"红儿"两个字有什么玄机呢？我们都知道小红是林之孝的女儿，原名叫林红玉，因犯了贾宝玉和林黛玉的名讳，就改叫小红。她为啥在别人面前都自称"小红"，只在王熙凤面前说自己叫"红儿"呢？

这里有个缘故，王熙凤房中的下人起名有个习惯，就是名字背后带一个后缀的"儿"字，如丫头中有平儿、丰儿等，小厮中有旺儿、兴儿、昭儿等。王熙凤喜欢叫下人为"儿"，也是她女强人的心性，她喜欢那种居高临下的姿态，凡是她想调教的女仆，都想认作女儿，如小红的母亲林之孝家的，年纪比王熙凤还大许多吧，以前就曾被王熙凤认作女儿。

在贾府里丫鬟的名字很多是由主子起的，当时，小红还不是王熙凤房内的"正式员工"，贾宝玉也没答应放人，小红就说自己叫"红儿"，可见她已经有加入王熙凤团队的强烈愿望。

小红知道跟随王熙凤可以长见识、学本领，王熙凤也说可以把她调理得更加出息。一直以来遭人冷眼的小红，觉得能得到王熙凤的垂赏，很是荣幸。

先听听小红说的单口相声，著名的贯口。

我们奶奶问这里奶奶好；原是我们二爷不在家，虽然迟了两天，只管请奶奶放心；等五奶奶好些，我们奶奶还会了五奶奶来瞧奶奶；五奶奶前儿打发人来说，舅奶奶带信来了，问奶奶好，还要和这里的姑奶奶寻两丸延年神验万全丹。若有了，奶奶打发人来，只管送我们奶奶这里。明儿有人去，就顺路给那边舅奶奶带去。

一句一句，把凤姐交代她办的事情汇报得一清二楚，逻辑清晰、条理分明，小红一下子就被王熙凤赏识并提拔重用。

话未说完，李氏道："哎呦！这些话我就不懂了。什么'奶奶''爷爷'的一大堆。"凤姐笑道："怨不得你不懂，这是四五门子的话呢。"说着又向红玉笑道："好孩子，难为你说的齐全。别像他们扭扭捏捏的蚊子似的。嫂子不知道，如今除了我随手使的几个人之外，我就怕和人说话。他们必定把一句话拉长了作两三截儿，咬文咬字，拿着腔儿，哼哼唧唧的，急的我冒火，他们哪里知道！先时我们平儿也是这么着，我就问着他：难道必定装蚊子哼哼就是美人了？说了几遭才好些儿了。"李宫裁笑道："都像你泼皮破落户才好。"凤姐又道："这一个丫头就好。方才两遭，说话虽不多，听那口声就简断。"说着又向红玉笑道："你明儿服侍我去罢。我认你作女儿，我一调理你就出息了。"……李宫裁笑道："你原来不认得他？他是林之孝之女。"凤姐听了十分诧异，说道："哦！原来是他的丫头。"又笑道："林之孝两口子都是锥子扎不出一声儿来的。我成日家说，他们倒是配就了的一对夫妻，一对天聋地哑。那里承望养出这么个伶俐丫头来！你十几岁了？"……凤姐道："既这么着，明儿我和宝玉说，叫他再要人，叫这丫头跟我去。可不知本人愿意不愿意？"红玉笑道："愿意不愿意，我们也不敢说。只是跟着奶奶，我们也学些眉眼高低，出入上下，大小的事也得见识见识。"

小红是怡红院的二等丫头，长得好看，人又机灵，宝玉对女儿有佛心，又是外貌协会的，却不认识小红。宝钗仅凭听声就能听出是小红，而且对小红的性情完全掌握。说明宝钗对怡红院下了多少功夫，心机多重！

王熙凤是荣府的大管家，天天接触奴才丫头们，她又是小红母亲林之孝家的干妈，却不认识小红。李纨寡居在荣府，佛爷似的，心如槁灰，万事不问，却知道管家林之孝家的情况，认识小红且知道小红供职在怡红院。

雪芹真乃大师也，不留痕迹对比着写，手法实在高明！小红实乃一面镜子，照出了宝钗与李纨的真正面目，作者还不说，让读者自己判断。

癞头和尚与跛足道人

曹雪芹在《红楼梦》中设计有两个重要的配角，从第一回就登场，中间又多次出场，应该在最后一回还会返场，就是癞头和尚和跛足道人。癞头和尚"鼻如悬胆两眉长，目似明星蓄宝光，破衲芒鞋无住迹，腌臜更有满头疮"；跛足道人"一足高来一足低，浑身带水又拖泥。相逢若问家何处，却在蓬莱弱水西"，而他们在书中就是真幻之间的引子，也是现实与虚幻的影像，自由地采用蒙太奇的手段随意切换。

在世人眼中，他们二人挥霍谈笑，疯疯癫癫，满嘴里都是些不经之谈。但实质上，此二人所说都是作者自注之语。癞僧与跛道除在故事情节上穿针引线，精细布局外，更主要肩负"点明迷情幻海中有数之人"之重任，承担着红楼人物价值取向和人生道路的指引者和引路人，二人在书中的重要性可见一斑。

《红楼梦》是一部反对封建礼教和儒教独尊的伟大的文学名著。曹公绝望地看到了现世的种种弊端，痛苦地开出了救世药方，推崇佛教与道教。但是曹公也实在无法清晰给出佛道的实际功效和用药说明，也许曹公认为，宜僧则僧，宜道则道，僧道融合，无缝衔接，要发挥组合优势和整体优势才是出路。原本中国本土上并没有产生宗教，佛教是外来的，禅宗完成了中国化改造。道教也因为佛教的引入才被当成了宗教。其实，中国老百姓非常现实，普通的老百姓对高深的道理也不大追究原本，谁对我好我就信谁，见庙就进，见神就拜，一般不太区分宗教的类别和佛神的分工。对于乡村老妪而言，哪还能分清僧与道、小乘与大乘、黄教与红教的区别，一头叩下去就行了。

曹公的困惑或许在实在不能分出僧道的优先度来，无法取舍，更不能偏废，那就两者共存。在曹公的认识中，他认定儒家学说和封建礼教弊端多多，需要扬弃，应该崇尚佛教与道教，至于佛道他也无法取舍，也许会有中间路线。说到此，笔者想起一故事来。笔者一位朋友，素日对自己的审美很有自信，但也偶有迟疑时刻。有一次，她和另一朋友共去商场购物，面对 A、B 两款商品，出现了短暂的选择性障碍，她便咨询同行朋友的意见，她的朋友告诉她可以选择 A，她便毫不犹豫地对导购员说，我选择 B，请给我包起来吧。这是因为她对同行朋友的审美是不认可的，但无论如何，她朋友也帮到了她。对僧道的选择显然要复杂困难得多，也许本身就无解。所以，旧式贵族大家庭的老爷太太们又拜佛也信道，贾府也如此，具有长期固定灯火关系的寺庙和道观就有十来座，如智通寺、水月寺、铁槛寺、玄真观、清虚观、地藏庵、达摩庵、玉皇庙、栊翠庵等，其中妙玉修行的栊翠庵就位于贾府大观园内。《红楼梦》书中出现的和尚、尼姑、道士一大堆，除癞僧和跛道外，整体形象却并不佳，这些人现世病得的也不轻，言行亦有种种不堪，这些人身在佛门教中，心却未脱红尘，甚至还干着罪恶的勾当，如铁槛寺捐客净虚老尼，还有在大观园装神弄鬼作祟的马道婆等。这让曹公很痛苦，因为在他开的救世药中出现了假药！

不少专家和红迷听信了脂砚斋的意见，认为癞僧与跛道是一体不可分的，有着明确的分工，僧度女，道点男。文本中的确是癞僧欲度甄英莲、林黛玉、薛宝钗（其实没有）、王熙凤、妙玉等；跛道点化了甄士隐、贾宝玉、贾瑞、柳湘莲等人。这种说法还被找到了理论依据，云在《易经》里，乾象征男，坤象征女，作者暗示扭转乾坤，只有依靠佛家和道家的思想，而非"独尊儒术"。这样的说法当然是有道理的，但却并不严谨，因为这种说法忘记了从青埂峰下把一块不堪入选的顽石带入温柔富贵之乡的正是癞头和尚。所以说一僧一道并存的合理性就是曹公二选一时患了选择性障碍。

再来说说癞僧与跛道的形象设计。我们知道这一僧一道跨界真幻，穿梭于现状与理想，还肩负救世与度人的重任。在人们传统的思想中，这样的人必定"骨格不凡，丰神迥异"，从身体到言行必须异于常人。凡人能感受到的世界，凡人称之为真，僧道称之为幻，是此岸；凡人看到行为怪异的僧道，称之为幻，僧道称之为真，是极乐世界和神仙快活，是彼岸。所谓救世与度人就是把你从现世带到另外的世界，从此岸到彼岸。僧道就是带路人，牧羊人。在牧羊人看来，这个世界病了，病得不轻且不能自救，满目疮痍，已经头上生疮，脚底下流脓，坏透了。所以必须拿出"我不下地狱，谁下地狱"的英雄气概来，癞头跛足，以身传教，现身说法。这种形象设计也符合儒教正宗攻击佛教为癞头疮，攻击道教为跛足的说教。使猛药才会有效果，有缺陷才会更有力量。

癞头和尚的"癞"谐音"赖"，这是曹雪芹的惯用手法，用起来得心应手。赖字在汉字中非常具有魔性，符合一分为二的辩证法。赖乃多义词，义为倚靠、仗恃；留在某处不肯走开；不承认；刁钻泼辣，不讲道理；诬，怪罪；不好、劣；此外还可作姓。左中右上下全照顾到了，简直就是褒贬随意，丰俭由人，亦真亦幻两茫然啊！但其实这里的赖是指倚靠、仗恃的含义，如信赖、仰赖的意思。

度人先度己。起源于印度的佛教，规定和尚要剃光头，头发象征烦恼、欲望、虚荣。李白诗"白发三千丈，缘愁似个长"，就是以发比喻千丈愁绪。剃光了头，不意味彻悟，但让头上生"癞"，让不祥之兆明摆在秃头上，却表达了救度天下的决心和"我不下地狱，谁下地狱"的觉悟。剃度是中国人的发明，"燃艾供养"始于唐代，后形成惯例，剃度后头顶会留下疤痕，这也许是癞头和尚、癞头疮说法的原始由来。

和尚的戒疤是一种身份地位的象征，就是等级的表示。刚剃度的小和尚在经过几个月的新生训练后，会参加一个简单的小测验，测验及格后，庙里的老和尚会用线香帮他们点上僧侣生涯的第一颗戒疤，称之为"清心"。然后不断修炼，不断考试，佛学造诣不断精进提高，每次达到一个新的高度，香疤就像军功章一样增加一枚，就是佛学考级证章。这一过程持续一生。第二级为"乐福"，以后越来越难。一般而言，一些年长的老和尚大多可以拥有五六个疤；有影响力的重要寺庙的住持，则可能是有八或九个戒疤。拥有十个戒疤的就非常人了。

癞头和尚又可被解读为有来头的和尚，有一些学者不断努力地考证着癞头和尚的原型，看他到底有什么来头。有的学者认为癞头和尚的原型是顺治，甄士隐原型是雍正什么的，真真精彩。对于这些研究，笔者非常佩服，但对于这些研究结论无奈学识有限却无力判断。

跛足道士的"跛"谐音"博"，义为广大，深远，众多。道教原产于中国，除了学说思想深邃，认知博大精深，影响深远外，历来人才济济，能人荟萃，乃能人俱乐部，具有一技之长的人在各自的领域独领风骚，这种"技"古称之为"术"，如养生、风水、占卜、房中、练丹等五花八门，无所不包，所以，道教的博有杂的含义。追溯至上古，除去部落首领外，有一个被称为巫术的行业，地位很高，是当时的能人集聚的行业，这些人无所不能，解释生活，占卜未来，进行人神对话，等等，这些人工作时，歌之、舞之、蹈之，行为异常。道教得到了巫术的真传，青出于蓝而胜于蓝。巫术现在名声不好，上古时却大不一样，哲学、科学、宗教是巫术的三个儿子；音乐、歌舞、艺术是巫术的三个闺女。这些都脱胎于巫术，得到过巫术的真传。屈原在《九歌》中说"灵偃蹇兮姣服，芳菲菲兮满堂"，他记载了先民祭祀北极星时，神巫身穿艳服，偃蹇而舞，满屋弥漫花香，进行人与神的沟通。偃，指低俯、屈身；蹇，指瘸、跛。这两种舞姿只有在迷狂的状态，才能连贯完成。俗话说，不疯魔，不成活。跛足道人就像古代神巫，神人合一，看破天地人间。民间俗称"跳大神"的人，敲着二神鼓，疯舞忘我，恰如跛足道人的脚步。跛足道人工作起来也是蛮拼的，爱拼才会赢。

儒家主张"修身齐家治国平天下"，佛家和道家则致力于"爱天下""医天下""度天下"。曹雪芹否定儒家，推崇佛家和道家，他笔下的贾宝玉深受佛家和道家的影响，性格的核心是平等待人，尊重个性，主张各人按照自己的意志自由活动。在他心眼里，人只有真假、善恶、美丑的划分。他憎恶和蔑视世俗男性，亲近和尊重女性。他说过"女儿是水做的骨肉，男子是泥做的骨肉。我见了女儿便清爽，见了男子便觉浊臭逼人"。与此相连，他憎恶自己出身的家庭，爱慕和亲近那些与他品性相近、气味相投的出身寒素和地位微贱的人物。他说："可恨我为什么生长在这侯门公府之家，绫锦纱罗，也不过裹了我这枯株朽木；羊羔美酒，也不过填了我这粪窟泥沟。富贵二字真把人荼毒了。"同时，他对八股文深恶痛绝，斥之为"饵名"，他把读书上进的人称作"全惑于功名二字"的"国贼禄鬼"，将"仕途经济"的说教斥之为"混帐话"。他不肯走当时一般贵族子弟所走的"学而优则仕"的"为官做宦"的道路。他只企求过得随心所欲、听其自然，"我此时若果有造化，趁着你们都在眼前，我就死了，再能够你们哭我的眼泪，流成大河，把我的尸首漂起来，送到那鸦雀不到的幽僻去处，随风化了，自此再不托生为人，这就是我死的得时了"。他的理想十分朦胧，带有浓厚的伤感主义和虚无主义。

《红楼梦》中癞头和尚和跛足道士的艺术形象无疑十分成功，对全书具有引领与导读作用。"癞"便于度化，"跛"便于通神，象征他们从头到脚，大彻大悟。佛家和道家都擅于"显象度人"，一疮一瘸之象，是在告诉众生世道肮脏，生存艰难。一僧一道只能以"自残"之躯，当头棒喝，唤醒迷路人。

"满纸荒唐言，一把辛酸泪！都云作者痴，谁解其中味？"

文本中留下的空白

曹雪芹用"字字看来皆是血，十年辛苦不寻常"创造的名著《红楼梦》是中国文学艺术的巅峰之作。这部恢宏的艺术作品结构复杂多重，是由多线索、多因素、多色彩混搭编织的，脂砚斋曾窥探过《红楼梦》的创作手法，有言"《石头记》用截法、岔法、突然法、伏线法、由近渐远法、将繁改作轻抹法、虚敲实应法、种种诸法，总在人意料之外"使《红楼梦》游刃有余地自由跨界在真假、有无、虚实的世界，达到了无法超越的至高艺术境界。《红楼梦》文本中有大量的艺术留白，即所谓的"不写之写"，都是曹公精心布设的，有些留白作者明告诉甚至强调提醒你这里有一处留白，就是不写清楚不告诉你答案；有些留白作者出于别样的考虑，换一个角度甚至换一个人物来描述，把意图想表达的东西故意留白；有些留白则不动声色、不留痕迹地与读者擦肩而过，是让人细细想来方能领悟的绝妙留白。

一、明示的留白

第一个案例来自薛宝琴。薛宝琴的出场是一道亮丽的风景线，她的容颜首先在怡红院炸了锅，并得到了贾母特别的关爱，她在为她等人补办的诗会中大放异彩，随后的暖香坞雅制春灯谜更是成为薛宝琴的独角戏，她结合自己的出游经历一个人独作了十首怀古诗。这十首怀古诗也是灯谜，文本中却又未给出谜底，留白了。这是曹公布下的迷阵，害得红学家和无数红粉们有做不完的家庭作业，有人在打谜，有人研究背景，有人深探寓意，忙得不亦乐乎！但曹公早在文本中指出，众人猜了一会儿，都不对！这里所说的众人即包括贾宝玉、林黛玉、薛宝钗、史湘云、贾探春等人，我想也包括无数的红粉和红学家，包括你我他，都猜了一会儿，都不对！

再来看第三十五回中宝玉与薛宝钗丫鬟莺儿的对话。莺儿笑道："你还不知道，我们姑娘有几样世上的人没有的好处呢，模样儿还在次。"宝玉见莺儿娇憨婉转，语笑如痴，早不胜其情了，那更提起宝钗来！便问道："好处在哪里？好姐姐，细细告诉我听。"莺儿笑道："我告诉你，你可不许又告诉她去。"宝玉笑道："这个自然的。"正说着，只听外头说道："怎么这样静悄悄的！"二人回头看时，不是别人，正是宝钗来了。既然这个秘密是莺儿不能告诉宝钗的，宝钗来了，话题自然就断了。莺儿先吊宝玉的兴致，说宝钗身上的这个优点别人不具备，比颜值还重要且私密性很强，等到宝玉兴致盎然了，却急刹车不讲了。

又如在故事性极强的馒头庵，我们看到了欲火中烧、急不可耐的姐姐出殡当天居丧中的秦钟，却很少想到爱情的影子，也看到了智能儿的天真，起初智能儿还算理智，称等她跳出牢坑再说，后来轻信了"这也容易"的承诺，也随之意乱情迷被攻陷了城池。我们也看见了不一样的宝玉。

一时宽衣安歇的时节，凤姐在里间，秦钟宝玉在外间，满地下皆是家下婆子，打铺坐更。文本中曹雪芹有一绝妙之笔，言宝玉不知与秦钟算何账目，未见真切，未曾记得，称此是疑案，不敢纂创。不写之写，却要旧话重提，又不破疑，鼓励想象，真乃绝妙！曹雪芹的这段话，真可谓是此地无银三百两，脂砚斋就此评说这段表述其实却是最妙之文，如果将这段隐去不写，就不会有什么妙文，如果认真细致地描写出来秦钟、贾宝玉所做之事，也就过于死板，更不能给人无限遐想。

二、切换镜头的留白

比如第十三回写秦可卿之死。大家想想秦可卿死了，谁应该是最悲伤的，痛哭欲绝的应该是谁呢？当然应该是贾蓉，贾蓉和秦可卿年少夫妻，秦可卿死了，应该是他哭得沸反盈天的，应该是他最悲伤了。但是文本没有写贾蓉怎么的悲伤，而是把镜头对准了贾珍。文本中贾蓉的父亲，秦可卿的公公贾珍，"哭的泪人一般"。他说要很好地办这个丧事，怎么办？"不过尽我所有罢了。"把我所有的家当都用上去，都没关系，就是要好好地、热热闹闹地办这个丧事。为什么儿媳妇死了，公公会哭成这样呢？贾珍的父亲贾敬死了，他都没有这么伤心，没有这么去办丧事，他还分心惦记着尤二姐、尤三姐两个小姨子呢。这不成体统。但是小说就这样写。贾蓉的表现被留白，镜头调转对准贾珍，还给了不少特写，这就让人不得不怀疑，里面隐含着某种不可明说的东西，直指贾珍扒灰儿媳秦可卿，这种"不写之写"的艺术手段最是高明。

再来看看王熙凤和鸳鸯暗中弄鬼捉弄刘姥姥的桥段，当刘姥姥故意说出"老刘、老刘食量大如牛"的诙谐话语时，镜头横扫了在场各位的精彩表现，"史湘云撑不住，一口饭都喷了出来；林黛玉笑岔了气，伏着桌子叫'嗳哟'；宝玉早滚到贾母怀里，贾母笑得搂着宝玉叫'心肝'；王夫人笑得用手指着凤姐儿，只说不出话来；薛姨妈也撑不住，口里的茶喷了探春一裙子；探春手里的饭碗都合在迎春身上；惜春离了座位，拉着她奶母叫'揉一揉肠子'。地下的无一个不弯腰屈背，也有躲出去蹲着笑去的，也有忍着笑上来替她姊妹换衣裳的，独有凤姐、鸳鸯二人撑着"。发现没有，镜头横扫一遍，薛宝钗没有出现在画面里，宝钗被屏蔽了。想想也是，看着刘姥姥为了些许好处而讨好贾母等人让人戏弄的样子，也许宝钗会想到自己所扮演的角色和刘姥姥没有分别，这样她还能笑得出声来？能忍住不让眼泪流出来就不错了！所有人的表现都是最真实的反映，因为人在下意识中的行为，才是内心与外在最真实的表现。没笑的还有寡居的李纨，如果宝钗和李纨也像黛玉探春等人笑得忘了形，则不符合俩人当时的心态和身份，如果不笑，又不符合人的本性。故而作者干脆不写了。

曹雪芹在这一段特意漏掉宝钗李纨，给人遐想空间，的确是高明的笔法，令人拍案叫绝。1987版电视连续剧《红楼梦》，也特意把薛宝钗和李纨的镜头漏掉，完全和小说同步，还是具有匠心精神的。

三、不易察觉的留白

文本中焦大口中的"扒灰的扒灰，养小叔子的养小叔子"也留白了。当然"扒灰的"虽然留白，文本中线索却不少，指向也较明确。但是文本中有一个不易察觉的留白是有关"养小叔子的养小叔子"以及贾惜春身世的，不经认真研究还真发现不了。

贾府四位小姐的首次出场，是通过冷子兴之口向贾雨村间接介绍的。子兴道："便是贾府中，现有的三个也不错。政老爹的长女，名元春，现因贤孝才德，选入宫作女史去了。二小姐乃赦老爹之妾所出，名迎春；三小姐乃政老爹之庶出，名探春；四小姐乃宁府珍爷之胞妹，名唤惜春。因史老夫人极爱孙女，都跟在祖母这边一处读书，听得个个不错。"

我们再来看冷子兴如何介绍贾敬的，说"贾代化次子贾敬，一味好道，只爱烧丹练汞，余者一概不在心上。幸而早年留下一子，名唤贾珍，因他父亲一心想作神仙，把官倒让他袭了。他父亲又不肯回原籍来，只在都中城外和道士们胡羼"。

提醒读者要仔细阅读上面两处原文，文本中仅仅说惜春与贾珍乃一母同胞，贾敬有一子叫贾珍，还是早年间留下的，这里不存在有一棵枣树还有一棵枣树的写作方法。文本中介绍元春、迎春、探春时都是从父亲母亲开始的，唯有惜春不是，是从胞兄贾珍处介绍的，这种从兄不从父的介绍是十分罕见的，也是与传统文化不相符合的。同样在介绍贾敬时，只说道贾敬有一子名叫贾珍，并没有说贾敬有一子一女，女儿贾惜春什么的，而介绍赦、政儿与女就全都介绍了。很多读者是通过贾珍生生地将贾敬与贾惜春联系在一起的，曹公可没有让你这么干！曹雪芹一上来就摆了一个迷魂阵，使很多读者犯错误，但错的是读者，不是雪芹，但读者的错却是雪芹诱导的！

实际上，曹公在书中不仅没说贾敬有一女为贾惜春，而且洋洋百万字也没有让贾敬与惜春有任何交集，形同参商，岂不怪哉！一是贾敬寿诞，连贾赦（色）、政，邢、王夫人等全族人员都到宁府请安，贾惜春却缺席；二是贾敬呜呼哀哉的治丧期间惜春同样踪迹全无。这种不写之写的留白，就说明了一切。

四、烧脑的留白

《红楼梦》第七十七回中，大观园被大清洗，怡红院首当其冲，被撵走了晴雯、芳官和四儿。王夫人在怡红院亲自对众丫头一一面审，按图索骥，除晴雯外，拿了黑名单中的四儿和芳官，昭示四儿的罪过是，四儿说过和宝玉同生日的就是夫妻的话，芳官的罪过是教唆宝玉要让柳家女儿五儿进怡红院，并且话语中透露她知晓芳官和她干娘的矛盾始末。四儿和芳官的这事相当私密，四儿这话应是在宝玉生日夜宴黛玉等离场之后的下半场讲的，芳官和五儿之事尚未进入操作层面，只是前期运作，甚至连花袭人、麝月、晴雯、秋纹等怡红院大丫头都并不知晓，现在王夫人却全都知道，王夫人并公告，她身子虽然不在怡红院，然她心耳神意却时时都在这里！这事细思极恐，谁也不知道王夫人掌握的黑名单到底有多长，有谁无谁，都记录些何人何地做何事说何话，恐怖，非常恐怖，显然，有告密者！但是谁是告密者，作者有意留白了。

还有贾母的丫鬟傻大姐在大观园中捡到印有春宫图案的香囊，交给了恰巧经过的邢夫人，邢夫人如获至宝地将这个烫手山芋转给了王夫人，导致大观园地震般的大抄检。那么，这个物件的主人是谁，又是如何到了大观园的？虽然王夫人情急之下怀疑并审问了王熙凤，但最终却不了了之，成为曹公布下的又一个烧脑的留白。

这两个烧脑的留白让红迷们都充当起了福尔摩斯，不断地研究探索，挖地三尺也要找出怡红院的告密者和香囊的所谓主人来，但却走不出曹公布下的迷宫。

五、高级留白

中国古代文学较少运用心理描写的写作手法，但是《红楼梦》中曹公却深谙此道，运用自如，集中运用在男女一号贾宝玉和林黛玉身上。有人认为心理描写是一种高级留白，是叙述的重要补充。曹雪芹笔下的红楼人物的行为特点是很符合现代心理学的基本理论的，台湾学者蒋勋对此有研究，《红楼梦》真是匠心独运。比如说第二十九回中，宝玉和黛玉吵架，吵得不可开交，一个在临风洒泪，一个在对月伤怀，两个人在那各自抒发自己内心的感受，小说就运用了内心独白的手法，借助于叙事者的旁观分析，揭示人物的心理活动。贾宝玉考虑林黛玉你不理解我，林黛玉考虑贾宝玉你不理解我，两个人各自在那一大段的内心独白。还有第三十二回中，林黛玉听到贾宝玉说了"你放心"三个字以后，如雷贯耳，马上就回家了。回家以后就一大段描写林黛玉又喜又悲的那样的一种心理状态，很长的一段心理描写。这也是以往的小说中很少看到的，直接地抒发、刻画人物的内心活动。

《红楼梦》的一种重要的艺术手法是留白。留白与否应该主要从美学修辞学上来理解，不是从索隐或随意联想的角度来理解。《红楼梦》中的写与不写都是有缜密布局和顶层设计的，也是非常巧妙的，以写为主，以不写辅之，两者相辅相成，互相补充，使整个作品更加恢宏，更加具有张力，更有容量，更加开放，更具有艺术性。

作者的写与不写，应该是服务于其艺术目的。大千世界，多维变幻，精彩纷呈，写是写不完的，而且写了就固定下来了，就有个限定了，镜头的广度和深度就有了一定的范围，容量也就确定了，甚至出发点目的地等价值取向也随之明确。但世界是无穷尽的，作家无论如何努力写出来的东西都是局部的、角落的、表象的、缺乏变幻的，所以才需要留白，增加系统开放性的后门，让读者精准了解事件的本质、全局和变化，也提供了读者参与作品创作的机会平台。不写是依托写的，没有了写也就没有了不写的必要了，写与不写都是整个作品的有机组成部分，相辅相成，相得益彰，才能充分发挥组合和整体优势来。有人说《红楼梦》中的一词一字都是必不可少的，在笔者看来，《红楼梦》中的留白，尽管没有文字，也是必不可少的。《红楼梦》的确把留白这一艺术手段用到了炉火纯青的高度，信手拈来，运用自如，本篇也就列出了其中的一部分，其实还有很多，例如，在贾琏午间戏熙凤一节中，曹公竟把房内之事留白，而用房外的人和物描述房内发生的事情，乾坤大挪移，一个字，绝！所以说《红楼梦》是不可替代的留白经典教科书。

受《红楼梦》写作的影响，高鹗续本中也有留白，在宝玉和宝钗成婚之日，黛玉孤独而悲惨地死去，黛玉的临终之言是"宝玉你好……"好字的后面被留白了，有兴趣的读者可以填词造句延续后面的故事。

互相看轻的姑表姐妹

王熙凤出身盛产"白玉床"的金陵王家，是赫赫有名的九省都检点王子腾的侄女，为"白玉为堂金做马"的贾府赦老爷儿子贾琏之妻，政老爷太太王夫人的内侄女，受聘为荣府内务总管。薛宝钗为"珍珠如土金如铁"的皇商薛家之千金，荣府董事长王夫人的外甥女，起初为谋求"赞善"职位而进京，遭遇挫折而滞留在荣府。王熙凤和薛宝钗从金陵王家处论是亲姑表姐妹，俩人皆是人中龙凤，不仅颜值爆表，而且都聪明能干，禀赋超人，她们二人再加上在荣府董事会拥有很大话语权的王夫人，相信很多人会认为她们在荣府可以形成具有王氏血脉的铁人三角的结盟关系。

谁知世事难料，事随时变。虽然俗话说："姑表亲，辈辈亲，打断骨头连着筋！"但这里毕竟是贾府而非王府，臆想中的铁三角结盟并没有出现，王熙凤、王夫人、薛宝钗等人首要的角色是贾府棋局变幻中的一枚棋子，甚至王氏血脉这根暗线还应掩人耳目而被有意遮掩。王熙凤和薛宝钗这对姑表姐妹并未惺惺相惜，事实上这二人不仅没有抱团结盟，还互相看轻，敬而远之，甚至暗中攻讦。

凤姐天性喜爱热闹，为人八面玲珑，嬉笑怒骂为常事，就她自己而言，素日跟姐妹们拉拉扯扯的，堪称贾府的社交达人；薛宝钗行为豁达，随分从时，多得下人之心啊，连湘云都对其推崇备至，在贾府打开了人际关系方面的任督二脉，如鱼得水。但是文本中，王熙凤和薛宝钗的交集并不多，人群中常居 C 位的二人竟然乏故事可陈，言语都无甚交流，即就二人同时在场的热闹情景，甚至一方话语中涉及对方时，对方亦是缺乏回应，没有交流，故意冷场。

这俩人的直接对话出现在第二十九回梨香院薛宝钗处：一时，凤姐儿来了，因说起初一日在清虚观打醮的事来，遂约着宝钗、宝玉、黛玉等看戏去。宝钗笑道："罢，罢，怪热的。什么没看过的戏，我就不去了。"凤姐儿道："他们那里凉快，两边又有楼。咱们要去，我头几天打发人去，把那些道士都赶出去，把楼打扫干净，挂起帘子来，一个闲人不许放进庙去，才是好呢。我已经回了太太了，你们不去我去。这些日子也闷的很了。家里唱动戏，我又不得舒舒服服的看。"注意，就是像这样没盐少醋的对话文本中并不多见。

王熙凤和薛宝钗交集少，多少让人感到奇怪，因为这并不符合俩人的性格，而且她们分别与荣府的其他姐妹相处得非常和谐融洽。如果她们互不打扰，各自安好，相融共生倒也没什么，问题的关键是她们道不同不相为谋，互为不齿。王熙凤自小被假充男儿教养，性情泼辣，言谈爽利，快人快语，杀伐决断，永远是众人中的气氛策划和调动者。她对于"事不关己不开口，一问摇头三不知"的薛宝钗并不欣赏，也不认同。"罕言寡语，人谓藏愚；安分随时，自云守拙"是薛宝钗的人生哲学，她对人情世故谙熟练达，工于心计又能做到不动声色，能装善变。王熙凤对于薛宝钗不欣赏、不认可、不喜欢，平时采取敬而远之的战术，关键时刻不失原则及时出手。

薛宝钗是有长远目标的人，她的目标就是利用"金玉良缘"的谎言嫁入贾府，当上宝二奶奶，顺势把王熙凤荣府总管的地位取而代之。薛宝钗的言谈举止都是有预谋有设计，功利性极强。薛宝钗不能让如日中天的王熙凤光芒四射，她从头到尾都对王熙凤进行贬损性评价，尤其是当大家都盛赞王熙凤时，她必然要跳出来说出一些让王熙凤的光芒打折的话语来。

第四十二回中，薛宝钗极尽贬低的能事，利用自己识文断字的优势当众评价王熙凤："世上的话，到了凤丫头嘴里也就尽了。幸而凤丫头不认得字，不大通，不过一概是市俗取笑。"

在宝玉挨打后点名要吃莲叶羹的第三十五回中，宝钗当着贾母、薛姨娘、王夫人等人的面说："我来了这么几年，留神看起来，凤丫头凭她怎么巧，再巧不过老太太去。"在场的王熙凤却没有接话。

当王熙凤生病不能理家时，王夫人请来了薛宝钗协同襄理，成立了李纨、探春、宝钗三人小组，既看轻了李纨和探春，同时也想让她内侄女出出风头。李纨也许看透了王夫人的心思，所以一心都在贾兰身上，采取了置身事外的态度；宝钗毕竟是未出门的亲戚，受身份限制，采取了欲言又止，超凡脱俗却又居高临下专家点评式的做事策略，几头讨好；只有探春争胜好强，胸中沟壑，把平日的思考整理为改革思路与方案，自证式地工作，除弊兴利，干劲十足。对此，凤姐的态度最为磊落，王熙凤特意嘱咐平儿："如今俗语说：'擒贼必先擒王'，他如今要作法开端，一定是先拿我开端。倘或他要驳我的事，你可别分辩，你只越恭敬，越说驳的是才好。千万别想着怕我没脸，和他一辈就不好了。"

当然王熙凤也有私心，说："如今他既有这主意，正该和他协同，大家做个膀臂，我也不孤不独了。按正理，天理良心上论，咱们有他这个人帮着，咱们也省些心，于太太的事也有些益；若按私心藏奸上论，我也太行毒了，也该抽头退步回头看看了，再要穷追苦克，人恨极了，暗地里笑里藏刀，咱们两个才四个眼睛两个心，一时不防，倒弄坏了。趁着紧溜之中，他出头一料理，众人就把往日咱们的恨暂可解了。"

但是对于全力配合探春的平儿，宝钗却阴阳怪气地讥讽道："横竖三姑娘一套说出，你就有一套话进去。总是三姑娘想得到的，你奶奶也想到了，只是必有个不可办的原故。这会子又是因姑娘住的园子，不好因省钱令人去监管。你们想想这话：若果真交与人弄钱去的，那人自然是一枝花儿也不许掐，一个果子也不许动了。姑娘们分中自然不敢，天天与小姑娘们就吵不清。"强烈地表达了对王熙凤的不以为然。

薛宝钗对王熙凤的不屑一顾还表现在她对王熙凤的称谓上。文本中薛宝钗除极少数的情景外从头到尾不分场合地称呼王熙凤为凤丫头，甚至在贾母明确指示说，如今她们都大了，不要相互间还称呼对方小名的情况下，仍然直呼凤丫头。"凤丫头"的称谓一般情况是大人或长辈对小人或晚辈才使用的昵称，要知道王熙凤要比薛宝钗大好几岁呢，况且宝钗作为亲戚客居在荣府，更是不应如此，尤其是经常当着贾母、王夫人、薛姨娘等众人面直呼就更加失礼了。如果为了显示姐妹们亲密无间私下里打闹时称呼却无伤大雅，林黛玉玩笑打闹时也曾偶尔叫王熙凤为凤丫头，以宣泄对王熙凤的不满情绪。薛宝钗不是这种情况，对于谙熟人情世故的她显然是有意而为之，这却符合她整日学着大人口吻讲话的癖好。

薛宝钗太夺人眼目了，也太会来事了，她一进入荣府，感到受到威胁的不仅仅是林黛玉，当然还有王熙凤！东方人的出招就是比率直的西方人来得含蓄和艺术，她可以躲在人群里对你指指点点，大摇其头，欲言又止，叹息连连，你又弄不清楚她的底气，也看不清她的招数，在猜疑和等待中，恐惧就产生了，敌在暗我在明，硬气功碰到了软太极，这很痛苦，不知如何应对。

很多红迷们都知道，大观园中没有秘密，日理万机的大总管王熙凤很快就感受到了来自薛宝钗的敌意了。没有眼缘的凤钗，脾气秉性的差异，潜在的利益冲突的预期，决定了她们二人不可能是一条轨道上跑的车。王熙凤是赦老儿子贾琏之妻身份的敏感性，决定了她不可能与王夫人结为一体，文本中虽然没有交代贾政是如何取代贾赦掌控荣府的事件来脉，想来大家仅仅是嘴上不说而已，心中明镜似的，贾赦就流露出不服的意思，又是明言贾母偏心，又是搅浑水言贾环可继承家业等，地下舆论场还不知道怎么议论呢！王熙凤必须明白，她和贾琏的机会是贾珠死亡宝玉年幼带来的，他俩的任务是看守，要实现自己心中的小九九，王夫人是靠不住的，只有在大展才艺让大家认可的基础上，奉承好贾母才是上佳选择，王熙凤这两点都做得很成功。通过不辞辛苦、精打细算、做事果敢、细心周到的敬业精神让上下认可了她的才能，协理宁国府更让人刮目相看，为她增分不少。全心全意、无微不至地孝敬与讨喜贾母，并事无巨细地照顾姐妹们和宝玉，深得贾母喜爱，这是她走向成功的依仗。

但是，现在情况不一样了，薛宝钗来了，并且是和金玉良缘的传说一起来了，树欲静而风不止，宝钗瞬间打开局面的能力不在其下，重要的是她还识文断字，集美貌、学识、才能于一身。所以凤姐感受到了宝钗不屑的余光，听闻了宝钗对她的贬损性评价，逐渐感到仅仅是敬而远之是不够的，她必须有所行动。她首先示好于黛玉，旗帜鲜明地支持木石前盟，对金玉良缘之说嗤之以鼻。她当着所有人的面开黛玉的玩笑，"你既吃了我们家的茶，怎么还不给我们家做媳妇？" "你给我们家做了媳妇，少什么" "你瞧瞧，人物儿、门第配不上，根基配不上，家私配不上？哪一点还玷辱了谁呢？"没有风没有影这样的玩笑是开不得的，这当然是凤姐猜透了贾母的心事才敢这么说的。民间说媒重要的礼品媒介必含茶叶，若不答应一般并不收留人家的礼物，留下了礼物（吃了茶叶）就说明答应了这门亲事。

心中有定数，游刃且有度。宝玉将薛宝钗比作杨贵妃，惹怒了薛宝钗，她先是骂了小丫头靛儿，又讽刺宝玉做不得杨国忠，宝黛钗三人各怀心事，王熙凤神奇补刀："你们大暑天，谁还吃生姜呢？既没人吃姜，怎么这么辣辣的？"

但是对于薛家母女赖着不走的事，虽说贾母几次三番暗示提醒着，但她们装聋卖傻，智多星王熙凤却也办法不多。后来抄检大观园时，终于让王熙凤逮住了机会，搂草打兔子，以给足薛家面子的方法，下令蘅芜院免检，让其自证清白，结果薛宝钗这回知趣了，连夜不辞而别，甚至连同住的湘云也不管不顾，王熙凤终于赶走了薛宝钗，又让其说不出什么来。

后来，王夫人问起薛宝钗为何会搬走，王熙凤巧妙地回答："我想薛妹妹此去，想必为着前时搜检众丫头的东西，他又是亲戚，现也有丫头老婆在内，我们又不好去搜检，恐我们疑他，所以多了这个心，自己回避了。也是应该避嫌疑的。"当王夫人重邀宝钗再回来时，宝钗找理由拒绝，凤姐抢先发言向王夫人笑道："这话竟是，不必强了！"

有人将聪明由低到高分为了机灵、精明、聪明、智慧四个层次，依笔者看来，王熙凤和薛宝钗都停留在中间两个层次，双方聪明都够用，精明是利益上的算计，人和人相处怎么样占便宜，双方旗鼓相当。智慧是从大处着眼，就是要使自己活得有气度，有尊严，有价值，如此而论双方都缺乏智慧。王熙凤和薛宝钗的这些事，故事性不强，双方均是暗中较劲，也算是生活激起的一朵浪花吧。也许嫌过于平淡的缘故，高鹗续本中王熙凤用掉包之计让宝钗嫁给宝玉，这才是对薛宝钗最大的侮辱，当然这已经不属于《红楼梦》的范畴了。

王熙凤和赵姨娘的那些事

文学名著《红楼梦》中王熙凤和赵姨娘这两个人相看两厌，互不待见，总是出演对头戏。王熙凤根红苗正、领导宠爱、手握权柄，自己又聪明能干、泼辣外向、言语犀利。赵姨娘丫头上位、形象猥琐、器小无局，擅搬弄是非，喜戚戚汲汲。双方力量差距悬殊，王熙凤有强烈的优越感，掌握与调动的资源远非赵姨娘所能比，表面上完全公开正面碾压赵姨娘。赵姨娘也有所恃，一是来自贾政的宠爱；二是为贾门生有探春和贾环；三是在基层群众中有自己的朋友圈。所以赵姨娘公开的不行就暗地里来，挑拨是非，使绊子暗算王熙凤。

王熙凤和赵姨娘的争斗，每次表面上胜利者是王熙凤，口舌上还逞强占便宜。但实际上王熙凤吃了赵姨娘多少次暗亏，还差点弄丢了性命。关键是王熙凤还被蒙在鼓里，根本不知流弹来自哪里，既使有所怀疑但也缺乏证据，何况赵姨娘还有贾政罩着，却也不能奈何了赵姨娘。王熙凤从风光无限到开始步入下坡路的转折点也是赵姨娘暗地里拨弄是非使的绊子！

王熙凤养尊处优，自幼像史湘云一样常来贾府走动，后贾王两府政治联姻又嫁给了贾母嫡孙贾琏，又被姑母王夫人招揽至麾下，任荣府 CEO。她将自己的身份看得极高，她压根看不上甚至厌恶赵姨娘。荣府 CEO 是一个非常有荣誉感的工作，王熙凤自命尽心尽力地去完成本职工作，可赵姨娘呢，时不时就给王熙凤添点儿堵。王熙凤则毫不留情地予以痛击，她的霸凌行为使她甚至忘记了赵姨娘是大老板贾政的爱妾，也想不起来赵姨娘还是三姑娘贾探春和三爷贾环的亲娘！

这一天，三爷贾环在薛宝钗处玩耍，与宝钗丫鬟黄莺儿赌钱输急了赖帐，与莺儿生出了是非，被后到的贾宝玉用言数落了一番，悻悻地回去了。赵姨娘见他这般，因问："又是哪里垫了踹窝来了？"一问不答，再问时，贾环便说："同宝姐姐顽的，莺儿欺负我，赖我的钱，宝玉哥哥撵我来了。"赵姨娘啐道："谁叫你上高台盘去了？下流没脸的东西！那里顽不得？谁叫你跑了去讨没意思！"正说着，可巧凤姐在窗外过。都听在耳内。便隔窗说道："大正月又怎么了？环兄弟小孩子家，一半点儿错了，你只教导他，说这些淡话作什么！凭他怎么去，还有太太老爷管他呢，就大口啐他！他现是主子，不好了，横竖有教导他的人，与你什么相干！环兄弟，出来，跟我顽去。"贾环素日怕凤姐比怕王夫人更甚，听见叫他，忙唯唯的出来。赵姨娘也不敢则声。凤姐向贾环道："你也是个没气性的！时常说给你：要吃，要喝，要顽，要笑，只爱同那一个姐姐妹妹哥哥嫂子顽，就同那个顽。你不听我的话，反叫这些人教的歪心邪意，狐媚子霸道的。自己不尊重，要往下流走，安着坏心，还只管怨人家偏心。输了几个钱？就这么个样儿！"贾环见问，只得喏喏的回说："输了一二百。"凤姐道："亏你还是爷，输了一二百钱就这样！"

回头叫丰儿："去取一吊钱来，姑娘们都在后头顽呢，把他送了顽去。——你明儿再这么下流狐媚子，我先打了你，打发人告诉学里，皮不揭了你的！为你这个不尊重，恨的你哥哥牙根痒痒，不是我拦着，窝心脚把你的肠子窝出来了。"喝命："去罢！"贾环喏喏的跟了丰儿，得了钱，自己和迎春等顽去。

上段充分展示了王熙凤的强势，也是凤赵相争的常态。虽说赵姨娘有让人无法认同的表现，但王熙凤忘记辈分不说，当着三爷的面隔窗高声训斥赵姨娘，一点儿面子也不讲。王熙凤并非就事论事，而是扩大事态揭疤点出了赵姨娘的身份，言赵姨娘没有教育儿子的权利，儿子是主子，你什么都不是！后又直接开骂赵姨娘歪心邪意，狐媚子霸道，自己不尊重，要往下流走，安着坏心。

再看一段。这天，王夫人让贾环抄经，后贾宝玉来了，先撒娇于王夫人，后又和彩霞嬉闹。大家知道，贾环和彩霞亲近。贾环素日原恨宝玉，如今又见他和彩霞闹，心中越发按不下这口毒气。虽不敢明言，却每每暗中算计，只是不得下手，今见相离甚近，便要用热油烫瞎他的眼睛。因而故意装作失手，把那一盏油汪汪的蜡灯向宝玉脸上只一推。

只听宝玉"嗳哟"了一声，满屋里众人都唬了一跳。连忙将地下的戳灯挪过来，又将里外间屋的灯拿了三四盏看时，只见宝玉满脸满头都是油。王夫人又急又气，一面命人来替宝玉擦洗，一面又骂贾环。凤姐三步两步的上炕去替宝玉收拾着，看似不经意实则是为赵姨娘上眼药水，不失时机有深意的言道："老三还是这么慌脚鸡似的，我说你上不得高台盘。赵姨娘时常也该教导教导他。"一句话提醒了王夫人，那王夫人不骂贾环，便叫过赵姨娘来骂道："养出这样黑心不知道理下流种子来，也不管管！几番几次我都不理论，你们得了意了，越发上来了！"

窗外训斥和借机上药是比较典型的情景。素日里，王熙凤还利用自己荣府 CEO 的权势，延期发放赵姨娘等人的月例并找理由克扣，没有足额发放，并利用这种时间差从事小额贷款以饱私囊。常态中，王熙凤和赵姨娘的生活日常，王熙凤威风八面，恣意霸凌，随意压缩赵姨娘母子的生存空间，"赵姨娘不敢则声"，但像涉及月例这种生活根本，赵姨娘无法忍受，却并不敢公开反抗，一是向领导告状，二是联合利益相关者组成一个战线。林黛玉初进荣府时，王夫人就曾当着贾母暨众人的面询问王熙凤月钱可曾发放。一次次之后，王夫人耳中听出了老茧，不得不问道："正要问你，如今赵姨娘周姨娘的月例多少？"凤姐道："那是定例，每人二两。赵姨娘有环兄弟的二两，共是四两，另外四串钱。"王夫人道："可都按数给他们？"凤姐见问的奇怪，忙道："怎么不按数给！"王夫人道："前儿我恍惚听见有人抱怨，说短了一吊钱，是什么原故？"

凤姐深知王夫人只是做做样子，不会彻查，当时用话敷衍了王夫人。出门凤姐非常生气，直骂赵姨娘："我从今以后倒要干几样克毒事了。抱怨给太太听，我也不怕。糊涂油蒙了心，烂了舌头，不得好死的下作东西，别作娘的春梦！明儿一裹脑子扣的日子还有呢。如今裁了丫头的钱，就抱怨了咱们。也不想一想是奴儿，也配使两三个丫头！"

赵姨娘是贾政的爱妾，贾环、贾探春的生母。赵姨娘姿色平平，甚至像刘心武等一些学者根据贾环的长相认为赵姨娘长得丑陋猥琐。赵姨娘情商堪忧，不仅不属于巧舌如簧，反而不怎么会说话，往往几句话就会让人生厌。赵姨娘粗鄙、愚昧却又爱争强好胜、搬弄是非。赵姨娘心中还是有想法的，也许受到了贾赦的三爷可继承家业等言论的鼓动，她也认为除掉宝玉，荣府的家产都是她环儿的，所以她应该极力防止王熙凤把属于她环儿的家产偷偷地运到娘家。心中有理想，现实很骨感，现实生活中赵姨娘和贾环母子时时处处受到了打压和排挤，工资被延期发放和克扣，好事情与他们渐行渐远，一步步被边缘化，以至于房中做鞋面都找不出大块的布头来，只能用杂布头取而代之并感叹"好东西如何能到我的房中"。所以她对现实不满，她不敢公开地叫板王熙凤，只能私下表情夸张地伸出两个手指说，"我就不服这个"，当贾宝玉的干娘马道婆问她可是王熙凤时，她吓得赶紧禁嘘，起身至门外张望。所以她只能暗地里较劲，挑逗是非，鼓励和煽动闹事，唯恐天下不乱，目的就是和管理层对着干。芳官将茉莉粉代蔷薇硝给贾环，赵姨娘在夏婆子煽动下不顾体统地进园大闹，同芳官、藕官等四五个小丫鬟撕打起来，直到晴雯找来探春方才脱身。

台湾学者蒋勋曾经反复告诫，要小心社会底层弱势群体的反抗，认为这种反抗是有力量的。但是王熙凤哪里有薛宝钗八面玲珑的处事能力和智慧。当赵姨娘勾结买通马道婆在两个剪出人形的纸牌上分别写上贾宝玉和王熙凤的生辰八字，人不知鬼不觉地掖在他们各自床上，由马道婆远距离作法时，王熙凤和贾宝玉同时着道，差点丢了性命。只见凤姐手持一把明晃晃钢刀砍进园来，见鸡杀鸡，见狗杀狗，见人就要杀人。众人越发慌了。周瑞媳妇忙带着几个有力量的胆壮的婆娘上去抱住，夺下刀来，抬回房去。平儿，丰儿等哭得泪天泪地。这就是轻视赵姨娘付出的代价。

我们再来看一个典型案例。贾母过七十大寿时，宁府尤氏在荣府受到了下人的无礼慢待，王熙凤得知后吩咐捆了当事的两个婆子，自己不处理，给尤氏面子说交给尤氏处理，并夜里唤来了林之孝家的去办。尤氏并非像王熙凤当时在宁府耍威风那样在荣府的做法，而是采取了息事宁人的做法。

林之孝家的白跑了一趟，深更半夜只得心怀一肚子怨气回家。赵姨娘对林之孝家的为尤氏白跑腿一事已闻得八九，素日与凤姐积怨颇深的她，此刻有意在林之孝家的必经之路上守候，她添油加醋对林之孝家的说了事情的经过，林之孝家的不明底里，听完后觉得"原来是这事，也值一个屁"，这么件鸡毛蒜皮的小事，大可不必深更半夜折腾自己呀。赵姨娘道："我的嫂子，事虽不大，可见她们太张狂了些。巴巴的传进你来，明明戏弄你，顽算你。快歇歇去，明儿还有事呢，也不留你吃茶去。"

受到赵姨娘鼓动的林之孝家的随机点拨前来求情的被捆两婆子的女儿，此事是琏二奶奶下令捆的你们母亲，你们要求就去找邢夫人求情去。结果这些人又通过费婆子向邢夫人求情，早就对王熙凤不满的邢夫人听后隐忍不发，在贾母生日宴席散席时，终于借机爆发了对王熙凤的不满，当着众人面羞辱王熙凤，要王熙凤把两婆子放了。王夫人见邢夫人出面，也不好说什么，只能无奈地说："你太太说的是。就是珍哥儿媳妇也不是外人，也不用这些虚礼。老太太的千秋要紧，放了他们为是。"说着，回头便命人去放了那两个婆子。凤姐不由得越想越气越愧，不觉灰心转悲，滚下泪来。因赌气回房哭泣，又不使人知觉。

赵姨娘暗中挑拨林之孝家的把矛头对准凤姐，林之孝家的又挑拨两个小女孩去找邢夫人求情，邢夫人则把矛头指向王熙凤，让积压已久的婆媳矛盾来了一次大爆发，从此王熙凤与婆婆的矛盾从隐忍转向公开爆发，以后二人矛盾越发激烈，更重要的是连最亲的姑妈王夫人也公开表态不再支持王熙凤，这是王熙凤有史以来哑巴吃黄连，打碎了牙往肚里咽最尴尬被动的一次。貌似精明强悍的王熙凤竟然不知道，让自己如此尴尬无比的背后黑手，竟然是自己极为轻视的讨人厌恶的赵姨娘。多少人盼着要看王熙凤的笑话，从此，王熙凤人生就走了下坡路。

王熙凤是荣府长孙贾琏之妻，姑妈又是王夫人，出任荣府 CEO；赵姨娘乃贾政之爱妾，生有一儿一女，这俩人一个屋檐下生活，为什么又要内卷呢？概括来说，十二个字，阶层斗争、站队之需、性格使然。

首先说说阶层斗争。中华传统文化的基本内核之一就是嫡文化或嫡长子文化，嫡就是地位，就是权势，就是资产天然的继承和拥有者，就尊贵至上；庶就是从属，一切均要被打折，处于被支配的地位，身份就要低贱很多。虽说王熙凤和赵姨娘都算是荣府上层，属于一个阶级，但王熙凤是嫡，赵姨娘是庶，地位相差很大，分属不同的阶层，具有成为天敌的土壤，更加上王熙凤出身于四大家族的王家，赵姨娘给贾政做妾之前原本就是一个丫鬟！

荣府中人人都非常在意自己的身份。贾环与丫头们玩耍有矛盾时，也投诉说"他们欺负我不是太太生的"，探春也时常抱怨赵姨娘的胡闹是在提醒别人自己的庶出身份，甚至于不认亲娘舅而转认王子腾为舅舅。王熙凤太根正苗红了，太正统了，也太有优越感了，而且还时常以显赫的娘家增添自己的资本，她更看重这些外贴的标签。王熙凤曾私下和平儿感叹探春的庶出身份，她丝毫没有感觉到吐槽的对象错了，她体会不到平儿的感觉，也没有必要去体会。王熙凤根子上是反对甚至厌恶姨娘的，她原本也有四个陪嫁丫鬟的，后来死的死嫁的嫁了，只剩下小心谨慎的心腹平儿一人装自己宽容大度的门面。赵姨娘也非常在意自己的身份，一方面她对现实不满要抗争，一方面对于身份低于她的奴才丫鬟要表现得更加强势和霸凌，予以无情的打击，同时她还幻想着除掉宝玉，家产都是她环儿的。王赵虽然不是阶级斗争，应该算是阶层斗争。

其次是站队之需。王熙凤是她亲姑母王夫人聘用的，她要坚定并坚决地选边站队。王夫人和赵姨娘共事一夫，王夫人地位尊贵，但人老色衰；赵姨娘虽然是妾，但贾政似乎更宠爱赵姨娘一些，更有探春和贾环增加筹码。王熙凤认为自己和王夫人利益捆绑在一起，所以不仅要为王夫人摇旗呐喊，而且要为王夫人冲锋陷阵。当然两王结合太过紧密引起了王熙凤婆婆邢夫人的极度不适，王熙凤也为这种负面效应付出了极高的代价。王熙凤是保皇派，赵姨娘是造反派，王熙凤是旧秩序的得益者和维护者，赵姨娘却力求单方面改变现状，破坏旧秩序，重新洗牌。

再次是性格使然。王熙凤和赵姨娘就不是一路人，缺乏面缘。王熙凤美人一个，颜值爆表，聪明能干，明事理懂大局，快人快语，幽默善言。赵姨娘小人长戚戚，形象猥琐，经常着三不着两的，没有是非，善搞山头，是荣府的麻烦制造者。人以类聚，物以群分，王熙凤、贾母、鸳鸯、晴雯、小红、黛玉等都具有很高相似性，互相欣赏，惺惺相惜。赵姨娘却时常混入夏婆子等低层人群之中。

《红楼梦》是一部为人处事的智慧教科书。王熙凤和赵姨娘的内卷也有很多东西可以梳理与总结。赵姨娘上不了台面就不说了。单说王熙凤，她就没有意识到，贾琏和她都仅仅是一个过渡，以后贾宝玉夫妇自然会把他俩取而代之。仅仅短视地讨好顾问委员会主任贾母和实权人物王夫人是远远不够的，没有认识到大股东和独立董事邢夫人的重要性，甚至不知真正的董事长是贾政。王夫人是罩不住她的，也是靠不住的，王夫人是不会因为她得罪董事长贾政，以及大股东兼独立董事邢夫人的，这是最让王熙凤伤心和崩溃的。当然最重要的是不能忽视小人物和弱势群体，不知道他们的力量，迟早要跌跟斗的。孔子不跟小人斗而要远离小人是有道理的。

可叹的是，王熙凤和赵姨娘之争，殃及了无辜的周姨娘。周姨娘招谁惹谁了！

十八经典唯美瞬间实录

一、共读西厢

黛玉道："什么书？"宝玉见问，慌的藏之不迭，便说道："不过是《中庸》《大学》。"黛玉笑道："你又在我跟前弄鬼。趁早儿给我瞧，好多着呢。"宝玉道："好妹妹，若论你，我是不怕的。你看了，好歹别告诉别人去。真真这是好书！你要看了，连饭也不想吃呢。"一面说，一面递了过去。林黛玉把花具且都放下，接书来瞧，从头看去，越看越爱看，不到一顿饭工夫，将十六出俱已看完，自觉词藻警人，余香满口。虽看完了书，却只管出神，心内还默默记诵。

宝玉笑道："妹妹，你说好不好？"林黛玉笑道："果然有趣。"宝玉笑道："我就是个'多愁多病身'，你就是那'倾国倾城貌'。"林黛玉听了，不觉带腮连耳通红，登时直竖起两道似蹙非蹙的眉，瞪了两只似睁非睁的眼，微腮带怒，薄面含嗔，指宝玉道："你这该死的胡说！好好的把这淫词艳曲弄了来，还学了这些混话来欺负我。我告诉舅舅舅母去。"说到"欺负"两个字上，早又把眼睛圈儿红了，转身就走。宝玉着了急，向前拦住说道："好妹妹，千万饶我这一遭，原是我说错了。若有心欺负你，明儿我掉在池子里，教个癞头鼋吞了去，变个大忘八，等你明儿做了'一品夫人'病老归西的时候，我往你坟上替你驮一辈子的碑去。"说的林黛玉嗤的一声笑了，揉着眼睛，一面笑道："一般也唬的这个调儿，还只管胡说。'呸，原来是苗而不秀，是个银样镴枪头。'"宝玉听了，笑道："你这个呢？我也告诉去。"林黛玉笑道："你说你会过目成诵，难道我就不能一目十行么？"

二、黛玉葬花

初次

那一日正当三月中浣，早饭后，宝玉携了一套《会真记》，走到沁芳闸桥边桃花底下一块石上坐着，展开《会真记》，从头细玩。正看到"落红成阵"，只见一阵风过，把树头上桃花吹下一大半来，落的满身满书满地皆是。宝玉要抖将下来，恐怕脚步践踏了，只得兜了那花瓣，来至池边，抖在池内。那花瓣浮在水面，飘飘荡荡，竟流出沁芳闸去了。回来只见地下还有许多，宝玉正踟蹰间，只听背后有人说道："你在这里做什么？"宝玉一回头，却是林黛玉来了，肩上担着花锄，锄上挂着花囊，手内拿着花帚。宝玉笑道："好，好，来把这个花扫起来，撂在那水里。我才撂了好些在那里呢。"林黛玉道："撂在水里不好。你看这里的水干净，只一流出去，有人家的地方脏的臭的混倒，仍旧把花糟蹋了。那畸角上我有一个花冢，如今把他扫了，装在这绢袋里，拿土埋上，日久不过随土化了，岂不干净。"

第二次

宝玉因不见了林黛玉，便知她躲了起来，想了一想，索性迟两日，等她的气消一消再去也罢了。因低头看见许多凤仙石榴等各色落花，锦重重的落了一地，因叹道："这是她心里生了气，也不收拾这花儿来了。待我送了去，明儿再问着他。"说着，只见宝钗约着他们往外头去。宝玉道："我就来。"说毕，等他二人去远了，便把那花兜了起来，登山渡水，过树穿花，一直奔了那日同林黛玉葬桃花的去处来。将已到了花冢，犹未转过山坡，只听山坡那边有呜咽之声，一行数落着，哭的好不伤感。宝玉心下想道："这不知是哪房里的丫头，受了委屈，跑到这个地方来哭。"一面想，一面煞住脚步，听她哭道是：

> 花谢花飞花满天，红消香断有谁怜？
> 游丝软系飘春榭，落絮轻沾扑绣帘。
> 闺中女儿惜春暮，愁绪满怀无释处；
> 手把花锄出绣帘，忍踏落花来复去？
> ……
> 试看春残花渐落，便是红颜老死时。
> 一朝春尽红颜老，花落人亡两不知！

三、宝钗扑蝶

刚要寻别的姊妹去，忽见前面一双玉色蝴蝶，大如团扇，一上一下迎风翩跹，十分有趣。宝钗意欲扑了来玩耍，遂向袖中取出扇子来，向草地下来扑。只见那一双蝴蝶忽起忽落，来来往往，穿花度柳，将欲过河去了。倒引的宝钗蹑手蹑脚的，一直跟到池中滴翠亭上，香汗淋漓，娇喘细细。

四、湘云卧石

都走来看时，果见湘云卧于山石僻处一个石凳子上，业经香梦沉酣，四面芍药花飞了一身，满头脸衣襟上皆是红香散乱，手中的扇子在地下，也半被落花埋了，一群蜂蝶闹穰穰的围着他，又用鲛帕包了一包芍药花瓣枕着。众人看了，又是爱，又是笑。

五、龄官划蔷

只见他虽然用金簪划地，并不是掘土埋花，竟是向土上画字。宝玉用眼随着簪子的起落，一直、一画、一点、一勾的看了去数，一数十八笔。……原来就是蔷薇花的"蔷"字。宝玉想道："……"一面想，一面又看，只见那女孩子还在那里画呢。画来画去，还是个"蔷"字。再看，还是个"蔷"字。里面的原是早已痴了，画完一个"蔷"，又画一个"蔷"，已经画了有几千个。

六、妙玉捧茶

妙玉捧茶与贾母，贾母道："我不吃六安茶。"妙玉笑说："知道，这是老君眉。"贾母接了，又问："是什么水？"妙玉笑回："是旧年蠲的雨水。"
……

只见妙玉让她二人在耳房内，宝钗坐在榻上，黛玉便坐在妙玉的蒲团上，妙玉自向风炉上煽滚了水，另泡一壶茶。黛玉因问："这也是旧年蠲的雨水么？"妙玉冷笑道："你这么个人，竟是个大俗人。连水也尝不出来。这是五年前，我在玄墓蟠香寺住着，收的梅花上的雪。"

七、香菱斗草

大家采了些花草来兜着，坐在花草堆中斗草。这一个说："我有观音柳。"那一个说："我有罗汉松。"那一个又说："我有君子竹。"这一个又说："我有美人蕉。"这个又说"我有星星翠。"那个又说："我有月月红。"这个又说："我有《牡丹亭》上的牡丹花。"那个又说："我有《琵琶记》里的枇杷果。"荳官便说："我有姐妹花。"众人没了，香菱便说："我有夫妻蕙。"荳官说："从没听见有个夫妻蕙。"香菱道："一箭一花为兰，一箭数花为蕙。凡蕙有两枝，上下结花者为兄弟蕙，有并头结花者为夫妻蕙。我这枝并头的，怎么不是？"

八、香菱学诗

香菱听了，默默的回来，越性连房也不入，只在池边树下，或坐在山石上出神，或蹲在地下抠土，来往的人都诧异。李纨、宝钗、探春、宝玉等听得此信，都远远的站在山坡上瞧看他。只见他皱一回眉，又自己含笑一回。宝钗笑道："这个人定要疯了！昨夜嘟嘟哝哝直闹到五更天才睡下，没一顿饭的工夫天就亮了。我就听见他起来了，忙忙碌碌梳了头就找颦儿去。一回来了，呆了一日，作了一首又不好，这会子自然另作呢。"

九、凹晶馆联诗

黛湘联诗：

黛：三五中秋夕，湘：清游拟上月。

湘：撒天箕斗灿，黛：匝地管弦繁。

黛：几处狂飞盏？湘：谁家不启轩？

湘：轻寒风剪剪，黛：良夜景暄暄。

黛：争饼嘲黄发，湘：分瓜笑绿媛。

湘：香新荣玉桂，黛：色健茂金萱。

黛：蜡烛辉琼宴，湘：觥筹乱绮园。

湘：分曹尊一令，黛：射覆听三宣。

黛：骰彩红成点，湘：传花鼓滥喧。

湘：晴光摇院宇，黛：素彩接乾坤。

黛：赏罚无宾主，湘：吟诗序仲昆。

湘：构思时倚槛，黛：拟句或依门。

黛：酒尽情犹在，湘：更残乐已谖。

湘：渐闻语笑寂，黛：空剩雪霜痕。

黛：阶露团朝菌，湘：庭烟敛夕楣。

湘：秋湍泻石髓，黛：风叶聚云根。

黛：宝婺情孤洁，湘：银蟾气吐吞。

湘：药催灵兔捣，黛：人向广寒奔。

黛：犯斗邀牛女，湘：乘槎访帝孙。

湘：盈虚轮莫定，黛：晦朔魄空存。

黛：壶漏声将涸，湘：窗灯焰已昏。

湘：寒塘渡鹤影，黛：冷月葬诗魂。

妙玉接续：

香篆销金鼎，脂冰腻玉盆。

箫增嫠妇泣，衾倩侍儿温。

空帐悬文凤，闲屏掩彩鸳。

露浓苔更滑，霜重竹难扪。

犹步萦纡沼，还登寂历原。

石奇神鬼搏，木怪虎狼蹲。

赑屃朝光透，罘罳晓露屯。

振林千树鸟，啼谷一声猿。

岐熟焉忘径，泉知不问源。

钟鸣拢翠寺，鸡唱稻香村。

有兴悲何继，无愁意岂烦。

芳情只自遣，雅趣向谁言。

彻旦休云倦，烹茶更细论。

十、宝琴立雪

一看四面粉妆银砌，忽见宝琴披着凫靥裘站在山坡上遥等，身后一个丫鬟抱着一瓶红梅。

……

贾母喜的忙笑道："你们瞧，这山坡上配上他的这个人品，又是这件衣裳，后头又是这梅花，像个什么？"众人都笑道："就像老太太屋里挂的仇十洲画的《双艳图》。"贾母摇头笑道："那画的那里有这件衣裳，人也不能这样好！"

十一、晴雯补裘

因病卧床的晴雯，听说此事，忙硬挺着身子坐起来，拿过来一瞧说："这是孔雀金线，咱们用孔雀金线织密点，就能混过去。"虽有孔雀金线，大家都说不会织。晴雯只好披衣，但因身子虚，刚要动手，觉得头重脚轻，眼前冒金星，又怕宝玉着急，只好咬牙拼命撑着，逢几针，歇一会，一直到后半夜才补完。大家拿过来一看，简直和原来的一模一样。

十二、宝钗观春

一日清晓，宝钗春困已醒，搴帷下榻，微觉轻寒，启户视之，见园中土润苔青，原来五更时落了几点微雨。

十三、宝玉乞梅

李纨道："饶过宝玉去，我不服。"湘云忙道："有个好题目命他作。"众人问何题目？湘云道："命他就作'访妙玉乞红梅'，岂不有趣？"众人听了，都说有趣。

一语未了，只见宝玉笑欣欣擎了一枝红梅进来，众丫鬟忙已接过，插入瓶内。众人都笑称谢。宝玉笑道："你们如今赏罢，也不知费了我多少精神呢。"说着，探春早又递过一钟暖酒来，众丫鬟走上来接了蓑衣掸雪。各人房中丫鬟都添送衣服来，袭人也遣人送了半旧的狐腋褂来。李纨命人将那蒸的大芋头盛了一盘，又将朱橘、黄橙、橄榄等盛了两盘，命人带与袭人去。湘云且告诉宝玉方才的诗题，又催宝玉快作。宝玉道："姐姐妹妹们，让我自己用韵罢，别限韵了。"众人都说："随你作去罢。"

十四、惜春作画

刘姥姥大开眼界，念佛说道："我们乡下人到了年下，都上城来买画儿贴。时常闲了，大家都说，怎么得也到画儿上去逛逛。想着那个画儿也不过是假的，那里有这个真地方呢。谁知我今儿进这园里一瞧，竟比那画儿还强十倍。怎么得有人也照着这个园子画一张，我带了家去，给他们见见，死了也得好处。"贾母听说，便指着惜春笑道："你瞧我这个小孙女儿，他就会画。等明儿叫他画一张如何？"刘姥姥听了，喜的忙跑过来，拉着惜春说道："我的姑娘，你这么大年纪儿，又这么个好模样，还有这个能干，别是神仙托生的罢。"

十五、晴雯撕扇

晴雯笑道："我慌张的很，连扇子还跌折了，那里还配打发吃果子。倘或再打破了盘子，还更了不得呢。"宝玉笑道："你爱打就打。这些东西原不过是借人所用。你爱这样，我爱那样，各自性情不同。比如那扇子，原是扇的，你要撕着顽也可以使得，只是不可生气时拿他出气。就如杯盘，原是盛东西的，你喜欢听那声响，就故意的碎了，也可以使得，只是别在生气时拿他出气。这就是爱物了。"

晴雯听了，笑道："既这么说，你就拿了扇子来我撕。我最喜欢撕的。"宝玉听了，便笑着递与他。晴雯果然接过来，嗤的一声撕了两半，接着嗤嗤又听几声。宝玉在旁笑着说："响的好，再撕响些！"正说着，只见麝月走过来，笑道："少作些孽罢！"宝玉赶上来，一把将他手里的扇子也夺了，递与晴雯。晴雯接了，也撕了几半子。二人都大笑……晴雯笑着，倚在床上，说道："我也乏了，明儿再撕罢。"宝玉笑道："古人云：千金难买一笑。几把扇子，能值几何。"

十六、平儿理妆

宝玉笑道："那市卖的胭脂都不干净，颜色也薄。这是上好的胭脂拧出汁子来，淘澄净了渣滓，配了花露蒸叠成的。只用细簪子挑一点儿抹在手心里，用一点水化开抹在唇上；手心里就够打颊腮了。"平儿依言妆饰，果见鲜艳异常，且又甜香满颊。宝玉又将盆内的一枝并蒂秋蕙用竹剪刀撷了下来，与他簪在鬓上。

十七、莺儿编篮

二人你言我语，一面行走，一面说笑，不觉到了柳叶渚，顺着柳堤走来。因见柳叶才吐浅碧，丝若垂金。莺儿便笑道："你会拿着柳条子编东西不会？"蕊官笑道："编什么东西？"莺儿道："什么编不得？顽的使的都可。等我摘些下来，带着这叶子编个花篮儿，采了各色花放在里头，才是好顽呢。"说着，且不去取硝，且伸手挽翠披金，采了许多嫩条，命蕊官拿着，他却一行走一行编花篮，随路见花便采一二枝，编出一个玲珑过梁的篮子。枝上自有本来翠叶满布，将花放上，却也别致有趣。喜的蕊官笑道："姐姐，给了我罢。"莺儿道："这一个咱们送林姑娘，回来咱们再多采些，编几个大家顽。"说着，来至潇湘馆中。

黛玉也正晨妆，见了篮子，便笑说："这个新鲜花篮是谁编的？"莺儿笑说："我编了送姑娘顽的。"黛玉接了笑道："怪道人赞你手巧，这顽意却也别致。"一面瞧了，一面便命紫鹃挂在那里。

十八、群芳夜宴

一时将正装卸去，头上只随便挽着纂儿，身上皆是长裙短袄。宝玉只穿着大红棉纱小袄子，下面绿绫弹墨袷裤，散着裤脚，倚着一个各色玫瑰芍药花瓣装的玉色夹纱新枕头，和芳官两个先划拳。当时芳官满口嚷热，只穿着一件玉色红青酡绒三色缎子斗的水田小夹袄，束着一条柳绿汗巾，底下水红撒花夹裤，也散着裤腿。头上眉额编着一圈小辫，总归至顶心，结一根鹅卵粗细的总辫，拖在脑后。右耳眼内只塞着米粒大小的一个小玉塞子，左耳上单带着一个白果大小的硬红镶金大坠子，越显的面如满月犹白，眼如秋水还清。引的众人笑说："他两个倒像是双生的弟兄两个。"袭人等一一的斟了酒来，说："且等等再划拳，虽不安席，每人在手里吃我们一口罢了。"于是袭人为先，端在唇上吃了一口，余依次下去，一一吃过，大家方团圆坐定。小燕四儿因炕沿坐不下。便端了两张椅子，近炕放下。那四十个碟子，皆是一色白粉定窑的，不过只有小茶碟大，里面不过是山南海北，中原外国，或干或鲜，或水或陆，天下所有的酒馔果菜。宝玉因说："咱们也该行个令才好。"袭人道："斯文些的才好，别大呼小叫，惹人听见。二则我们不识字，可不要那些文的。"麝月笑道："拿骰子咱们抢红罢。"宝玉道："没趣，不好。咱们占花名儿好。"晴雯笑道："正是早已想弄这个顽意儿。"袭人道："这个顽意虽好，人少了没趣。"小燕笑道："依我说，咱们竟悄悄的把宝姑娘林姑娘请了来顽一回子，到二更天再睡不迟。"袭人道："又开门喝户的闹，倘或遇见巡夜的问呢？"宝玉道："怕什么，咱们三姑娘也吃酒，再请他一声才好。还有琴姑娘。"众人都道："琴姑娘罢了，他在大奶奶屋里，叨登的大发了。"宝玉道："怕什么，你们就快请去。"小燕四儿都得不了一声，二人忙命开了门，分头去请。

没有出场的红楼女子傅秋芳

　　文学名著《红楼梦》中有一对兄妹并未出场，只是借别的人物的口登场，却被红迷们不时提起，小有影响。说来也怪，他们府中的两位嬷嬷在文本中连姓名都没有，却有出场且形象生动，给人留下深刻印象。有名有姓的没有出场，出场的没名没姓，十分有趣。

　　这事还得从贾政搜罗的一帮清客说起。原本贾府行武出道，功勋卓著，是颇有影响的王公贵族，自然不同于一般的士大夫家族和诗书人家。武将府邸不养门客。贾赦曾公开放言："咱们的子弟都原该读些书，不过比人略明白些，可以做得官时就跑不了一个官的。何必多费了工夫，反弄出书呆子来？"但贾政却东施效颦，效仿士大夫豢养清客，舞文弄墨，招揽风骚，用于装点门面。一时之间，沉渣泛起，荣府门庭若市，贾政书房、客厅不断有人造访和聚集。清客中不乏像《金瓶梅》中西门庆热结的十兄弟那样的人物，苍蝇逐臭般地贴黏在荣府帮闲，狗仗人势，混吃混喝，谋求利益。曹雪芹是从骨子里鄙视贾政的这些门客，给其起名时大玩谐音梗。例如詹光，"沾光"的谐音，似乎暗示此公好占小便宜；单聘仁，谐音"善骗人"，挖苦这个老先生总说假话；卜固修，谐音"不顾羞"了；还有程日兴，谐音"成日行"；等等。还有一个门客就是本篇要说的名叫傅试，谐音梗就是"附势"。

傅试出身既非名门也非望族，虽然没有根基但却借风使力般地爬到了地方府县的副职的位置，官名通判，属正六品官员，在京城亦有一处宅院，也算是祖坟冒了青烟。傅试依附贾政后，整日赖在荣府，高谈阔论、见风使舵、溜须拍马、舔尻拾鞋，谋取利益。傅试有一胞妹，名傅秋芳，经傅试精心包装推介，傅秋芳得到了一个高颜值、高品位、高才气的不输钗黛的好名声，享誉傅试的朋友圈。芳一般指花草，花草盛于春，秋芳则表明青春已过，已经成为剩女。傅试一直梦想附贾府的势，以求更大的发展，他手中的王炸就是他亲妹妹傅秋芳，下定决心要把傅秋芳嫁进贵族的深宅大院。美才女傅秋芳却不能主宰自己的人生，只能听命兄长傅试，但傅秋芳一生幸福与否绝不是她哥哥傅试的选项，条件唯有可依附的贵族豪门，绝不妥协，一来二去的，就耽搁了傅秋芳，过了成婚的最佳年龄。

我们来看看傅氏兄妹的出场（暗出）：贾政对宝玉家暴以后，各色人等争先来到怡红院看望，这其中就包括贾政的门客们。文本中宝玉被打后各方人士探望的叙述实在精彩，看客中只有少数人心疼宝玉，多数人只是借此机会刷刷存在感，更有人粘贴上来表演给贾母、贾政等人看，充分展示了高超的人情世故，值得反复阅读。这回轮到了傅氏兄妹。

> 丫头方进来时，忽有人来回话："傅二爷家的两个嬷嬷来请安，来见二爷。"宝玉听说，便知是通判傅试家的嬷嬷来了。那傅试原是贾政的门生，历年来都赖贾家的名势得意，贾政也着实看待，故与别个门生不同，他那里常遣人来走动。宝玉素习最厌愚男蠢女的，今日却如何又令两个婆子过来？其中原来有个原故：只因那宝玉闻得傅试有个妹子，名唤傅秋芳，也是个琼闺秀玉，常闻人传说才貌俱全，虽自未亲睹，然遐思遥爱之心十分诚敬，不命他们进来，恐薄了傅秋芳，因此连忙让进来。那傅试原是暴发的，因傅秋芳有几分姿色，聪明过人，那傅试安心仗着妹妹要与豪门贵族结姻，不肯轻意许人，所以耽误到如今。目今傅秋芳年已二十三岁，尚未许人。争奈那些豪门贵族又嫌他穷酸，根基浅薄，不肯求配。那傅试与贾家亲密，也自有一段心事。

请读者们注意，这一段明显不同于书中类似段落隐晦的写作手法，描写得非常直白。通过上文可知贾宝玉先前已深知傅秋芳，且已对傅秋芳遐思遥爱，说明傅试的宣传取得了成效；虽然宝玉对嬷嬷们十分讨厌，但傅氏家的两个嬷嬷是傅秋芳派来的，要见，否则薄了傅秋芳；那傅试一心要让妹妹嫁进豪门，傅氏向来与贾府亲密，自有一段心事。

按照旧时门当户对的习俗以及四大家族政治联姻的偏好，六品通判傅试要想将妹妹傅秋芳嫁入豪门给公子爷当原配夫人几乎没有可能，现实的选择就是等待某位公子爷的原配夫人没了，然后填房嫁入豪门，就像贾赦的填房邢夫人，贾珍的填房尤氏一样，谁让娘家家境不给力呢！当然填房也是夫人，只不过名望稍逊一些，这还要上天赐予这样的机会呢。当然若等不及委屈自己给公子爷当偏房也是可以的，毕竟年龄不饶人，在旧时二十三岁就是老姑娘了，几乎没有选择的资本了。客观地说，贾宝玉和傅秋芳交集的概率大约为零，尽管双方都有最初的朦胧好感，阻碍不仅是门第相差巨大，而且傅秋芳要比贾宝玉大八九岁呢。就荣府而言，目标只好在贾赦、贾政、贾琏身上扫描选择，至于到底是填房或是偏房，则要看傅秋芳的耐心与个人偏好了。做填房就要先做备胎，做偏房倒是不用等，婚后地位却差之千里，还要取决于傅试的选择。

特别有意思的是文本中傅家两个嬷嬷对宝玉有一番评论。请看文本：那两个婆子见没人了，一行走，一行谈论。这一个笑道："怪道有人说他家宝玉是外像好里头糊涂，中看不中吃的，果然有些呆气。他自己烫了手，倒问人疼不疼，这可不是个呆子？"那一个又笑道："我前一回来，听见他家里许多人抱怨，千真万真的有些呆气。大雨淋的水鸡似的，他反告诉别人'下雨了，快避雨去罢'。你说可笑不可笑？时常没人在跟前，就自哭自笑的，看见燕子，就和燕子说话，河里看见了鱼，就和鱼说话，见了星星月亮，不是长吁短叹，就是咕咕哝哝的。且是连一点刚性也没有，连那些毛丫头的气都受的。爱惜东西，连个线头儿都是好的；糟踏起来，那怕值千值万的都不管了。"两个人一面说，一面走出园来，辞别诸人回去，不在话下。

让人有嚼头的是，评论贾宝玉的是傅家的两个嬷嬷，说明不仅是傅试，连他家的老婆子都经常往来荣府，她们知道的事情可真不少，贾宝玉的一举一动都在她们的视线范围内，甚至包括比较私密的事情或话题。这段对话信息量好大，事涉龄官划蔷、晴雯撕扇、宝玉内心活动等好多内容。不知这两个婆子的信息来源是什么，是否完全来自荣府，傅家兄妹是否也经常不避下人谈及贾府特别是宝玉的事项？从对话内容所反映的观点看，两个嬷嬷对贾宝玉的价值取向是不懂的，或不能理解更不被认可，不知这是否受到了傅秋芳的影响？！对话反映的价值观非常传统，比较靠近薛宝钗、花袭人的观点。

有些红迷们认为傅试、傅秋芳在八十回后的故事中还会出现，甚至发挥更大的作用，那就不得而知了。但是本人觉得傅氏兄妹虽未出场，但故事也算相对完整，没有必要承担更大的作用，已经完成了自己的角色任务。程高本中傅秋芳还真出现过一回，就是在第九十四回里，之前去探望宝玉的两个婆子又去给贾母请安。不巧的是贾母正好午睡，所以两个婆子这一次并未见到贾母。但是鸳鸯对紫鹃说了下面一段话里，反映了傅氏兄妹原本的意愿，对傅氏兄妹人设完美补刀。

好讨人嫌！人家里有了一个女孩儿，长的好些儿，便献宝的似的，常常在老太太跟前夸他们姑娘怎么长的好，心地儿怎么好，礼貌上又好，说话儿又简绝，做活计儿手又巧，会写会算，尊长上头最孝敬的，就是待下人也是极和平的。来了就编这一大套，常说给老太太听。我听着很烦。这几个老婆子真讨人嫌！我们老太太偏爱听那些个话！老太太也罢了，还有宝玉，素常见了老婆子便很厌烦的，偏见了他们家的老婆子就不厌烦。你说奇不奇？前儿还来说：他们姑娘现有多少人家儿来求亲，他们老爷总不肯应，心里只要和咱们这样人家作亲才肯。夸奖一回，奉承一回，把老太太的心都说活了。

这样的返场总体上没有超出前八十回的框架和人设。

《红楼梦》中为什么要写没有出场的傅试、傅秋芳，以及没有姓名的傅家的两个嬷嬷呢？这是一个很高明的写作技巧，其实作者想说的还是宝黛钗的三角游戏，傅氏兄妹就是一面多棱镜，很多人物可以从中被影射，对书中人物的理解就可以有多个角度。

傅试影射薛姨妈、薛蟠母子是很明显的。薛家落败后进京原意是为薛宝钗谋求进宫为宫主郡主入学陪侍，充为才人赞善之职，落选后趋炎附势地赖在贾府不走，长达数年，在贾母数次逐客的情况下，仍然赖着不走，还炮制出金玉良言的骗局并到处散布，谋求将宝钗嫁给宝玉。傅秋芳影射薛宝钗也是肯定的，美丽才气人品都是顶配，关键是她的好所有人都知道，也是企图以婚姻改变命运，嫁入豪门望族，并且高不成低不就，一闪就过了年龄，成了老姑娘了，所谓的明日黄花，终成笑资，这不是薛宝钗又是谁！两个无名无姓的老婆子的引入，使宝玉的形象更加丰富和灵动。曹公真乃大师也。

刀俎之下的鱼肉红楼二尤

尤氏两姐妹本不姓尤，她俩是她们老娘的拖油瓶，尤老娘攀高枝填房至尤家尤老爷后她俩随了尤姓，她们娘也被人称为尤老娘。因尤老爷的先房没了，留下的一女给大名鼎鼎的宁府的长孙贾珍做了填房，被称为尤氏，因为这个缘故，尤老娘带来的两姐妹就与尤氏一起排行，人称尤二姐、尤三姐。

尤老娘命硬，连克两夫，先夫和前夫先后一命呜呼，柴火棍无法当拐杖使，生活两次失去了活命稻草，没有了依靠。虽不能说徒有四壁，但实在是除皮囊外已经无牌可打，好在尤老娘颜值超人，妩媚可人，否则也不可能带着俩拖油瓶改嫁尤家。不过当下尤老娘人老色衰，日近黄昏，不说做长远打算为自己养老善终，就是眼下拉扯俩闺女，也是日益艰难。

青出于蓝而胜于蓝，把尤老娘拍到沙滩上的正是她的两个女儿。这两位尤物长相风骚都超过她们的母亲，染缸里岂能捞出白布来，她俩从小跟着亲娘耳濡目染，别的倒也学不来，凭借优势，出租色相，换取吃喝倒也无师自通。尤老娘两次婚姻中，两位前夫不能算小门小户，经济条件都还算上乘，他们在世时，尤老娘娘仨应该衣食无忧。永州之鼠无法权变，由丰到俭尤为艰难。生活第一，她娘仨觉得用色相交换嚼头并无不妥，拒绝道德绑架。

能够抓得住的救命稻草就是尤老娘前夫的女儿尤氏，更得劲的是尤氏是四大家族之一的贾府的长孙之媳，这可一定要抓住不能滑脱。虽然尤氏与尤老娘没有任何血缘和抚养关系，尤氏与尤二姐和尤三姐异父异母，但毕竟是面上的娘家妹子，何况宁府家业巨大，何曾在乎多几个人的嚼头，所以拼命攀亲是自然的选择，连八竿子打不着的刘姥姥都可在荣府打秋风，尤老娘、尤二姐、尤三姐这种正经亲戚打打宁府的秋风不也顺理成章了。

从宁国公、荣国公算起，贾府已近百年，早已过了辉煌期走了下坡路，用冷子兴的话说，"如今这贾家宁国府、荣国府，也都萧条了，不比从前"，虽然"隔着围墙一望，里面厅殿楼阁，也是气宇轩昂"（语村语），更了解情况的冷子兴笑道："古人有云：'百足之虫，死而不僵。'……不说别的，就说他家如今的儿孙，也是一代不如一代了！"冷子兴算是说到了根上。宁府的儿孙，到了贾珍这一辈，都是纨绔子弟，不仅不学无术，而且个个偷鸡摸狗，奸淫好色，赌博成性。宁府掌门人贾珍更是头号色棍，最是在女孩子身上下功夫的了，稍有成色的女孩子哪个能逃脱贾珍的魔掌。他的儿子贾蓉更是继承了他好色奸淫的本性。尤老娘率二姐、三姐投奔宁府，岂不是自投罗网，身陷狼窝虎穴，沦为刀俎下的鱼肉，案板上的面团，任人揉搓，任人宰割！

尤氏对于自己老公的胡作非为也是没有办法，说劝贾珍也不会听，甚至于更加变本加厉，更加明目张胆起来。所以尤氏也是睁一只眼闭一只眼，采取眼不见为净的鸵鸟政策。在尤老娘的极力怂恿和尤氏的默许下，丑陋的贾珍父子等人和尤二姐、尤三姐一起出演了一出丑态百出、聚麀乱伦的活剧。

时值宫中有一老太妃薨了，国丧期间家丧又至，贾珍炼贡的爹贾敬也没了。尤老娘率二姐、三姐以奔丧和帮忙之名赶到宁府，贾珍贾蓉父子听报她们来了后，诡异地会心一笑，待也不住，加鞭往回就赶。说明他们早已鬼混在一起，而且珍蓉父子都明知对方的存在，这扬名远近的畜生不如的聚麀之消，更让人恶心的是聚麀之消还增加了新的成员，扩大到贾蔷、贾琏。这是《红楼梦》中描写得最为丑陋的画面，没有之一。

事态持续，丑态百出，臭名远扬。贾珍贾蓉父子并不特别避讳人，有时连身边丫鬟都看不过去，劝说几句，贾蓉还拿脏唐臭汉说事，认为谁家没有风流事！珍蓉等人追逐并沉浸其中，国丧家丧早已扔到了爪哇国里去了。然尤氏娘们却深知事情的不可持续，不安全感与日俱增，她们体制外打着短工，渴望有朝一日能成为体制内的人，她们在享乐当下的同时，努力寻觅长久的解决方案。

事态的转捩还是由于贾琏的加入。哪有屎尿不招蛆，腥血不招蝇的，被亲祖母骂成"香的臭的都往屋里拉"的不成器的贾琏，听闻尤氏姐妹的姿色以及贾珍贾蓉父子的聚麀之消后，心中早已按捺不住，垂涎三尺，蠢蠢欲动了。事情还得算在贾蓉头上，虽然说他和贾珍心知肚明，却没有点破，毕竟是父子关系，他与二姐、三姐胡闹还嫌父亲碍事。有了这样的考虑，贾蓉就保媒拉纤极力怂恿贾琏停妻另娶，因为他知道王熙凤是个厉害的主，二姐一时半会儿进不了荣府，若买个外院居住，好方便去和二姐鬼混。尤老娘和尤二姐拿到这份长期战略合作关系的大单，心中自然乐开了花，心想仅剩下三姐之事尚未落地。

贾琏偷娶尤二姐，多得贾珍贾蓉父子帮助，力促周全。贾珍本与尤二姐不轨，但尤二姐性子和顺，令贾珍渐感乏味。尤三姐泼辣难驯，最令贾珍不舍。二姐给贾琏做小之后，贾珍趁贾琏不在的时候，常来纠缠尤三姐。贾琏听了尤二姐的枕边风，房中堵住了贾珍，欲说破这事，也算对贾珍的回报。兄弟俩难免尴尬，贾琏无耻地自称小叔子，意思是茄子一行，豇豆一行，各算各的，我既是你姐夫，也是你小叔子，三姐既是我小姨子，也是我嫂子。从此也不用遮着掩着，可以公开地来。没想到尤三姐反应强烈，将贾珍、贾琏裹着一起痛骂一顿。

请看尤三姐的表演：

> 尤三姐站在炕上，指贾琏笑道："你不用和我花马吊嘴的，清水下杂面，你吃我看见。见提着影戏人子上场，好歹别戳破这层纸儿。你别油蒙了心，打谅我们不知道你府上的事。这会子花了几个臭钱，你们哥儿俩拿着我们姐儿两个权当粉头来取乐儿，你们就打错了算盘了。我也知道你那老婆太难缠，如今把我姐姐拐了来做二房，偷的锣儿敲不得。我也要会会那凤奶奶去，看他是几个脑袋几只手。若大家好取和便罢；倘若有一点叫人过不去，我有本事先把你两个的牛黄狗宝掏了出来，再和那泼妇拼了这命，也不算是尤三姑奶奶！"

> 尤三姐一叠声又叫："将姐姐请来，要乐咱们四个一处同乐。俗语说'便宜不过当家'，他们是弟兄，咱们是姊妹，又不是外人，只管上来。"尤二姐反不好意思起来。贾珍得便就要一溜，尤三姐哪里肯放。贾珍此时方后悔，不承望他是这种为人，与贾琏反不好轻薄起来。

那尤三姐放出手眼来略试了一试，他弟兄两个竟全然无一点别识别见，连口中一句响亮话都没了，不过是酒色二字而已。自己高谈阔论，任意挥霍撒落一阵，拿他弟兄二人嘲笑取乐，竟真是他嫖了男人，并非男人淫了他。一时他的酒足兴尽，也不容他弟兄多坐，撵了出去，自己关门睡去了。自此后，或略有丫鬟婆娘不到之处，便将贾琏、贾珍、贾蓉三个泼声厉言痛骂，说他爷儿三个诓骗了她寡妇孤女。贾珍回去之后，以后亦不敢轻易再来，有时尤三姐自己高了兴悄命小厮来请，方敢去一会，到了这里，也只好随她的便。

尤三姐怒怼珍琏这两个无耻之徒，很多人大呼痛快。所谓愣的怕横的，横的怕不要命的；对应的讲理的怕不讲理的，不讲理的怕不要脸的，不要脸的也怕不要命的。光脚的不怕穿鞋的，不要命的领着不要脸的那简直就天下无敌了。那么尤三姐赢了吗？她的问题解决了吗？在男权世界中，贵族老爷才是至上的，当尤三姐以丑陋为武器拿命相搏时，掀不起巨浪，顶多激起几朵小的浪花，甚至只有泛起的涟漪。尤三姐取得表面上的胜利，一是贾珍对尤三姐垂涎之欲火并未熄灭，二是她敢搏命但珍琏却不敢。遗憾的是稀释这种胜利的是尤三姐自己的行为，一是在洗心革面的类似从良行动中，夜间孤衾独枕，不惯寂寞；二是偶尔贾珍还过来，只不过是由原来自己贴过来变成了三姐命小厮请过来，这真让人无语。

当尤二姐逼问尤三姐，她中意的人究竟是谁时，尤三姐终于说出了多年前偶尔看戏看上并一直暗恋的戏子柳湘莲，并且声称："若有了姓柳的来，我便嫁他，从今日起，我只吃斋念佛，只服侍母亲。等他来了，嫁了他去，若一百年不来，我自己修行去了。"贾琏随后去平安州恰好偶遇柳湘莲，就说定了这门亲事，并且给尤三姐带回来柳湘莲家传的鸳鸯剑，作为定礼。贾珍随了三十两银子的份子。

谁知不久，聚麀之消也传闻到了柳湘莲的耳朵里，他可不愿意戴这么大惹人眼的绿帽子，说是宁府里只有那对石头狮子才是干净的。柳湘莲果断地悔了婚约，并到尤三姐那里讨回了鸳鸯剑。在被心上人误会，自己又无法解释清楚，婚约已不可挽回的情况下，为了表白自己的清白和对柳湘莲的忠贞（实则走投无路），性格刚烈的尤三姐便毅然当着柳湘莲的面，用鸳鸯剑自刎身亡了。就这样，一朵美丽的玫瑰花，终于如此人为地永远凋谢了下来。贾珍摧毁了尤三姐的肉体，柳湘莲摧毁了尤三姐的灵魂。桃花花你就红来哟，杏花花你就白。

贾琏偷娶之事也是纸里包不住火。兴儿的漏嘴使王熙凤轻易地知悉了事情的始末，觅得贾琏外出平安州之机，乘虚而入，调虎离山，凤姐按捺住心中的怒火，放下身段儿，带着贤妻的面具，亲自来到小花枝巷接尤二姐回府。自知理亏的尤二姐本以为凤姐是来兴师问罪的，谁知凤姐始终以礼相待、柔声细语，言辞恳切，情真意切，"我今来求姐姐进去和我一样同居同处，同分同例，同侍公婆，同谏丈夫。喜则同喜，悲则同悲，情似亲妹，和比骨肉"等等。

尤二姐上套以后，就完全进入凤姐的势力范围，凤姐对她私人定制的明"火"暗"剑"轮番登场。凤姐先清理了她的身边人，"变法将他的丫头一概退出，又将自己的一个丫头送他使唤"。给她使唤的丫头叫善姐，却非良善之人，只是两三日的工夫，便有些不服使唤起来，尤二姐要点儿头油，便被善姐骂到"不知好歹没眼色"。然后凤姐开始暗中使绊子，先来摧残尤二姐的身体，"善姐渐渐连饭也怕端来与他吃，或早一顿，或晚一顿，所拿来之物，皆是剩的"。而凤姐却佯装不知，依旧是"和容悦色，满嘴里姐姐不离口"。"人是铁饭是钢，一顿不吃饿得慌"，衣食不继，让尤二姐有口难言，郁郁寡欢。平儿有时看不过却也难以周全。

凤姐一方面暗中虐待尤二姐，另一方面下功夫做足功课，她把尤二姐的底细查了个门儿清之后，将计就计上演了一场"贼喊捉贼"的大戏。她暗地里指使旺儿，挑唆去张华假戏真做地去状告贾琏，同时买通察院虚张声势地审。而后便以此为由头，理直气壮、气势汹汹地去宁国府大闹，把尤氏和贾蓉好一顿羞辱。有口难辩的尤氏对尤二姐这个本来就不怎么亲的妹妹，更是心生不满。到后来即使听说她受到虐待，不情愿也不敢去替她声张。这是凤姐围点打援的典型战术，无疑成效显著。

与此同时，凤姐又开辟了第二战场，开始舆论造势，到贾母面前如此这般、添油加醋地一番说辞，令贾母对尤二姐的人品产生了坏印象，"名声也不好，不如送给他去。哪里寻不出好人来"。如此一番折腾，尤二姐的处境已是内忧外患：内心忧伤痛苦、外部众人嫌弃。

螳螂捕蝉，黄雀在后。在王熙凤把尤二姐的"局"做足之时，贾赦新赏给贾琏的小妾秋桐又粉墨登场了。虽说凤姐"心中一刺未除，又平空添了一刺"，但却感谢贾赦送来的神助攻，她要用"借剑杀人"之法，"坐山观虎斗"，骄矜愚蠢的秋桐并没有看穿王熙凤的计谋，在王熙凤的挑唆下，不时地对尤二姐污言秽语地辱骂，还在贾母和众人面前告尤二姐的"黑状"。

本来对尤二姐印象就不好的贾母，对尤二姐更加讨厌，"可是个贱骨头"，众人见贾母不喜，不免又往下践踏起来，弄得这尤二姐要死不能，要生不得。

花瓶尤二姐，本来已经被折磨得病恹恹的，又被庸医打掉了胎儿。万念俱灰的尤二姐便含恨吞金自杀了。

尤二姐死于一次集体屠杀，比如贾琏的软弱无能、凤姐的阴险毒辣、秋桐的粗暴愚蠢、善姐的助纣为虐、胡太医的图财害命等，死于时运命的综合体。其实尤二姐嫁给贾琏后，已经下决心和过去决裂了，她没想到从良之路异常艰险，过去荒唐的阴影根本无法走出，无时无刻追随并笼罩着她。她已然是一个失去贞操和品行的人，这是她的心病，内心的魔让她性情大变，与先前来了个180度的转变，她变得胆小怕事、懦弱无能、轻信他人、任人摆布，畏缩成一只受伤的兔子，既没有进攻性，也没有防护能力。当善姐、秋桐等以恶毒之语言向她攻击时，她内心首先认可了她们的指责，当凤姐发动舆论攻势，总攻她的品行和名声时，尤二姐溃不成军，落荒而逃。

尽管如此，尤二姐贪图享受、嫌贫爱富、游戏人生、及时行乐的本性很难改变，她的成长经历和受到的教育决定了她的字典里仅有两个大字，就是"依附"，但是当贾琏有了新欢秋桐以后，她惊愕地发现到底还是错付了人。她与贾珍父子用欢笑和肉体贸易吃食和衣着，她嫌贫爱富与皇粮庄头张家退婚，她初次见到贾琏就坦然笑纳汉玉九龙佩等都是烙在她身体上的印痕，胡太医让她失去孩子的最后一击，让她的生命戛然而止，吞金追随三妹而去。

红楼二尤被命运裹挟，又被命运抛弃，成为刀俎之下的鱼肉，任人摆布和宰割，最终丢了卿卿性命，着实令人叹惋。曹公塑造的红楼二尤的艺术形象永续存在。

黛玉的射影龄官

又是一个姑苏女子的故事！

为了元妃省亲，受贾珍的指派，贾蔷赴江南采买了十二个会唱戏的女孩子。这些女孩子的小名儿分别是文官、宝官、玉官、龄官、菂官、藕官、蕊官、茄官、芳官、葵官、豆官、艾官。本篇的主角是唱小旦的龄官。注意，曹雪芹在这里不留痕迹地故意卖了个破绽，其实蕊官是后补的，这个后面再说。

在大观园里，伶人的地位是最低下的，赵姨娘曾说连贾府里三等奴才也比她们高贵些，曹公在她们大多草字头的本名后再后缀一个"官"字，隐性构成了一个"菅"字，菅者茅草也，说明红楼十二官的生命如同草芥。但是这些女孩子日常以戏曲为生，舞台与生活界线模糊，平时受封建礼教思想束缚少，她们个个活泼生动可爱，不仅在舞台上留下了动人身姿，还在大观园里演绎了一出出活剧，龄官当是最为光彩夺目的一个。

龄官在《红楼梦》中五次出场，第十六回交代了贾蔷采买了包括龄官在内的红楼十二官。第十八回元妃省亲时出演。第二十二回宝钗生日给贾母等众人演出，躺着中枪宝黛爱情。第三十回和第三十六回是龄官的重头戏，都上了回目，其中第三十回上回目"龄官划蔷痴及局外"；第三十六回上回目"识分定情悟梨香院"。之后无出场，但有两次隐性出场，后面再说。

第十六回是集体亮相。第十八回中，龄官戏份最佳，贾妃充分肯定，让回场加演两出戏，梨香院领班贾蔷让龄官加演《游园》《惊梦》两出，但被龄官因这两出戏非小旦本行而拒绝串戏，坚持演自己拿手的《相约》《相骂》。结果让元春十分赞赏。这让读者看到了一个别样的女孩子！第二十二回龄官引起的桥段是《红楼梦》中最著名的桥段，但她却只能是配角。宝钗生日宴，伶人演戏，又是龄官戏演得最好，受到贾母等人的大力点赞，王熙凤却让大家看，龄官"扮上活像一个人"，众人看出来了却都不说出来，只有没头脑的史湘云张口道"像林妹妹"，从而引发贾宝玉、林黛玉、史湘云、薛宝钗间的著名醋战。

第三十回和第三十六回是龄官本传，但贾宝玉却充当了电灯泡的角色。我们来看：一个夏日，赤日当空，树荫合地，满耳蝉声，静无人语。贾宝玉刚走到蔷薇花架下，只见一个女孩子蹲在地上，手里拿着根缩头的簪子在地下抠土。宝玉本以为龄官东施效颦仿黛玉葬花呢！

贾宝玉留神细看，只见这女孩子眉蹙春山，眼颦秋水，面薄腰纤，袅袅婷婷，大有黛玉之态，不忍弃她而去。以文字形式表述红楼女子的形象，文本中并不多见，可见龄官待遇不低，这也是对第二十二回中说龄官像林黛玉的直接回应。这个女孩子用金簪向土上画字。贾宝玉就用眼随着簪子的起落，一直一画、一点一勾地看了去，又在手心里用指头写，原来是个蔷薇花的"蔷"字。

贾宝玉想："这女孩子一定有什么话说不出来的大心事，才这样个形景。外面既是这个形景，心里不知怎么熬煎。看他的模样儿这般单薄，心里哪里还搁的住熬煎。"

夏日的天，说变就变。忽然，一阵凉风吹过，唰唰地落下一阵雨来。贾宝玉看那女子头上滴下水来，纱衣裳登时湿了，禁不住喊了起来："不用写了。你看下大雨，身上都湿了。"贾宝玉已经痴了，忘记了自己亦是身在雨中全身湿透，直让人想起宝玉听了黛玉《葬花词》时"恸倒在山坡上"。

再看第三十六回的桥段。过了几天，贾宝玉听人议论（但通过元妃省亲和宝钗生日等几场演出，宝玉不用听人议论也知道）梨香院的龄官戏唱得漂亮，于是来找龄官。贾宝玉来到梨香院，只见龄官独自倒在枕上，见他进来，纹风不动。贾宝玉在她身旁坐下，央她起来唱《袅晴丝》。龄官见他坐下，忙抬身起来，正色说道："嗓子哑了。前儿娘娘传进我们去，我还没有唱呢。"忙抬身和正色等用词甚妙，嫌厌之情溢于言表，言外之意，你算老几？

贾宝玉再一细看，原来就是那日蔷薇花下画"蔷"字那一个。这里有个小问题，就是宝玉应早就知道龄官，特别是在那场著名的醋战之后，印象会更加深刻，当时宝玉也是看出龄官与黛玉颇像。还有蔷薇架下画蔷一段，宝玉聚精会神看了半天，还给读者详细描述过龄官的长相，如何此刻才确认画蔷之人是龄官？但瑕不掩瑜。

贾宝玉从来未经过这番被人弃厌，只得出来了。另一个伶人宝官对贾宝玉说道："只略等一等，蔷二爷来了叫他唱，是必唱的。"所以蔷龄之恋并不避人，处于半公开状态。

一会儿，贾蔷从外头回来了，手里提着个雀儿笼子，上面扎着个小戏台，里面装一个会衔旗串戏的雀儿。贾蔷看贾宝玉来了，少不得客气，告诉贾宝玉，这个雀儿，是花一两八钱银子买的。注意，一两八钱银子着实不少，荣府中正经主子的贴身丫头月俸才二两。

贾蔷进去，对龄官笑道："买了雀儿你顽，省得天天闷闷的无个开心。"说着，便拿些谷子哄得那个雀儿在戏台上乱串，衔鬼脸旗帜。

贾蔷好心没有好结果，敏感的龄官冷笑了两声，道："你们家把好好的人弄了来，关在这牢坑里学这个劳什子还不算，你这会子又弄个雀儿来，也偏生干这个。你分明是弄了他来打趣形容我们，还问我好不好。"龄官的敏感并不亚于黛玉，鸟被关在笼中还要作戏取乐人，这让被买入荣府做伶人的龄官很不爽。读者还记得"牢坑"这个词吗？水月庵智能儿曾用过，形容她在馒头庵的生活，而龄官却认为荣府就是"牢坑"。

龄官对这个玩意儿的敏感，出乎贾蔷意料，出乎所有人意料，透出她对自己伶人地位的不甘。贾蔷听了，连忙赌身立誓道："罢，罢，放了生，免免你的灾病。"说着，将雀儿放了，将笼子拆了。一两八钱银子，打了水漂。

龄官还在感叹，又说："那雀儿虽不如人，他也有个老雀儿在窝里"，"偏生我这没人管没人理的，又偏病"。贾蔷忙要去请大夫。龄官又叫："站住，这会子大毒日头地下，你赌气子去请了来，我也不看的。"蔷龄对话与宝黛对话多么相似呀，说来也巧，龄官也总是病着，而且还咳出了两口血，多似黛玉！

贾宝玉见了这般景况，不觉痴了。回到怡红院就对袭人说，"昨夜说你们的眼泪单葬我，这就错了。我竟不能全得了。从此后只各人得各人的眼泪"。

龄官的故事是宝黛爱情故事的副本和爱情大餐必不可少的佐料。龄官是黛玉的射影，晴雯映的是黛玉的真，龄官射的是黛玉的痴，连外形都极似黛玉，虽然黛玉并不愿意承认这一点。当然黛玉的风骨是谁也映不了，射不了的，只能从黛玉自身上寻找了。龄官是黛玉的多棱镜，她的风姿傲骨，她的执拗与痴情，她的放飞理想和渴望自由，她的敏感多疑和行为果决，她的不畏强权和绝不奴颜婢膝，不能说得到了黛玉的真传，读者却能从龄官身上管窥蠡测。

龄官是贾宝玉成长途中重要的伴行者。宝玉是贾府的活龙，深受贾母的喜爱，在大观园中上下皆是绕他而转，地球都是以他为中心的，姐姐妹妹们都要伴在他的身旁，以他的喜怒哀乐为指针。龄官让他"大彻大悟"，明白各人都有自己的缘，各人只能各得属于自己的眼泪，姐姐妹妹们的眼泪他竟不能全得了，也就不再幻想"再能你们哭我的眼泪，流成大河，把我的尸首漂起来，送到那鸦雀不到的幽静去处，随风化了，自此再不托生为人，这就是我死的得时了"。

有的红学家心地善良，研究认为龄官这么好的姑娘，结局应相对较好，得到了自由和爱情，最终与贾蔷走到了一起，过着幸福的生活。他们相信后四十回中，贾蔷和龄官的戏份还很重，甚至在贾府坍塌以后能有所作为。对此，我只能呵呵了，因为这是一厢情愿的事，并不符合故事走向、人物定型、红楼主旨等曹公的原意。

贾蔷也是一个令人不堪的纨绔子弟，他虽是宁府的正宗玄孙，从小父母双亡，被贾珍收养，整日游手好闲，吃喝嫖赌，与贾蓉共居一屋，传出多少龙阳闲话，做了多少不堪之事。后来贾珍都忍受不了这些传言，才让贾蔷分家单过。贾府的不肖之孙榜，贾蔷绝对能冲上三甲，能位列他之前的也就只有贾珍和贾赦！人们严重质疑，龄官和贾蔷能有真正的爱情，结局会美好幸福？蔷龄之恋只能说明龄官之天真，龄官亦不会逃出万艳同悲的谶言。

龄官这样一个孤傲多情、倔强敏感的女子最后结局怎样，书中没有明说。前面讲了，龄官还有两次隐性出场，根据这两次没有出场的出场推断：

其一：国丧期间，禁止一切娱乐活动，贾府不能让红楼十二官吃白饭，只得遣发优伶，愿意留下的留下，分配至怡红院及姑娘各处当丫鬟，不愿意留下的离去。

文本中详细记述了十二人中愿意留下的各人及去处，名单中没有龄官，文本中说剩下的都选择离去。

其二：第三十六回之后，藕官在大观园内烧纸祭死去的药官，说，药官是小旦，死了后补了蕊官。那么，问题来了，龄官是小旦且戏是最好的，又出来一个小旦药官，是原来就有两个小旦，还是药官也是后补的，既然药官死后蕊官可以补，那么药官也可能是补了龄官的缺！！像贾府这样的家庭戏班不大可能同时备有两个小旦，不是不可以，但的确不多见，说明龄官此前就已经死去了。补来补去的，红楼到底有十二官还是十三官，模糊不清了。

读者都奇怪第三十六回之后，龄官为何突然消失了，龄蔷之恋没有了后半段，符合逻辑的推断就是龄蔷之恋被大观园的管理层发现了，然后棒打鸳鸯，龄官遭迫害致死。首先，要知道龄蔷恋在当时是违规的，而且龄蔷恋并不像贾芸和小红相恋得那么小心翼翼，性格与欲火都决定了他们比红芸恋更加干柴烈火，更加无所顾忌。其次，荣府董事长王夫人因故特别憎恨长得酷似黛玉的美人，处理起来绝不手软，更不会有什么侥幸，晴雯就是例子，李纨房中一个漂亮丫头也是如此。这样，王夫人又多了一宗血债！大观园遣发优伶时，龄官早就死去了，她的名字自然不会出现。

水月庵之夜

秦可卿马拉松式的治丧终于熬到了出殡的日子，场面浩大严重僭越礼仪的治丧活动进入尾声。秦可卿的治丧使贾珍现了眼，王熙凤露了脸。说起来旧时的丧葬文化精华与糟粕并存，一套程式下来，活人扒层皮，时间还特别漫长。但现在人老了走了以后，移风易俗到几乎没有声响，似乎也缺乏仪式感，显得对亲情和生命不够尊重。这是题外话。

秦可卿的出殡队伍一出城，官场各界的路祭大棚和活动就没有了，出殡队伍由嘈杂变得安静。由于距离铁槛寺还有不少距离，老爷公子骑马，女宾乘车。凤姐儿因记挂着宝玉，怕他在郊外纵性逞强，唯恐有个失闪，难见贾母，因此便命小厮来唤他。宝玉只得来到他车前。凤姐笑道："好兄弟，你是个尊贵人，女孩儿一样的人品，别学他们猴在马上。下来，咱们姐儿两个坐车，岂不好？"宝玉听说，忙下了马，爬入凤姐车上，二人说笑前来。宝玉连忙差人通知前来参加姐姐葬礼的秦钟一同前往。

秦钟，秦可卿异父异母的弟弟，当下是贾宝玉最深交的朋友，意欲与秦钟龙阳之兴。这秦钟生得玉人一样，在见过大世面的王熙凤的眼里是"清眉秀目，粉面朱唇，身材俊俏，举止风流，似在宝玉之上，只是羞羞怯怯，有女儿之态，腼腆含糊"。王熙凤大呼"（把宝玉）比下去了"。当初，宝玉自一见了秦钟的人品出众，心中便如有所失，痴了半日，自己心中又起了个呆想，乃自思道："天下竟有这等的人物！如今看了，我竟成了泥猪癞狗了。可恨我为什么生在这侯门公府之家？要也生在寒门薄宦的家里，早得和他交接，也不枉生了一世。我虽比他尊贵，但绫锦纱罗，也不过裹了我这枯株朽木；羊羔美酒，也不过填了我这粪窟泥沟。'富贵'二字，真真把人荼毒了。"那秦钟见了宝玉形容出众，举止不凡，更兼金冠绣服，艳婢娇童，"果然怨不得姐姐素日提起来就夸不绝口。我偏偏生于清寒之家，怎能和他交接亲厚一番，也是缘法"，二人一样胡思乱想。宝玉又问他读什么书。秦钟见问，便依实而答。二人你言我语，十来句话，越觉亲密起来了……

秦钟的出镜堪比林黛玉的出场，是重头戏。其实，古代皇宫贵族、达官贵人之间，颇为盛行"男风、养男宠"，《红楼梦》当中，也有"男风、龙阳之好"的描写，而且在有些篇幅、段落中描写得非常集中。贾宝玉和秦钟互有好感，一见钟情，就是处在这种关系的萌芽状态，只是曹公写得比较隐晦。这里不重复宝玉的奴才茗烟大闹学堂骂的脏话，这些脏话却也是重复了金荣们私下议论的话题，那也太不堪了。只说金荣在学堂之中受了欺负，回到家中对他母亲胡氏所说的一番话，就为我们点明了贾宝玉、秦钟之间非同一般、超出友谊的关系。金荣说："他因仗着宝玉和他好，他就目中无人。他既是这样，就该行些正经事，人也没有说。他素日又和宝玉鬼鬼祟祟的，只当人都是瞎子，看不见。"

再说铁槛寺法鼓金铙，幢幡宝盖，众僧接灵，演佛事，设香坛，安灵柩。外面贾珍款待一应亲友，也有扰饭的，也有不吃饭而辞的，一应谢过乏，从公侯伯子男一起一起地散去，至未末时分方才散尽了。里面的堂客皆是凤姐张罗接待，先从显官诰命散起，也到晌午大错时方散尽了。只有几个亲戚是至近的，等做过三日安灵道场方去。当下和尚功课已完，奠过茶饭，贾珍便命贾蓉请凤姐歇息。凤姐见还有几个姻娅陪着女亲，自己便辞了众人，带了宝玉，秦钟往水月庵来。

原来这铁槛寺原是宁荣二公当日修造，现今还是有香火地亩布施，以备京中老了人口，在此便宜寄放。其中阴阳两宅俱已预备妥帖，好为送灵人口寄居。不想如今后辈人口繁盛，其中贫富不一，或性情参商：有那家业艰难安分的，便住在这里了，有那尚排场有钱势的，只说这里不方便，一定另外或村庄或尼庵寻个下处，为事毕宴退之所，即今秦氏之丧，族中诸人皆权在铁槛寺下榻，独有凤姐嫌不方便，因而早遣人来和馒头庵的姑子净虚说了，腾出两间房子来作下处。

文本中说水月庵因为馒头做得好，故人们称之为馒头庵。但其实不然，馒头庵和铁槛寺的名字都有来头，来自宋范成大《重九日行营寿藏之地》。否则哪有这么凑巧的事。诗曰："家山随处可行楸，荷锸携壶似醉刘。纵有千年铁门槛，终须一个土馒头。三轮世界犹灰劫，四大形骸强首丘。蝼蚁乌鸢何厚薄，临风拊掌菊花秋。"这首诗是诗神栊翠庵妙玉的最爱。水月庵的姑子经常出入王公府邸提供上门佛事服务，净虚就是馒头庵的老尼，她还有一个徒弟名叫智能儿。见凤姐一行到来，净虚带徒儿早就迎出门来，满脸堆笑，一番寒暄后迎财神般地将凤姐宝玉等拥进庵内。

凤姐自有老尼陪着。且说秦钟，宝玉二人到了郊外，谁能拘得住？

> 二人正在殿上顽耍，因见智能过来，宝玉搭讪道："能儿来了。"秦钟故意掩饰道："理那东西作什么？"宝玉揭露道："你别弄鬼，那一日在老太太屋里，一个人没有，你搂着他作什么？这会子还哄我。"秦钟狡辩道："这可是没有的话。"宝玉道："有没有也不管你，你只叫住他倒碗茶来我吃，就丢开手。"秦钟尴尬笑道："这又奇了，你叫他倒去，还怕他不倒？何必要我说呢。"宝玉顽皮道："我叫他倒的是无情意的，不及你叫他倒的是有情意的。"秦钟只得说道："能儿，倒碗茶来给我。"那智能儿自幼在荣府走动，无人不识，因常与宝玉秦钟顽笑。他如今大了，渐知风月，便看上了秦钟人物风流，那秦钟也极爱他妍媚，二人虽未上手，却已情投意合了。今智能见了秦钟，心眼俱开，走去倒了茶来。秦钟笑道："给我。"宝玉叫："给我！"智能儿抿嘴笑道："一碗茶也争，我难道手里有蜜！"

宝玉拉着秦钟来水月庵可不是让秦钟私下约会的。可谁想秦钟趁黑无人，来寻智能。

> 刚至后面房中，只见智能独在房中洗茶碗，秦钟跑来便搂着亲嘴。智能急的跺脚说："这算什么！再这么我就叫唤。"秦钟求道："好人，我已急死了。你今儿再不依，我就死在这里。"智能道："你想怎样？除非等我出了这牢坑，离了这些人，才依你。"秦钟道："这也容易，只是远水救不得近渴。"说着，一口吹了灯，满屋漆黑，将智能抱到炕上，就云雨起来。那智能百般的挣挫不起，又不好叫的，少不得依他了。正在得趣，只见一人进来，将他二人按住，也不则声。二人不知是谁，唬的不敢动一动。只听那人嗤的一声，掌不住笑了，二人听声方知是宝玉。秦钟连忙起来，抱怨道："这算什么？"宝玉笑道："你倒不依，咱们就叫喊起来。"羞的智能趁黑地跑了。宝玉拉了秦钟出来道："你可还和我强？"秦钟笑道："好人，你只别嚷的众人知道，你要怎样我都依你。"宝玉笑道："这会子也不用说，等一会睡下，再细细的算帐。"

在上面这一段中，我们看到了欲火中烧急不可耐的姐姐出殡当天居丧中的秦钟，却很少想到爱情的影子，也看到了智能儿的天真，起初智能儿还算理智，称等她跳出牢坑再说，后来轻信了"这也容易"的承诺，也随之意乱情迷被攻陷了城池。我们也看见了不一样的宝玉。

一时宽衣安歇的时节，凤姐在里间，秦钟宝玉在外间，满地下皆是家下婆子，打铺坐更。文本中曹雪芹有一绝妙之笔，言宝玉不知与秦钟算何账目，未见真切，未曾记得，称此是疑案，不敢篡创。不写之写，却要旧话重提，又不破疑，鼓励想象，真乃绝妙！曹雪芹的这段话，真可谓是此地无银三百两，脂砚斋就此评说这段表述其实却是最妙之文，如果将这段隐去不写，就不会有什么妙文，如果认真细致地描写出来秦钟、贾宝玉所做之事，也就过于死板，更不能给人无限遐想。

水月庵的老尼净虚陪凤姐略坐，送凤姐回净室歇息。此时众婆娘媳妇见无事，都陆续散了，自去歇息，跟前不过几个心腹常侍小婢，老尼便趁机说道："我正有一事，要到府里求太太，先请奶奶一个示下。"因协理宁府而名声大噪正春风得意的王熙凤，遇上了馒头庵的老尼姑净虚就是一个雏，老辣的净虚是贼光溜滑的老油条了。净虚一开口就是套，不怕凤姐不上套。你不是能耐嘛，不是争强好胜嘛，我还不找你，我找太太去。上了套的凤姐忙问何事。老尼道："阿弥陀佛！只因当日我先在长安县内善才庵内出家的时节，那时有个施主姓张，是大财主。他有个女儿小名金哥，那年都往我庙里来进香，不想遇见了长安府府太爷的小舅子李衙内。那李衙内一心看上，要娶金哥，打发人来求亲，不想金哥已受了原任长安守备的公子的聘定。张家若退亲，又怕守备不依，因此说已有了人家。谁知李公子执意不依，定要娶他女儿，张家正无计策，两处为难。不想守备家听了此言，也不管青红皂白，便来作践辱骂，说一个女儿许几家，偏不许退定礼，就打官司告状起来。那张家急了，只得着人上京来寻门路，赌气偏要退定礼。我想如今长安节度云老爷与府上最契，可以求太太与老爷说声，打发一封书去，求云老爷和那守备说一声，不怕那守备不依。若是肯行，张家连倾家孝顺也都情愿。"

凤姐掂了掂事情的轻重，心中早已活动了，欲试试身手，嘴上却笑道："这事倒不大，只是太太再不管这样的事。"老尼见凤姐入套忙道："太太不管，奶奶也可以主张了。"凤姐假意道："我也不等银子使，也不做这样的事。"净虚听了，打去妄想，半晌叹道："虽如此说，张家已知我来求府里，如今不管这事，张家不知道没工夫管这事，不希罕他的谢礼，倒像府里连这点子手段也没有的一般。"净虚算是把王熙凤研究透了，充分利用了王熙凤争强好胜的特点，看似漫不经心，不无遗憾地自说自话，实是把握节奏，瞅准时机以激将法一剑封喉。成功协理宁国府的巨大成就，你说她没手段没能力，那怎么行！

凤姐被激后，便发了兴头，说道："你是素日知道我的，从来不信什么是阴司地狱报应的（如果后四十回文稿没有遗失，曹公有办法让她相信报应的，只怕是别的版本会来得更狠一点），凭是什么事，我说要行就行。你叫他拿三千银子来，我就替他出这口气（什么王法早已丢到了爪哇国了）。"老尼盘算，又不出自己的钱，她还可以加价暗吃回扣，逐喜不自禁，忙说："有，有！这个不难。"凤姐却又虚伪地说："我比不得他们扯篷拉牵的图银子。这三千银子，不过是给打发说去的小厮作盘缠，使他赚几个辛苦钱，我一个钱也不要他的。便是三万两，我此刻也拿的出来。"老尼闻得此言，趁热打铁，乘胜追击，连忙答应，又说道："既如此，奶奶明日就开恩也罢了。"凤姐道："你瞧瞧我忙的，那一处少了我？既应了你，自然快快的了结。"溜须拍马是老尼的强项，具有扎实的基本功，老尼立马顺竿爬，有针对性地奉承王熙凤的办事能力，最后夯实既得成果，道："这点子事，在别人的跟前就忙的不知怎么样，若是奶奶的跟前，再添上些也不够奶奶一发挥的。只是俗语说的，'能者多劳'，太太因大小事见奶奶妥帖，越性都推给奶奶了，奶奶也要保重金体才是。"一路话奉承的凤姐越发受用，也不顾劳乏，更攀谈起来。王熙凤是生活中的能说会道，净虚说的却是舞台上的戏词，演技又好，上下立判。

一宿无话。至次日，凤姐一是要送贾珍满情，善始有终；二是宝玉贪玩、秦钟苦恋不舍智能儿；三是王熙凤要让来旺儿处理老尼净虚所托之事，于是又住了一夜。

水月庵之夜带来的后果很严重。贾宝玉贪玩的同时也闪耀着善良的光芒，他自己人生多了一次经历，度过了重要的懵懂期和完成了性启蒙。王熙凤贪赃枉法，包揽诉讼，造成一对有情人双双殉情，凤姐越来越膨胀，以后在恣意妄为的路上越走越远，为自己走向悲惨不幸的人生道路种下了一颗毒种。秦钟偷食禁果后深深陷入情网，并游离在梦境和现实之间，原本就具不胜之态，性事过度加上被宝玉一吓，大病一场，在智能儿找上门时被老父发觉，病中被老父痛打，后老父气死，秦钟亦亡。智能儿原称在尼姑庵是个牢坑，那晚轻信了秦钟"这也容易"的承诺，想来之后连那牢坑的馒头庵也不能容身，偌大的世界，哪里有这个青春女子的容身之所？文本中水月庵之夜，曹公一次都没有提到月光。

聚麀之诮

这篇说说丑陋不堪的事。文学名著《红楼梦》第五回中，十二钗正册的最后一阕，《红楼梦》曲子《好事终》一支，分别有下面内容：

> 漫言不肖皆荣出，造衅开端实在宁。
> 箕裘颓堕皆从敬，家事消亡首罪宁。

贾敬离家炼丹，做他的神仙去了，他儿子贾珍成了贾氏家族的族长，后来袭了官，封为威烈将军，在宁府为王为大，胡作非为，淫字当头，聚麀乱伦，把个宁府弄得乱七八糟，乌烟瘴气。贾府中倒是有贾赦、贾政哥俩和贾母是其长辈，但贾赦自己一屁股屎，哪里还有脸和资格教管贾珍。贾政是个假正经，连荣府自己的府务都委托给了贾琏打理，整日间招揽门客高谈阔论，哪里顾得上贾珍！贾母倒是有时间，可她得到的信息是不对称不充分的，是经过过滤的，所谓报喜不报忧，谁还敢把贾珍的所作所为禀报给贾母，而且贾母也早已退居二线颐养天年了。宁荣两府分爨吃饭，早已各扫门前雪了，要是出头，贾珍给不给仨长辈面子还真不好说！

烧火上岗、聚麀之诮、嬉戏变男，全是让人羞于启齿的不堪之事。关键这些丑事，贾珍、贾蓉父子等干起来无所顾忌，业已恣意妄为了，这些丑事在贾府已经不是什么秘密了，甚至合府尽知，臭名远扬了，贾珍父子等不以为耻反以为荣了。

薛蟠作为贾珍的狐朋狗友，深知贾珍的为人和其中的一些内幕。在马道婆和赵姨娘联手做怪，谋害贾宝玉和王熙凤时，荣府大乱，贾氏族人和亲属亲临荣府处治，贾珍和薛蟠也在现场。这让薛蟠紧张万分，非常忙乱，照顾不暇，他深知贾珍在女孩子身上是何等地下功夫，唯恐贾珍看到薛宝钗和薛姨妈生出事来。后来薛蟠瞥见了林黛玉，自己率先酥倒也就顾不上提防贾珍了。

好事不出门，糗事传千里。当宁府的丑事风传到侠士柳湘莲的耳朵中，柳湘莲对自己唐突答应贾琏牵线的尤三姐的婚配后悔得直跺脚，他从宝玉处打听得尤三姐是尤氏继母带到宁国府的，便嫌"淫奔无耻之流，不屑为妻"，柳湘莲对宝玉说，"你们东府（宁国府）里除了那两个石头狮子干净，只怕连猫儿狗儿也不干净"。柳公子的悔婚使尤三姐揉碎桃花红满地，玉山倾倒再难扶，剑抹脖颈。这件公案柳湘莲和尤三姐之外，难道贾珍父子不应该追责吗？

贾珍父子平日里的所作所为，宁府众人皆知，只是怵于贾珍的淫威，看在眼里却没有人敢言语，就像皇帝的新衣。只有当年救过宁府祖宗贾演的焦大，在赖二派活不公时，酒后吐出了真言。叫说："要往祠堂里哭太爷去，那里承望到如今生下这些畜牲来！每日家偷狗戏鸡，爬灰的爬灰，养小叔子的养小叔子，我什么不知道？咱们'胳膊折了往袖子里藏'！"

贾珍父子的不知羞耻，最尴尬的是贾珍的继室尤氏。作为诰封的三品将军夫人，对于所发生的一切，心知肚明，但她既不像邢夫人对贾赦那样唯贾珍之命是从，也没有如王熙凤管控贾琏的能力，全面管控贾珍。尤氏采用的是眼不见为净的逃避主义战术。秦可卿死了，贾珍扒灰儿媳之事纸里包不住火，贾珍却如丧考妣，悲痛欲绝地继续着他的表演。尤氏无力阻止，心痛滴血，长叹一声，天要下雨，娘要嫁人，随他去吧，撂挑子装病，爱咋地咋地，这才给王熙凤协理宁国府铺平了道路。尤氏看着贾珍就烦，待在府中耳根子就不会清闲，她早前要面对她夫贾珍与儿媳妇秦可卿的乱伦偷情；后来要面对贾珍、贾蓉、贾琏，甚至还有贾蔷与她的后娘以及两个异父异母的妹妹苟且撩情，她抓狂，她无助，她想逃避想跑路，却又无处可去，可怜的尤氏！贾母生日，尤氏借故在荣府中帮了几天忙，一大早就过来，很晚才回去，甚至好几天连家也不回，晚上就在李纨的房里住。

身在是非场，想躲清净，哪有那么容易，你不找是非，是非找你。尤氏没得抑郁症，你就得服她。第七十五回中，贾珍在居丧期间，苦于不能游玩放荡，生了个破闷之法：先是习射，后来干脆聚赌。来的都是"斗鸡走狗、问柳评花的一干游荡纨绔"，"此间伏侍的小厮都是十五岁以下的孩子，若成丁的男子到不了这里，故尤氏方潜至窗外偷看。其中有两个十六七岁娈童以备奉酒的，都打扮的粉妆玉琢"，"薛蟠兴头了，便搂着一个娈童吃酒"。场面下流无耻，尤氏偷听偷看看不下去了，骂了一句"这一起子没廉耻的小挨刀的"，便"落荒而逃"了。尤氏在荣府看望贾珍的亲妹子贾惜春，却发生了惜春与尤氏著名的一吵，惜春不依不饶，宣言书似的说道："不但不要入画，如今我也大了，连我也不便往你们那边去了。况且近日我每每风闻得有人背地里议论什么多少不堪的闲话，我若再去，连我也编派上了。"

据脂砚斋和畸笏叟透露，《红楼梦》早先的版本中有"秦可卿淫丧天香楼"这一回目，甚至有换衣服、丢首饰等细节描述，贾珍偷情秦可卿被尤氏撞破，秦氏羞愧悬梁天香楼等内容，脂和畸顾虑颇多命雪芹删之。估计曹公内心并不愿意，改成了"秦可卿死封龙禁尉"，现在这个样子，秦可卿病死，但所采取的是头疼医头，脚疼医脚的硬着陆的写作方法，原来的痕迹随处可见，硬伤遍布，例如可卿死后众人的反应、贾珍的表现、可卿丫鬟撞死等很多细节都没有进行去痕处理，甚至由焦大直接骂出。看来贾珍扒灰儿媳秦可卿一事可以坐实。

贾珍、贾蓉等另一聚麀乱伦事件发生在国丧家丧期间，第六十三回中提到，贾敬去世时，儿子贾珍、孙子贾蓉本来在宫中行国丧，经天子批了假，才得以回来奔丧。两人在路上听族人说把两个姨娘接在上房住着了，读者惊讶地看到了诡谲一幕："贾蓉当下也下了马，听见两个姨娘来了，便和贾珍一笑。贾珍忙说了几声妥当，加鞭便走，店也不投，连夜换马飞驰。"注意加鞭、换马、店也不投这些精妙用词。

贾珍在贾敬停棺的铁槛寺"无奈自要理事"，打发贾蓉先回家。贾蓉巴之不得。贾蓉且嘻嘻地望他二姨娘笑说："二姨娘，你又来了，我们父亲正想你呢。"贾蓉又和二姨抢砂仁吃，尤二姐嚼了一嘴渣子，吐了他一脸。贾蓉用舌头都舔着吃了。贾蓉不知廉耻的厚脸皮袒露无遗。丫头们看不过去，以"热孝在身上"相劝，贾蓉便调转枪头，抱着丫头们亲嘴。丫头们担心荣国府那边"说咱们这边乱账"，贾蓉却笑着回答："从古至今，连汉朝和唐朝，人还说脏唐臭汉，何况咱们这宗人家。谁家没风流事，别讨我说出来。连那边大老爷这么厉害，琏叔还和那小姨娘不干净呢。"

第六十四回中写道："却说贾琏素日既闻尤氏姐妹之名，恨无缘得见。近因贾敬停灵在家，每日与二姐、三姐相认已熟，不禁动了垂涎之意。况知与贾珍、贾蓉等素日有聚麀之消，因而乘机百般撩拨，眉目传情。"注意，聚麀的是"贾珍、贾蓉等"，这个"等"字并不白用，说明除了贾珍、贾蓉父子，还另有其人。其中应该少不了贾蔷。贾蔷亦系宁府中之正派玄孙，父母早亡，从小儿跟着贾珍过活，如今长了十六岁，比贾蓉还生得风流俊俏。他兄弟二人最相亲厚，长共起居。但"宁府中人多口杂……贾珍亦风闻得些口声不好，自己也要避些嫌疑，如今竟分与房舍，命贾蔷搬出宁府，自己立门户过活去了。这贾蔷外相既美，内性又聪敏，虽然虚名来上学，亦不过虚掩耳目而已，仍是斗鸡走狗、赏花阅柳为事"。这样看来，他们是父子、叔侄、兄弟等一起聚麀乱伦。加上后来贾琏的参与，就更加乱上作乱了。

贾蓉见叔叔贾琏对尤二姐有意，便主动做媒，教唆贾琏"将现今身上有服，并停妻再娶、严父妒妻种种不妥之处，皆置之度外"，在贾府外买所房子，添置家具，拨配用人，把尤二姐纳作二房，安顿下来。

哪知贾蓉表面是为贾琏安排，内里还是为自己考虑。"却不知贾蓉亦非好意，素日因同他姨娘有情，只因贾珍在内不能畅意。如今若是贾琏娶了，少不得在外居住，趁贾琏不在时好去鬼混。"

《荀子·非相》说："夫禽兽有父子而无父子之亲，有牝牡而无男女之别"，"夫唯禽兽无礼，故父子聚麀"。说起来禽兽有些冤枉，禽兽有父母但不知父母，实为无知聚麀，不亦强于贾珍乎？《史记·龟策列传》："禽兽有牝牡，置之山原；鸟有雌雄，布之林泽；有介之虫，置之溪谷。"但不知何处于贾珍父子？！

太医胡君荣

一、胡君荣首进大观园

晴雯病了，从此走上了不归路，都是月亮惹的祸。

话说花袭人家母病了，袭人回家探望，晚间也不能回大观园。袭人不在期间，贾宝玉的日常就由麝月、晴雯打理。是夜，宝玉、麝月、晴雯嬉闹后入睡，夜间宝玉习惯性呼唤袭人倒茶，闹得大家都醒了，麝月侍候毕宝玉后，身披宝玉的貂颏满襟暖袄要出门方便，活泼、多动、顽皮、皮实的晴雯蹑手蹑脚跟在麝月身后也出去了，欲吓唬一下麝月，但匆忙间身上仅着一件贴身小衣。唬着麝月的倒不是晴雯，因为晴雯刚一出门，菩萨心肠的宝玉就高声提醒麝月，"晴雯出去了"。晴雯出去顿觉侵肌透骨。唬着麝月的是夜宿在山子石后面的大锦鸡，人鸟互惊。

麝月回屋看着躲在宝玉被窝里的晴雯，诧异道："你就这么'跑解马'似的打扮得伶伶俐俐的出去了不成？""你死不拣好日子！你出去站一站，把皮不冻破了你的。"说着，又将火盆上的铜罩揭起，拿灰锹重将熟炭埋了一埋，拈了两块素香放上，仍旧罩了，至屏后重剔了灯，方才睡下。文本中曹公两次赞叹了当夜的月亮，一是麝月刚出门时，赞叹"果然好月色"，二是晴雯出门，只见"月光如水"。

晴雯因方才一冷，如今又一暖，不觉打了两个喷嚏。宝玉叹道："如何？到底伤了风了。"麝月笑道："他早起就嚷不受用，一日也没吃饭。他这会还不保养些，还要捉弄人。明儿病了，叫他自作自受。"宝玉问："头上可热？"晴雯嗽了两声，说道："不相干，哪里这么娇嫩起来了。"次日起来，晴雯果觉有些鼻塞声重，懒怠动弹。

原本依据大观园区防疫政策，园内下人患疾须出园隔离自养，待病愈方能进园返岗。宝玉实实地疼着晴雯，担心晴雯出园养病条件差耽误病情，私下沟通大奶奶李纨暗中请来大夫给晴雯瞧瞧并在怡红院隐养。太医胡君荣正式出场。

以往都是王太医在贾府应差走动，也许因为这次是瞒着管理层私请的，阵仗没有以往大，所以才请来了新来的太医胡君荣。胡君荣医道上缺乏经验自不必强调，他自然对荣府的情况十分陌生。所以这次出诊过程难免出现疏漏和瑕疵。

晴雯就诊时，这里的丫头都回避了，三四个老嬷嬷，放下暖阁中的大红绣幔，晴雯从幔中伸出手来。那大夫见这只手上有两根指甲，足有两三寸长，尚有被金凤仙花染得通红的痕迹。以上都没有逃过胡君荣的眼睛，但他却犯了经验主义的毛病，自负地认为怡红院是小姐的闺房，晴雯就是荣府的小姐。当然这个失误虽说让人贻笑大方但却不会倒了医者的招牌。接下来胡太医为晴雯开出的方子，引起了贾宝玉的强烈质疑，才让他戴上了庸医的帽子。

胡太医诊了一回脉，起身到外间，向嬷嬷们说道："小姐的症是外感内滞。近日时气不好，竟算是个小伤寒。幸亏是小姐，素日饮食有限，风寒也不大，不过是气血原弱，偶然沾染了些，吃两剂药疏散疏散就好了。"说着，便又随婆子们出去。后来胡太医开了药方。

宝玉看时，上面有紫苏，桔梗，防风，荆芥等药，后面又有枳实，麻黄。宝玉道："该死，该死，他拿着女孩儿们也像我们一样的治，如何使得！凭他有什么内滞，这枳实、麻黄如何禁得。谁请了来的？快打发他去罢！再请一个熟的来。"这样胡太医开的方子就被贾宝玉判了死刑，弃而不用，还被坐实了庸医的头衔，只能带着麝月不识称而随意切割的远大于本应一两银子的出诊和车马费，麻溜走了。

看病下药当然需看病者原有的身体素质，男女老少有所差别，胡太医忽略了这点，给自己带来耻辱。应该说，这事也不绝对，医者最大原则是对症下药，想来晴雯的病来得猛，或许加大剂量，添加几种猛药，效果可能更好。胡君荣医术不高倒是真的不假，但也不至于连普通的伤寒也看不了，这时宝玉只顾爱护着晴雯，却忘记了"病来如山倒"的俗语。后来更换的王太医开出的方子基本上和胡太医的一样，只是量减了些，没有了枳实、麻黄，再后来，晴雯的病却一直未好。

二、胡君荣再进荣国府

贾琏停妻偷娶之后，世上没有不透风的墙，由于兴儿的漏嘴，事情始末王熙凤已尽悉。王熙凤设计趁贾琏出差平安州之机，诱得尤二姐入府，并亲自安排手下

"照顾"尤二姐，并联合贾赦赏赐给儿子贾琏的秋桐，一起对付共同的敌人——尤二姐。

且看尤二姐搬入荣府半年，因受王熙凤、秋桐磋磨，坐下了病根，"受了这些暗气，便恹恹得了一病，四肢懒动，茶饭不进，渐次黄瘦下去"，贾琏看了十分不忍，尤二姐泣道："我这病不能好了。我来了半年，腹中已有身孕，但不能预知男女……"贾琏亦泣说："你只放心，我请人来医治于你。"

说来也巧，恰逢天朝西边用兵，战地正好为平安州，战事吃紧，常来荣府的王太医军前效力去了，也有可能王太医随军是审时度势为了自己添资本讨荫封。王太医不在，小厮们便请了胡君荣来诊脉。胡太医再进荣国府的后果是导致自己身败名裂亡命天涯了。

胡君荣问诊之时，贾琏接连交代几遍"已是三月庚信不行，又常作呕酸，恐是胎气"，岂料，胡君荣不以为然，"不是胎气，只是淤血凝结。如今只以下淤血通经脉要紧"。

提醒各位读者注意胡太医问诊过程的一个细节，就是他破坏规矩要看尤二姐的脸。胡君荣又诊了半日，说：须得请将金面略露，观气方敢下料。贾琏无法，只得命将帐子掀起一缝，尤二姐露出脸来。结果令薛蟠酥倒的一幕再现了，但见胡君荣，魂魄如飞上九天，通身麻木，一无所知。原来胡君荣亦是个不堪情种！待胡君荣清醒过来，掩了帐子，贾琏陪他出来，写了一方，作辞而去。

岂料尤二姐一剂药下去，"只半夜，尤二姐腹痛不止，谁知竟将一个已成形的男胎打了下来。于是血行不止，二姐就昏了过去"。可叹贾琏命中无子，这个时候，他才明白胡君荣下手加害，可是胡君荣早已卷包逃走。

古人云："上医医国，中医医人，下医医病，此谓之医道。"作为医者，需心怀天下百姓，悲天悯人，治疗病痛。作为一名医者，必须坚持"以人为本"，处处为病人着想，"精"于医术，"诚"于品德，具有一颗慈悲同情之心，具备普救众生之仁爱情怀。"良者，德也；医者，道也。"既有高尚的医德，又有高明的医术，如此德才兼备，方能称之为良医。胡君荣背道而驰，眼中只有孔方兄，谋财害命，但愿天网恢恢，疏而不漏，将胡君荣这一医界败类绳之以法，严惩不贷。

住在后廊的贾芸

荣府一隅有一个叫后廊的地方，住着一对穷苦的母子，母亲人称五嫂，儿子名叫贾芸。贾芸在贾氏家族中属草字辈的，与贾蓉同辈，低贾琏、贾宝玉一辈。贾芸虽说祖属贾氏家族，但与宁荣两府却早已出了五服，贾芸的父亲都没有和宁荣两府同辈大排行，在他们这一支中排行老五，估计贾芸祖上从贾演、贾源哥俩处论关系可能还近点。俗话说不出五服是本家，出了五服就是乡党。贾五在贾芸很小的时候就死了，留下的一亩薄田和些微钱财也让内舅子借丧葬之机内卷了。贾芸的娘是靠给别人做活计拉扯着贾芸，日子过得艰难，寡妇带娃生活不容易呀！孤苦的母子也没有个帮衬，贾芸只有一个名叫卜世仁（谐音不是人）的亲娘舅，这个舅舅却最是个势利小人。

廊是指屋檐下的过道、房屋内的通道或独立有顶的通道，包括回廊和游廊，具有遮阳、防雨、小憩等功能。廊是建筑的组成部分，也是构成建筑外观特点和划分空间格局的重要手段。殿堂檐下的廊，作为室内外的过渡空间，是构成建筑物造型上虚实变化和韵律感的重要手段。廊上面有顶，四周却不一定有围墙，依殿堂而建的后廊却并非四面皆空。廊不具有居住功能，特别是天朝京都的冬季，天寒地冻、朔风狂虐、漫天飞雪……但是贾芸母子能住在后廊却还要感谢荣府的宽容与恩赐。

五嫂是个顽强的女性，贫穷没有让她低头和认命，她在坚持在抗争。五嫂没有让她与儿子卖身为奴，一直保持着自由身；穷苦没有让她的儿子肮脏邋遢，衣冠不整，相反，她的儿子衣着齐整、一表人才、帅哥一枚，而且聪明机智、情商颇高、处世灵活、能言会道。但是贾芸已经十八岁了，不能再让母亲像过去一样养活着自己，他要成为一个男子汉，要生存、要生活，不但自己糊口而且要赡养至亲，首先他要找活计然后再谋发展。

贾芸很小就面临生计问题，也很早便知了人情冷暖。元妃省亲，贾府大张旗鼓地忙碌准备，衍生出一大堆的活计来，贾政不理俗务，更多全由贾琏王熙凤夫妇做主。揽工的人们纷纷快腿去求贾琏夫妇，欲觅得一份差事赚钱糊口养家。贾芸原先是求了贾琏的，等管和尚的美差下来后，王熙凤却让贾芹把差事截胡了。贾芸是机敏人，知道掌控实权的是王熙凤，马上改求凤姐。

　　这时贾芸与宝玉相遇了。贾芸忙道"请宝叔安"，宝玉看时，只见这人容长脸，长挑身材，年纪只好十八九岁，生得着实斯文清秀，倒也十分面善，只是想不起是那一房的，叫什么名字。贾琏笑道："你怎么发呆，连他也不认得？他是后廊上住的五嫂子的儿子芸儿。"宝玉笑道："是了，是了，我怎么就忘了。"因问他母亲好，这会子什么勾当？贾芸指贾琏道："找二叔说句话。"宝玉笑道："你倒比先越发出挑了，倒象我的儿子。"贾琏笑道："好不害臊！人家比你大四五岁呢，就替你作儿子了？"宝玉笑道："你今年十几岁了？"贾芸道："十八岁。"原来这贾芸最伶俐乖觉，听宝玉这样说，便笑道："俗语说的，'摇车里的爷爷，拄拐的孙孙'，虽然岁数大，山高高不过太阳。只从我父亲没了，这几年也无人照管教导，如若宝叔不嫌侄儿蠢笨，认作儿子，就是我的造化了。"贾琏笑道："你听见了？认儿子不是好开交的呢。"说着就进去了。宝玉笑道："明儿你闲了，只管来找我，别和他们鬼鬼祟祟的。这会子我不得闲儿，明儿你到书房里来，和你说天话儿，我带你园里顽耍去。"

这段文字，贾芸表现得伶俐乖巧，也让人叹息。贾芸明知宝玉不掌管事务，但毕竟是贾家的优质股，欲做长线打算，能结交自然是结交的，由叔叔变为父亲辈分也不差，况且生活第一，自尊靠后。贾琏也算厚道，明知贾芸打的小算盘，也不去揭破。后来贾芸还孝敬了宝玉两盆海棠花，不用说海棠诗社里，赏花与作诗自然与他无关了。

贾芸年龄不大，人情世故全都知道，处事周全。贾芸与王熙凤的对话，显然是有腹稿的，做足了功课，既投其所好尽力讨好，又把分寸拿捏得恰到好处，获得了王熙凤的好感。贾芸知道这还不够，仅凭几句甜言蜜语并不能保证谋得差事，还得给王熙凤送礼夯实了出现的希望。一个揭不开锅的穷小子给身份高贵平素穿金戴银每日吃着山珍海味的荣府大管家王熙凤送礼很难，人家什么没见过，稀罕过什么？一般的东西王熙凤哪能看上眼，十有八九人家都不收，甚至于都不会瞧上一眼，搞得不好还自取其辱讨个没趣。但是贾芸是有心计的，他琢磨着当下恰逢端午节，有钱有势的人家都会用大量的高级香料，比如麝香、冰片等。这些东西用得着，正逢时。主意已定，但关键是没有钱，到哪去借这一笔不小数额的银子呢？

贾芸只有卜世仁一个亲人，而卜世仁正好是做香料生意的，无奈只得来到舅家。贾芸道："有件事求舅舅帮衬帮衬。我有一件事，用些冰片麝香使用，好歹舅舅每样赊四两给我，八月里按数送了银子来。"卜世仁冷笑道："再休提赊欠一事。前儿也是我们铺子里一个伙计，替他的亲戚赊了几两银子的货，至今总未还上。因此我们大家赔上，立了合同，再不许替亲友赊欠。谁要赊欠，就要罚他二十两银子的东道……你小人儿家很不知好歹，也到底立个主见，赚几个钱，弄得穿是穿吃是吃的，我看着也喜欢。"银子没借到，卜世仁还狠狠地数落了他外甥一顿，并假意留贾芸用餐，他老婆却吼狮一般将贾芸赶了出来，从贾芸与卜世仁对话中得知，贾五在世时卜世仁花了他家不少银子呢。

贾芸没借到银子，饭也没吃上一口，垂头丧气地来到了街上，却与醉酒趔趄着的街坊倪二撞了个满怀。倪二是街面上有名的泼皮，人称醉金刚，专干赌博吃闲放高利贷的营生，但却好打抱不平，侠义行事。贾芸与倪二有了对话交流，贾芸道："老二，你且别气，听我告诉你这缘故。"说着，便把卜世仁一段事告诉了倪二。倪二听了大怒，"要不是令舅，我便骂不出好话来，真真气死我倪二。也罢，你也不用愁烦，我这里现有几两银子，你若用什么，只管拿去买办。但只一件，你我做了这些年的街坊，我在外头有名放账，你却从没有和我张过口。也不知你厌恶我是个泼皮，怕低了你的身份，也不知是你怕我难缠，利钱重？若说怕利钱重，这银子我是不要利钱的，也不用写文约，若说怕低了你的身份，我就不敢借给你了，各自走开"。一面说，一面果然从搭包里掏出一卷银子来，计有十五大两三钱，数额着实不少。

贾芸第二天便买了足量的冰片和麝香，这可都是名贵的香料。买好礼物算准时间拜会了凤姐，一番作揖请安，嘴里说着预先想好的奉承话，"侄儿不怕雷打了，就敢在长辈前撒谎。昨儿晚上还提起婶子来，说婶子身子生的单弱，事情又多，亏婶子好大精神，竟料理的周周全全全，要是差一点儿的，早累得不知怎么样呢"。说罢，贾芸将提前买好的冰片和麝香交给了凤姐，眼下正是置办端午节礼的时节，凤姐当场便收下了。其实凤姐不可能没有猜中贾芸的心意，但是贾芸借花献佛的一番话却让凤姐觉得很舒服，所以便收下了。

贾芸顺利地揽下了大观园种树种草的工程，淘得了人生的第一桶金，净得银子一百多两。一事顺百事顺，贾芸在种树种草的过程中还通过手帕传情与他干爹怡红院贾宝玉的小丫头林小红谈起了恋爱，也算是锦上添花了。小红也是个有追求的聪明伶俐的孩子（她的故事我在另外一篇《谁认识小红》中有记述），与贾芸品性相似度很高，真是不像一家人，不进一家门。

根据脂砚斋的提醒，相信很多人都知道在后四十回中，贾府被查抄后，贾芸小红夫妇，包括倪二等在一个叫作狱神庙的地方探望过贾宝玉，甚至参与过营救贾宝玉的活动。不得不说的是，程高本中有关贾芸的创作既违背了曹公原意，又极大地破坏了贾芸的形象。

贾芸的故事不是个励志的故事，但是通过这个故事反映了当时社会的人情世故，人间冷暖，各色人等的各种表现，以及贾芸做事的目标性和周密的实施路径等的确可以为我们提供可供汲取的人生经验。曹雪芹在叙述这个故事的时候，对于小人物予以特别的尊重，平实平等的用词，甚至褒扬倪二侠义，这都是《红楼梦》的伟大之处。记得有次看完贾芸小红的故事，耳边不意响起了《红灯记》的唱段：提篮小卖拾煤渣，担水劈柴全靠她，里里外外一把手，穷人的孩子早当家。

慧紫鹃

杜鹃是花，杜鹃花语为：永远属于你、节制欲望、爱的快乐、鸿运高照、奔放、清白、忠诚、思乡。杜鹃是鸟，整日价穿梭飞行于密林深处，不停顿地凄切呼喊"布谷，布谷"，提醒并督促人们播种谷物。传说昔时蜀人偏慵懒好安逸，爱吃火锅和摆龙门阵，整日躲进麻将馆不问余事，连田园耕作也不顾，蜀王杜宇化鸟不知疲倦咯血催促民众耕田播种。这当然是神话，这是人们把鲜红嘴巴的杜鹃鸟和漫山红遍的杜鹃花通过杜宇生动地联系在一起了，认为是杜宇鸟咯血所致。杜鹃鸟也叫布谷鸟，很多人都听到过杜鹃鸟"布谷，布谷"的叫声，却很少有人看到过杜鹃鸟，所谓只闻其声，不见其形，啼叫是工作、责任、使命；隐林是低调、谦让、风骨。咯血的情景却又明示了这是一个悲哀的故事，难道暗指绛珠仙草下凡还泪，连林黛玉本人在《桃花行》中也直言"一声杜宇春归尽，寂寞帘栊空月痕"。

杜鹃的故事说的不就是林黛玉吗？名由心生，林黛玉把这个名字转赠给了原为贾母房中二等丫头名叫鹦哥，现服侍她的，她亲密的姐妹紫鹃了。林黛玉就是按照杜鹃花和杜鹃鸟的品性和品格塑造了紫鹃，紫鹃也没有辜负这一具有诗意和悲伤的名字。

如果给《红楼梦》中的丫头们排一排序，我把紫鹃排第一位。紫鹃勇敢、真诚、多思、聪慧、忠诚、无私、质朴、可爱，曹雪芹用了一个"慧"字概括了紫鹃的高贵品质。紫鹃确非一般红楼女子能比，综合评选紫鹃连同贾母的丫头鸳鸯、贾宝玉的丫头袭人、贾琏的丫头兼准姨娘平儿都是其中的佼佼者，属于第一层级。鸳鸯、袭人、平儿各有其恃。鸳鸯的背后站着贾母，贾府中谁人能出其右，在荣府连贾琏王熙凤都对鸳鸯客气有余，鸳鸯著名的抗婚底气却来自她料定贾母能为她作主。花袭人的恃来自被贾府上下看成活龙一样的贾宝玉的地位，来自暗中许诺花袭人准姨娘地位的荣府董事长王夫人。平儿的恃既有来自贾琏的爱，也有来自从小与王熙凤一起长大形成的所谓友谊，以及来自荣府总经理助理带来的权力。紫鹃却没有什么可以依仗，林黛玉父母双亡，寄人篱下，孤苦伶仃，紫鹃只能本心做事，一片赤诚。比较而言，紫鹃比鸳鸯、袭人、平儿更为纯粹，做事只有平常心没有功利性，最为重要的是林黛玉和紫鹃价值取向趋同，主仆一体，互相认可，把"要我干"变成了"我要干"，完美解决了动力源问题，这是鸳袭平无论如何没法做到的。慧紫鹃登榜首实至名归。

紫鹃在《红楼梦》中出场次数很多，然而却没有自己的故事，完全和黛玉的故事、宝黛的爱情融为一体，完美无痕镶嵌。紫鹃除了平时侍奉身体不好的黛玉汤药、陪她谈天解闷，安排操劳潇湘馆的日常之外，对于黛玉即将到来的婚事以及她与宝玉之间的关系也甚为关心。黛玉体弱多病且敏感多愁，紫娟时时处处留意照顾，天冷了黛玉出门忘记带手炉，也赶紧差人送去，饮食吃药，都是处处留心照顾得妥妥帖帖，放风筝去病，嘴里念叨着这下可把病根带去了……文本中更多的是细节和小事的描写，即使只言片语，也能看到紫鹃对黛玉无微不至的照顾。虽说是主仆，但是紫娟懂黛玉，疼黛玉，更像是姐妹、闺蜜和最好的朋友。

好雨知时节，当春乃发生。随风潜入夜，润物细无声。

紫鹃上了一次回目，"慧紫鹃情辞试忙玉"，所带来的结果却大出所料，彻底公开了贾宝玉和林黛玉的爱情。话说宝玉又来看黛玉的病。因为正逢午休时间，黛玉刚刚睡下，不敢惊动。宝玉看到黛玉最亲近的丫头紫鹃正在回廊上做针线，就过来跟她询问黛玉的病情。其间因宝玉有习惯性的亲昵举动，紫鹃似乎很严肃地对他说："从此咱们只可说话，别动手动脚的。一年大，二年小的，叫人看着不尊重……姑娘（指黛玉）常常吩咐我们，不叫和你说笑。你近来瞧她远着你还恐怕不及呢。"说着，就起身，进别的房里去了。宝玉瞬间就愣住了，心中忽觉得浇了一盆冷水，发了一会儿呆，"一时魂魄失守，心无所知"，茫然地走出来，随便坐在一块石头上出神，不觉滴下泪来，直待了五六顿饭工夫，思虑万千……

直到紫鹃返回挨近宝玉坐下，刚说了几句安慰的话，偏偏又自作聪明地用另一个假话来接续前面说的假话。她哄宝玉说，黛玉明年就要回苏州老家去了……紫鹃这么说，目的当然不是为了"圆谎"，而是作为黛玉"贴身小棉袄"的她，自作主张地想试探一下宝玉对黛玉的痴心究竟到什么程度。宝玉本能的反应却是："你又说白话。苏州虽是原籍，因没了姑父姑母，无人照看，才就了来的。明年回去找谁？可见是扯谎。"紫鹃冷笑说："你太小看了人……"一番话下来，让"宝玉听了，便如头顶上响了一个焦雷一般"，已经说不出话来。然后就是潇湘馆乱了，怡红院乱了，整个荣府乱了；然后就是贾宝玉和林黛玉的爱情大白于天下。

这次变故之后，薛家人彻底坐不住了，薛姨妈率薛宝钗上潇湘馆讨伐来了。宝钗先和黛玉开了一个耐人寻味的玩笑，说"我哥哥已经相准了，只等来家就定了……"暗指黛玉就要成了薛蟠的媳妇——"说着，就和她母亲挤眼发笑"。薛姨妈接下来的话，显然是言不由衷："我想着，你宝兄弟老太太那样疼他……不如竟把你林妹妹定与他，岂不四角周全？"聪慧机灵但却无比单纯善良的紫鹃听到这话，赶忙跑过来，笑着说："姨太太既有这主意，为什么不和太太说去？""老谋深算"而又"老奸巨猾"的薛姨妈哈哈大笑说："你这孩子，急什么，想必催着你姑娘出了阁，你也要早些寻一个小女婿去了。"在紫鹃这样涉世未深的小孩子面前，薛姨妈只轻轻松松地，就摆脱了被动。但紫鹃勇敢、真诚的性格早已跃然于纸上。

这里想说明程高本历来为人们所诟病，但程高本对于紫鹃的相关处理却非常合理，例如，黛玉死后紫鹃对宝玉有所误解而怒怼宝玉，以及在宝玉和宝钗新婚之夜，紫鹃抗拒上层要求她去搀扶宝钗的命令等相关情节的描述。无疑这些描述让紫鹃的形象更加完善，更加丰满，更具美感。

关于紫鹃的结局有三种说法：一是程高本《红楼梦》后四十回中林黛玉死后，紫鹃被派到宝玉屋里做丫头，后跟贾惜春出家，终身服侍惜春。二是有人根据相关资料推断，黛玉死后，紫鹃和王夫人有一次激烈的言语冲突而被王夫人威逼迫害而死。三是很多人根据紫鹃名字寓意认为紫鹃是在林黛玉去世后泪尽啼血而亡。也许紫鹃的第二、三种结局并不矛盾，仅仅需要一个合理的情节设计。

吃老本的焦大

焦大在《红楼梦》中是个响当当的小人物，别看文本中涉焦文字不过千字出头，但戏的分量重且影响深远，曹公笔下的焦大栩栩如生，呼之欲出，给读者留下了深刻的印象。

焦大是贾府中年龄最大，辈分最高的人物，立过大功，是贾府的恩人。据贾珍太太尤氏介绍，当年焦大跟着贾演出过三四次兵，曾在死人堆中背出了奄奄一息的主子贾演——后来的宁国公，不仅如此，没有吃的，焦大偷食给主子吃，焦大还自己喝马尿，把剩下的半碗水留给贾演喝！贾演是宁府的太祖，他的儿子是贾代化，孙子是贾敬，重孙子是现任贾氏族长贾珍，贾蓉是他玄孙子，论起来他还是荣府荣国公贾源之子贾代善夫人即贾母的堂公公。文本中记述焦大的这些功劳是在焦大犯了错误之后，尤氏在处置为难时说出自己也是宁府的苦衷时向王熙凤等人透露的，应该没有夸大只有遗漏。焦大之于贾府就如同介子推之于晋文公重耳，功劳不可谓不大。

先来看焦大的故事。话说宝玉懵懂初开，宁府中邂逅了眉清目秀具有典型中性美的贾蓉媳妇秦可卿异父异母的弟弟秦钟，有了结识龙阳的私念，当下就示好于秦钟。两人在宁府疯玩了一整天，不觉时候已晚，夜色斑斓了。贾宝玉和同来的王熙凤起身回荣府，宁府打发派人去送秦钟回家。宁府的管家赖二就派了焦大的差。依焦大的资历得到这样的差事，焦大当然不满和愤慨，而且焦大嗜酒成性，整天把醉态写在脸上，不由分说就骂开了。后来尤氏秦氏都道："偏又派他作什么？哪个小子派不得？偏又惹他。"尤氏还道"我常说给管事的，以后不要派他差事"，又道"连老爷都不理他，你珍大哥哥也不理他"。

焦大先骂赖大，派活不公平，黑灯瞎火送人的事，让他去，贾蓉上前制止，焦大越发愤怒，"蓉哥儿，你不要在我面前充主子，你爹，你爷爷都不敢，我焦大跷起一只脚，比你的头都高，要说别的，红刀子进，白刀子出（显然焦大把红白弄反了，可见醉得不轻，同时也巧妙地暗示现实中的宁府很多事情乾坤颠倒了）……"宁府的掌门人——贾珍听不下去，喝让奴仆捆起来他，焦大更加愤怒，连贾珍都骂："祖宗九死一生，创下的家业，没有我焦大，有你们的今天，你们成日间，偷鸡戏狗，爬灰的爬灰，养小叔子的养小叔子。"贾府的人，终于听不下去了，用马粪堵上焦大的嘴，以脏堵脏。

焦大口中的"爬灰的爬灰，养小叔子的养小叔子"，惊涛骇浪，晴天霹雳般地在宁府炸响。焦大就像《皇帝的新衣》故事中敢说真话的小孩，把府中很多人都知道但却绝对不敢讲的贾府丑事暴露在阳光下。书外的吃瓜群众两百年来一直不间断地人肉搜索扒灰者和小叔子及其事由。扒灰者的故事大多数人都认为是指贾珍和儿子贾蓉媳妇秦可卿偷鸡摸狗的乱伦行为。养小叔子的和小叔子却隐藏至深，笔者的一家之言认为这是贾敬的夫人红杏出墙贾赦并生下贾惜春的故事，有兴趣的读者具体请看笔者另外的一篇拙文《孤独自闭的贾惜春》。养小叔子的是贾惜春的母亲，贾敬的夫人，小叔子就是荣府贾母的大儿子贾赦。吃瓜的群众千万不要忙于吃瓜，仅仅停留在八卦层面用于打发茶前饭后的光阴，要知道这是正确理解并打开"箕裘颓堕皆从敬，家事消亡首罪宁。宿孽总因情"的钥匙，也就是回答了百年老店贾府如何一步一步地走向坍塌消亡的。所以焦大就和跛足道士、癞头和尚一样是《红楼梦》全局性的导读人物。

焦大醉骂历来为许多人所提及。鲁迅说过："焦大的骂，并非要打倒贾府，倒是要贾府好……所以这焦大实在是贾府的屈原，假使他能做文章，恐怕也会有一篇《离骚》之类。"

不少人认为焦大虽然不能算是忧国忧民，却是《红楼梦》给我们展示了一个英雄豪杰的胸怀和大无畏的精神，他在一大群只知道锦衣玉食，偷鸡摸狗，左抱右拥女人的淫荡之徒面前如鹤立鸡群般屹立。可以说焦大算得上一个《红楼梦》里顶天立地的英雄，是个豪气干云的威猛男人。

更有人运用阶级分析法，认为焦大无情地揭露了宁府的荒淫无道，进而揭批了封建大家族丑恶形象。在焦大醉骂之下，一个个油头粉面的小丑露出了丑恶的嘴脸。焦大则代表了所有被压迫被凌辱的下层民众，他反抗封建地主阶级的压迫，发出了革命的嘹亮吼声，展现了人民群众无限的力量和不屈的反抗精神。

笔者对于"英雄说"予以最低程度的认可，对于"阶级说"就只能呵呵了。其实焦大手中有一副好牌却被他打了个稀烂。他在贾府后来就是吃老本，躺在自己的功劳簿上睡大觉，凭借自己过去的功绩，恣意妄为，把谁都不放在眼里，干活挑肥拣瘦，还目无领导与主子，整日价与瓶中物为伴，开口言必想当年，看谁不顺眼，张嘴就骂。宁府下人给尤氏回话讲焦大又骂上了，一个"又"字用得多么精确恰当，却反映了焦大的日常生活中几乎固化的状态。我们过去习惯讲，我们要永远记住某人的功德，其实功德的传承是有困难的，也是靠不住的。功劳就像经过努力发出的电，最好当时就用以发光、发热和作功，却难以储存，远程输送成本偏高，损耗也大，距离过远，几乎消耗殆尽就得不偿失了。焦大的功劳经过四代传递，时间距离早已加速衰减了，资历浅者亦可能并不知晓。贾演、贾代化父子可能记得住焦大的功劳和好处，到贾敬一代就不能和以前比了，到了贾珍、贾蓉时代却早已物是人非沧海桑田了。所谓"不要吃老本，要立新功"，可惜焦大不可能有这种觉悟。

吃老本的基本特征，一是搞特殊化，寻求体制外的利益；二是机制体制和规章制度的破坏者；三是谋求不劳而获和不当利益；四是做人高调情商很低。职场中善吃老本之人，一般专为领导制造麻烦，其他员工都会敬而远之。焦大生活的时代没有手机微信抖音之类的东西，他看不到漫天飞扬的心灵鸡汤，不由得一条道走到黑。

焦大居功至伟，但是在贾府却甚也没得到。贾府没有为焦大放出年龄大了的丫头进行婚配；没有赏舍丁点儿的房产田园使他有自己的一亩三分地；没有奖赏焦大为自由人，一辈子都是贾府的奴才；在贾府中没有得到一个体面的职位，还得受赖二等管理层及其他奴才的气。焦大的功绩来自马尿，宁府回报他的却是满嘴的马屁，这是多么大的讽刺！焦大的这种待遇当然是宁府忘恩负义所造成的，但同时也是符合某种自然规律的，是焦大不能认清形势与时俱进的结果。焦大还真不如像王熙凤说的那样，在一个远远的庄子上待着，他要明白他不属于宁府。

飞蛾扑火——智能儿

从贾府至铁槛寺的途中，有一个水月庵，水月庵做的馒头在周边小有名气，故亦称馒头庵。这个馒头庵虽说不是贾府的专属家庙，但也是如古树身上的苔藓一样寄生在像贾府般的豪门上。水月庵有一老尼法号净虚，就是净来虚的，镇日串巷走府，卖弄口舌，身在佛门，心系俗界，察言观色，媚上欺下，挑拨是非，倒云覆雨，骗吃骗喝，攫人财物。和净虚老尼形影相随的一个小尼姑，名唤智能儿，所以净虚就经常带着小尼姑智能儿出入贾府，提供上门佛事服务。

智能儿原籍何方何地，家中还有何人，因何事出家又怎么跟了净虚，文本中并无交代。要想完全还原事情始末已无可能，仅能就背景概略分析。

为什么会有人出家做尼姑，清初人尤侗指出了其中的不得已，在论僧尼女冠出家的原因时道："今日僧尼，几半天下。然度其初心，愿不及此。其高者惑于福慧之说，下者谓饥寒驱迫，不得已而出此。或幼小无知，父母强而使之，及其中道而悔，无可如何者多矣。"明末清初人陆衡更是直说："每见人家妇女，或丧夫，或无子，即有夫有子，而别有不得已，辄忿然出家，剃去其发。"

明代文人徐渭作有一首《陈女度尼》诗，诗云："青春正及笄，削发度为尼，别母留妆粉，参师歇画眉。幻真临镜现，生灭带花知，未必今来悟，前身受记谁？"此诗所述陈女，然谓智能儿亦可。

《红楼梦》文本中细述了芳官、藕官、蕊官三人出家入佛门的情景，大观园被查抄之后，随之而来的就是大裁员，芳官、藕官、蕊官等三人最初是被王夫人赶出园子，由其干娘领回，芳官等三人不甘以后的命运就是被干娘所奴役，寻死觅活闹着要剪了头发做姑子去。王夫人起初还不愿意，要每人打上一顿给她们。当下因八月十五日各庙内上供去，皆有各庙内的尼姑来送供尖之例，王夫人曾于十五日就留下水月庵的智通与地藏庵的圆心住两日，至今日未回，听得此信，巴不得又拐两个女孩子去作活使唤，因都向王夫人道："咱们府上到底是善人家。因太太好善，所以感应得这些小姑娘们皆如此。虽说佛门轻易难入，也要知道佛法平等。我佛立愿，原是一切众生无论鸡犬皆要度他，无奈迷人不醒。若果有善根能醒悟，即可以超脱轮回。所以经上现有虎狼蛇虫得道者就不少。如今这两三个姑娘既然无父无母，家乡又远，他们既经了这富贵，又想从小儿命苦入了这风流行次，将来知道终身怎么样，所以苦海回头，出家修修来世，也是他们的高意。太太倒不要限了善念。"王夫人今听这两个拐子的话大近情理……便笑答道："你两个既这等说，你们就带了作徒弟去如何？"两个姑子听了，念一声佛道："善哉！善哉！若如此，可是你老人家阴德不小。"说毕，便稽首拜谢。这一幕中，曹雪芹直呼馒头庵的智通和地藏庵的圆心为拐子，指出她们巴不得得到芳官等三人去作活使唤。注意，这个智通可是净虚的同事。这是否暗示智能儿亦是净虚拐来的为自己作活使唤，只是芳官等三人还不知她们刚离狼窝，又入虎穴。

尼姑道姑属于一群脱离尘俗的出家人，理应不再留恋红尘，并与世俗隔绝，在庵院中与青灯、佛卷、木鱼为伴，过一种清修的生活。但也有不少的尼姑道姑不再拘囿于庵院的清修，而是留恋尘世的繁华，与民间妇女多有交往，不再坚守佛门清规戒律，而是熏染了很多"淫污"习气。馒头庵里的净虚就是如此，是《红楼梦》中反面僧尼的典型人物，在与王熙凤对戏中完胜王熙凤的社会油子，一场戏下来，王熙凤入瓮，做下了使人生有了最大污点的蠢事。智能儿在这样的老师调教下如何能做到专心向佛，何况智能儿原本就非自愿当尼姑，她用"牢坑"一词形象地说明了自己在水月庵的尴尬处境。所以对于智能儿而言，她不愿意做什么姑子，也不愿意像她师傅净虚一样骗吃骗喝，坑人害人，只想像正常人一样的生活。智能儿心中无佛，一心只想还俗，为人做事亦不受佛门戒律的约束。

智能儿随净虚老尼出入荣府，无人不识，常与小姐丫头们作伴，其中与贾惜春处走动愈加多些。这天智能儿恰巧遇见了借贾府学堂读书的秦钟，一个悲壮的故事便开始了。

秦钟的外貌极佳，"眉清目秀，粉面朱唇，身材俊俏，举止风流"。智能儿的外貌也恰好是少女发育时诱人的模样，长得妍媚动人。两人见面以后，"虽未上手，却已情投意合了"。

如梦令

正是辘轳金井，满砌落花红冷。蓦地一相逢，心事眼波难定。

谁省，谁省。从此簟纹灯影。

此时的智能儿和秦钟处于青春期，都有了青春萌动的念头。在这场智能儿动情秦钟动欲的相恋中，俩人创造机会约会私见，干柴烈火，秦钟就曾在荣府贾母处拥抱了智能儿。然而在贾宝玉让智能儿倒茶时，秦钟却欲盖弥彰地拉开他与智能儿的距离，言"理他呢！"

对智能儿日思夜想的秦钟被欲望冲了头，终于在家姐秦可卿治丧期间在佛门清静之地馒头庵觅得了机会。秦钟"趁夜黑无人，来寻智能。刚至后面房中，只见智能独在房中洗茶碗，秦钟跑来便搂着亲嘴"。

对于猴急，不顾场合，不问后果的秦钟，智能儿却很理智，只说："除非等我出了这牢笼，离了这些人，才依你。"秦钟说："这也容易，只是远水救不了近火。"智能儿听了，以为他是承诺，于是"少不得依他了"。至此，一颗悲剧的种子已经种下。

那秦钟秉赋最弱，因在郊外受了些风霜，又与智能儿偷期绻缱，未免失于调养，回来时便咳嗽伤风，懒进饮食，大有不胜之态，遂不敢出门，只在家中养息。

没有秦钟的音讯，智能儿痛苦难耐，飞蛾扑火般寻找上门来。智能儿寻到秦钟，秦钟金屋藏娇，不料纸包不住火，智能儿被秦钟之父秦业发现，秦业赶走了智能儿，重打了秦钟，自己也气死了。而当时的秦钟年幼，还不堪支撑起一个家庭。而他的亲戚们对他并不细心照顾，反而惦记着秦钟死后留下的银子。百感交集之下，秦钟离世而去。

《红楼梦》中描写了很多对小人物的爱情故事，贾芸和林红玉、贾蔷和龄官、潘又安和司棋等等，其中秦钟和智能儿是最为悲壮的。智能儿奋不顾身，不计门第，不畏后果，为爱痴狂，飞蛾扑火般地为了秦钟"这也容易"的承诺投入了秦钟的怀抱。遗憾的是这个可以把贾宝玉比下去的具有中性美的高颜值的秦钟却缺乏爱情的责任和担当，更没有去克服困难冲破牢笼的勇气，万幸的是秦钟在离开这个世界之前除了想着父亲账下的三千两银子以外，也想到了他的智能儿。

智能儿在被秦父赶走之后，在文本中消失了，再也没有任何消息了，她还能回馒头庵吗？她又颠沛流离在世界的哪个角落？是否仍然过着牛马不如的生活？她会自寻短见或流落到那种地方吗？但愿她已经死了。

兴儿的脱口秀

尤二姐的故事是一个悲苦的故事，曹公在记述这个悲剧之前却偏偏安排了一个喜剧情节，由贾琏的跟班小厮兴儿来了一个脱口秀表演。兴儿充分调动他聪明伶俐和能说会道的元素，口吐莲花，用生动有趣，幽默诙谐的语言，与尤二姐配合默契高质量地完成了表演，完美地展现了文学顶峰《红楼梦》先喜后悲，悲喜相映，悲喜相生的艺术手段。

贾琏偷娶了尤二姐后，在外面买了宅院，供尤二姐居住。但尤二姐却觉得名不正言不顺，日思夜想进入荣府并得到认可，早听说贾琏太太王熙凤厉害，却也不知深浅，所以早想设法探个虚实。兴儿是贾琏的心腹小厮，身份低微，年纪又轻，心直口快，见贾琏宠爱尤二姐，也想邀宠献媚。双方都有需求，所以逮着机会，精彩的演出就开始了。

尤二姐便要了两碟菜来，命拿大杯斟了酒，就命兴儿在炕沿下站着喝，一长一短，向他说话儿。问道："家里奶奶多大年纪？怎么个利害的样子？老太太多大年纪？姑娘几个？"各样家常等话。兴儿笑嘻嘻的，在炕沿下，一头喝，一头将荣府之事备细告诉他母女。又说："我是二门上该班的人。我们共是两班，一班四个，共是八个人。有几个知奶奶的心腹，有几个知爷的心腹。奶奶的心腹，我们不敢惹；爷的心腹，奶奶敢惹。提起来，我们奶奶的事，告诉不得奶奶！他心里歹毒，口里尖快。我们二爷也算是个好的，那里见的他？倒是跟前有个平姑娘，为人很好，虽然和奶奶一气，他倒背着奶奶常作些好事。我们有了不是，奶奶是容不过的，只求求他去就完了。如今合家大小，除了老太太、太太两个，没有不恨他的，只不过面子情儿怕он。皆因他一时看得人都不及他，只一味哄着老太太、太太两个人喜欢。他说一是一，说二是二，没人敢拦他。又恨不得把银子钱省下来了，堆成山，好叫老太太、太太说他会过日子。殊不知苦了下人，他讨好儿。或有好事，他就不等别人去说，他先抓尖儿。或有不好的事，或他自己错了，他就一缩头，推到别人身上去，他还在旁边拨火儿。如今连他正经婆婆都嫌他，说他：'雀儿拣着旺处飞''黑母鸡——一窝儿'，自家的事不管，倒替人家去瞎张罗。要不是老太太在头里，早叫过他去了。"尤二姐笑道："你背着他这么说他，将来背着我还不知怎么说我呢。我又差他一层儿了，越发的说了。"兴儿忙跪下说道："奶奶要这么说，小的不怕雷劈吗？但凡小的要有造化，起先娶奶奶时，要得了这样的人，小的们也少挨些打骂，也少提心吊胆的。如今跟爷的几个人，谁不是背前背后称扬奶奶盛德怜下？我们商量着叫二爷要出来，情愿来伺候奶奶呢。"尤二姐笑道："你这小猾贼儿还不起来。说句玩话儿，就吓的这个样儿。你们做什么往这里来？我还要找了你奶奶去呢。"兴儿连忙摇手，说："奶奶千万别去！我告诉奶奶：一辈子不见他才好呢。'嘴甜心苦，两面三刀''上头笑着，脚底下就使绊子''明是一盆火，暗是一把刀'他都占全了。只怕三姨儿这张嘴还说不过他呢，奶奶这么斯文良善人，那里是他的对手？"二姐笑道："我只以理待他，他敢怎么着我？"兴儿道："不是小的喝了酒，放肆胡说：奶奶就是让着他，他看见奶奶比他标致，又比他得人心儿，他就肯善罢干休了？人家是醋罐子，他是醋缸，醋瓮。凡丫头们跟前，二爷多看一眼，他有本事当着爷打个烂羊头似的。虽然平姑娘在屋里，大约一年里头，两个有一次在一处，他还要嘴里掂十来个过儿呢。气的平姑娘性子上来，哭闹一阵，说：'又不是我自己寻来的！你逼着我，我不愿意，又说我反了；这会子又这么着。'他一般也罢了，倒央及平姑娘。"二姐笑道："可是撒谎？这么一个夜叉，怎么反怕屋里的人呢？"兴儿道："就是俗语说的，'三人抬不过个理字去'了。这平姑娘原是他自幼儿的丫头。陪过来一共四个，死的死，嫁的嫁，只剩下这个心爱的，收在房里，一则显他贤良，二则又拴爷的心。那平姑娘又是个正经人，从不会挑三窝四的，倒一味忠心赤胆服侍他，所以才容下了。"二姐笑道："原来如此。但只我听见你们还有一位寡妇奶奶和几位姑娘，他这么利害，这些人肯依他吗？"兴儿拍手笑道："原来奶奶不知道。我们家这位寡妇奶奶，第一个善德人，从不管事，只教姑娘们看书写字，针线道理，这是他的事情。前儿因为他病了，这大奶奶暂管了几天事，总是按着老例儿行，不像他那么多事逞才的。我们大姑娘，不用说，是好的了。二姑娘混名儿叫'二木头'。三姑娘的混名儿叫'玫瑰花儿'：又红又香，无人不爱，只是有刺扎手。可惜不是太太养的，'老鸹窝里出凤凰'。四姑娘小，正经是珍大爷的亲妹子，太太抱过来的，养了这么大，也是一位不管事的。奶奶不知道，我们家的姑娘们不算，外还有两位姑娘，真是天下少有。一位是我们姑太太的女儿，姓林；一位是姨太太的女儿，姓薛。这两位姑娘都是美人一般的呢，又都知书识字的。或出门上车，或在园子里遇见，我们连气儿也不敢出。"尤二姐笑道："你们家规矩大，小孩子进的去，遇见姑娘们，原该远远的藏躲着，敢出什么气儿呢。"兴儿摇手，道："不是那么不敢出气儿。是怕这气儿大了，吹倒了林姑娘；气儿暖了，又吹化了薛姑娘。"说得满屋里都笑了。

兴儿的语言朴实无华，浅显易懂，生动有趣，听他的脱口秀感觉满满的生活气息扑面而来。他称贾迎春为"二木头"；称贾探春为"玫瑰花"，言探春庶出身份为"老鸹窝里出凤凰"；说王熙凤，别人是醋罐子，她是"醋缸""醋瓮"；称林黛玉和薛宝钗，一个是"多病西施"，一个是雪堆出来的，见了她俩都不敢喘气，怕吹飞了林黛玉，吹化了薛宝钗。兴儿是个人才，生动有趣，幽默诙谐，细观生活，善抓特点，一番话让人情趣盎然，若生活在现下，想必在德云社也会红得发紫。

兴儿用"奶奶的心腹，我们不敢惹；爷的心腹，奶奶就敢"一句话就说明白了双方的日常状态，言简意赅。兴儿还透漏，原本王熙凤有四个陪嫁丫头，后来死的死，嫁的嫁，最后只剩下平儿一个。那三个是怎么死怎么嫁的，兴儿没说，只说贾琏若多看身边丫头一眼，就被王熙凤打成个"烂羊头"。"烂羊头"是多么形象并具画面感的语言，读者可以想象，王熙凤是随时保持着警惕，发现情况随手抓着什么工具就用什么工具打，下手还没有轻重。兴儿对王熙凤句句贬斥，句句中肯，一针见血，痛快淋漓，说王熙凤"嘴甜心苦，两面三刀""上头笑着，脚底下就使绊子""明是一盆火，暗是一把刀"。力劝尤二姐千万别去见王熙凤，一辈子不见她才好呢，不是她的对手。只可惜尤二姐听完兴儿的话并没有走心，也像读者一样一乐了之，飞蛾扑火，被熙凤骗入荣府丢了性命。

兴儿智商犹可，情商堪忧。邀宠献媚尤二姐实乃下策，一口一个奶奶也是犯忌，何况在贾府奴才嚼舌根乃是大忌。这位爱说话而又会说话的兴儿，也终因爱多说话而招来灾祸。到第六十七回时，兴儿又在二门上说长道短，话中提到了"新奶奶"，话传到了王熙凤耳中，于是又有了"闻秘事凤姐讯家童"的一幕，兴儿因为话多而受审，自己不断抽打自己的脸颊。尽管如此，兴儿的形象本身还是非常鲜明的，给广大读者留下了极深的印象。

瑞大爷之死

　　瑞大爷死了。他是精尽而亡，这让人想起了兰陵笑笑生笔下的西门庆。瑞大爷直到死都抱着跛足道人送给他的宝物——风月宝鉴，这个宝物是一面镜子，产地为太虚幻境，生产商为警幻仙子。本来跛足道人是来救命度人的，却没想到警幻仙子制造的产品有致命的缺陷，镜子的正面是要人命的毒药却裹着厚厚的糖衣，甜丝丝的，非常可口；镜子的反面实为救人命的良药却不仅味若黄连，苦口难咽，而且有一把无比锋利的刀子欲要切断病人心上长出的长长的思线。虽有医嘱，但感性统治心脑的人十有八九还是会选择错误，选择毒药而放弃良药。瑞大爷看到的镜子正面是自己的心上人——貌美如花的王熙凤正款款而来，不由上前抱住亲热并与之云雨。镜子的反面里似农药瓶子上印的图案，吓人的骷髅，龇着獠牙向瑞大爷扑来。瑞大爷的选择当然是正面，四五次，无数次地沉醉并缠绵在与王熙凤云雨的温柔乡中。救命度人的跛足道人就这样用居住在太虚幻境中的警幻仙子制造的风月宝鉴要了瑞大爷的命。瑞大爷死后，贾赦、贾政、贾珍各随份子二十两银子，家族其他成员随的份子三五两银子不等，瑞大爷的家人用这些银子给瑞大爷办了一个还不算丢脸的葬礼。

　　瑞大爷大名贾瑞，字天祥，贾府义学塾贾代儒的长孙，属宁荣两府的远房。贾代儒系贾氏家族第二代，与宁府的贾代化、荣府的贾代善（贾母之夫）为堂兄弟，同属代字辈。贾瑞自小父母双亡，由祖父贾代儒教育监管。塾学中贾代儒如果有事，即命贾瑞管理学中之事。他是个最图便宜没行止的人，每在学中以公报私，勒索子弟们请他，后又助着薛蟠图些银钱酒肉，一任薛蟠横行霸道，才引起书房里的一通大闹。

　　瑞大爷在跛足道人出现之前就已经病入膏肓了。贾瑞也是个惜命之人，请了不少的医生，吃了大量的药，诸如肉桂，附子，鳖甲，麦冬，玉竹等药，吃了有几十斤下去，只是家道贫寒吃不起人参，但救命要紧，代儒只能去求荣府，而凤姐从中作梗，不顾王夫人已经发话，只拿出一些参的须末应付贾瑞。白花花的银子出去了，病情却没有一点儿回头的动静，反而愈发沉重了。唯觉心内发膨胀，口中无滋味，脚下如绵，眼中似醋，黑夜作烧，白昼常倦，下溺连精，嗽痰带血。于是不能支持，一头睡倒，合上眼还只梦魂颠倒，满口乱说胡话，惊怖异常。昏迷中瑞大爷脑海中却也一刻没有闲着，过起了电影，近来的一幕幕场景蒙太奇地浮现了出来：

　　贾瑞忍着（其实忍不住）臀部火辣辣的剧痛恍惚地想：您是亲爷爷吗？下死手呀，咋那么狠呢？您和荣府政叔一样，手下没个轻重，不愧和代化、代善爷爷为堂兄堂弟，家暴是咱家族的传家宝呀！还骂得那么凶那么狠，不让人吃饭还要做功课背书，不知道您的长孙已经被冻了两个晚上了吗？不看我伤风感冒转肺炎病得不轻了吗？哎呦，您轻点儿，快支撑不住了！不告诉您自有不告诉您的道理，骂、打也不能说，打死也不能说，说了小命还有吗？我和二嫂的事能说吗，让荣府的王婶和老祖宗知道还了得。夜不归宿怪我吗，前后门都锁了让我如何归宿，还塾学呢！还老问贾蓉和贾蔷那两个坏小子这几日怎么老鬼鬼祟祟地来找我干嘛？我告诉你，你能给我一百两银子吗，哼！

叔给你俩说，不，你俩是叔，我把你俩叫叔呢，再容我几日，白纸黑字的，我是不会赖账的，有钱我会立马还！三天两头的来，要逼死我了，什么，可不敢让荣府的人知道，也不敢让我爷爷知道这事。你俩知道，我家原本寒酸，塾学进项又有限，这不冻了两夜又病了，回家又挨了打骂，病重日甚一日，请医吃药花费也着实不小，真真没钱，再缓缓吧，求求两位叔了。好不容易，贾蓉贾蔷骂骂咧咧地走了。贾瑞望着他俩的背影，有气无力地啐了一口带血的浓痰。

寒冬腊月的帝都出奇的冷，朔风净往人的骨头缝中钻，特别是在荣府中一个叫穿堂一个叫屋后夹道的地方，叫人躲无可躲，连着两个晚上，恁是多么强壮的身体，谁人能吃得消，再不说倾头而下的那桶带着冰碴的屎和尿顺着脖子直淌浇溅全身，还有，还有，贾蓉、贾蔷你俩促狭鬼，挨千刀的，不念叔侄情吓死你大爷了，你们说，让爷哪里去弄这一百两银子！！

他累了，他已经忘记了疼痛，他刚闭上了双目就看见了王熙凤，仿佛听到了她爽朗的笑声与专门讲给他的细语，仿佛纶音佛语，见她满身锦绣，珠光宝气，"一双丹凤三角眼，两弯柳叶吊梢眉""粉面含春威不露，丹唇未启笑先闻""恍若神妃仙子"，迷死人了，宝贝！他忆起了从参加贾敬寿宴时，他埋伏在早料到王熙凤必经的路径上守株待兔俩人相见始，至王熙凤两次深情相约的前前后后和所有细节，沉醉而不拔。美人儿，你的所有情话包括你佯装怼我的话儿都撞在了我的心坎，为了你我死都愿意。啊，头如何这么晕，什么祖父、贾蓉、贾蔷、大夫的，你们都走开，别打搅我，然后贾瑞想着脑海中王熙凤的余影，先用手指告了个消乏。

自从在宁府遇到凤姐，贾瑞便起了觊觎之心，淫心顿起，色胆包天想吃凤姐的豆腐，却没想到祸由此起，癞蛤蟆想吃天鹅肉，没想到却是偷鸡不着蚀把米，惹得凤姐设计实施小惩大戒，但贾瑞却执迷不悟，自投罗网，凤姐才进一步做了布局，找了贾蓉和贾蔷，让这两人帮助惩罚一下贾瑞，具体的细节由这两人实施，这两个人直接摆布了贾瑞，致使贾瑞寒冬腊月一病不起。接下来贾瑞的事情应该与凤姐无关了。但事情远没有结束，贾蓉两个又常常来索银子，贾代儒对贾瑞严格监管动辄实施家法，而贾瑞欲火中烧，不知回头，对王熙凤又相思难禁，因此三五下里外夹攻，不觉就添了一病，很快便送了性命。

贾瑞的死给《红楼梦》书内外带来不小的震动，200余年来，大家热衷于给贾瑞的死找一个责任者，不少人认为这个黑锅应由王熙凤来背。但从故事发展的进程看，这个故事大体可分为两个阶段，第一阶段从宁府瑞熙邂逅始，至贾瑞遭粪尿浇头止；第二阶段从贾代儒对贾瑞实施家法始，至贾瑞鸣呼哀哉止。客观地说首先第一阶段与王熙凤有关，第二阶段与王熙凤基本无关，即使在代儒借人参问题上王熙凤制造些许麻烦；其次贾瑞的死基本无关第一阶段，而与第二阶段形成了直接的因果关系。贾瑞在走向死亡的道路上，无论在哪个环节上，回头是岸，都来得及，都不至于丢了性命，但他猪油蒙住了头，呆痴成狂，一条道上走到黑，把自己活成了个笑话，不作就不会死，他的死他自己应该负更大的责任。

王熙凤故意施以假言引贾瑞上钩，她那些话本没有什么高明之处，如果对于一个心智健康稍有城府的人来说就能听出其中的异样，但贾瑞竟然"越发撞在心坎儿上，由不得又往前凑了一凑"，简直是傻气可掬。难怪脂砚斋也在旁批："写呆人痴性活现。"到后来贾瑞上当空等王熙凤一夜之后，居然还相信她的鬼话，第二次按时赴约。对于贾瑞这种色胆包天的狂徒，对熙凤实施性骚扰后，是否应该得到必要的惩戒呢？应该如何惩戒呢？王熙凤选择了私了而非公了，这种事情还能上报贾琏、王夫人、政老爷，让公众看到瑞大爷得到所谓的公正审判乎！王熙凤设的第一次相思局就想对贾瑞小惩大戒，让他知难而退，第二次应该也没有起杀心，蓉蔷两人执行政策过火也是有的，至于后来两人上门逼债应该自己负责。在当时的历史条件下，贾瑞的行为的确可气，如若公了，谁能保证就一定能保住性命？就连书内外得到一致好评的平和善良的平儿，在听了凤姐说出原委后，平儿脱口而出说道："癞蛤蟆想天鹅肉吃，没人伦的混账东西，起这个念头，叫他不得好死！"

笔者运用因果鱼骨图结合概率运算的现代方法，根据各方在贾瑞故事中的实际表现，进行了责任计算，结果如下：贾瑞60%，贾代儒16%，贾蓉贾蔷10.2%，王熙凤2.56%，那夜的风3.2%，跛足道士8%。根据这个科学的分析，读者完全可以给受了不白之冤的王熙凤平反落实政策了。

瑞大爷的一生是让人可叹可气可恨的一生。瑞大爷最荣光的事情是他的生命中出现了书中救世救命度人的导师跛足道人，他用上了警幻仙子制造的风月宝鉴。《红楼梦》第一回中作者自述著书缘起时有东鲁孔梅溪题曰《风月宝鉴》，甲戌本又有"《风月宝鉴》是戒妄动风月之情"之语。所以贾瑞的故事寓有惩戒劝善的意思。可能有人要问，不是最终也没有救得了贾瑞吗？是的，贾瑞得死，只有通过他的死才可以救更多的人命度更多的人，瑞大爷也是为救命度人而死的，所以《红楼梦》也曾有版本称之为《风月宝鉴》。瑞大爷没有白死。

背景墙——贾元春

《红楼梦》开篇之时，宁荣两府这个百年老店就已显露颓势，新生的政治力量逐渐成长，四王八公这些老贵族政治影响力已经日薄西山，贾府虽然说是"百足之虫，死而不僵"，但却早已比不得当年了，从根被腐蚀，日常生活出多进少，百年贵族生活的面子却还得硬挺，早晚有那么一日，挺不下去时就会轰然倒塌。

贾府人丁不旺且不肖子孙居多，可算是一代不如一代，虽说爵位仍可世袭，一是职数不够而且所袭品秩呈递减函数般衰退，不足扭转颓势，家世不加速下滑已属侥幸。所以对于贾府而言，首要任务是及时扭转颓势进而恢复或重振昔日辉煌。

谁能力挽狂澜？曾经被贾府寄予厚望的有三人，贾敬、贾珠、贾元春。

宁荣两府靠军功起家，爵位可以世袭，不读书亦可作官，故子孙中鲜有读书卓越者，以吃喝赌玩为乐，一般还看不起读书人，认为读书人都是书呆子。贾赦就曾放言，"想来咱们这样人家，原不比那起寒酸，定要'雪窗荧火'，一日蟾宫折桂，方得扬眉吐气。咱们的子弟都原该读些书，不过比别人略明白些，可以做得官时就跑不了一个官的。何必多费了工夫，反弄出书呆子来"。凡事都有例外，就读书考取功名而言，贾敬在贾府子孙中脱颖而出，为乙卯科进士！进士是进入上层统治阶级的敲门砖，做了进士大多可以捞一个州官府官干干，相当于现在的厅局级干部，上升空间广阔。读书人经过童试、乡试、会试、殿试的魔鬼式层层选拔由童生到生员，经举人、贡士成为进士，就可以说把书读成了。能成为进士的读书人是极少数的，若能位于进士前甲多少名的，那就是祖坟冒了青烟。所以贾府重振的重任就落在了贾敬的肩上。但是贾敬让贾府失望了，整日痴迷道学，一心炼丹，想当神仙，不理人间俗务，最后家也不回，住进了道观。不做官不顾家只迷丹，说明贾敬人生出现了重大变故，这个按下不表。

贾府里另一个能读书的人是贾宝玉的亲哥哥李纨的丈夫贾珠。文本中介绍贾珠十四就进学。进学是啥意思？不是十四岁才读书认字，而是通过了人生第一次大考童试的生员，取得了进入府县读书的资格。通过了这一层级考试的读书人，在民间就被俗称为秀才了。按说贾珠"进学"不是什么了不起的成就，但十四岁就能做到这一点的确值得骄傲，因为当时大多数"进学"的生员都在十八九岁二十岁，还有些读书人一辈子不曾达到这样的高度。贾珠不管以后读书能读到怎么样的高度，但在当时却具有无限的前景，让贾府有美好的想象空间和巨大的期待，贾珠成为当时贾府的希望之星。好梦不长，梦醒时刻一切美好愿望都将破灭。在贾珠二十岁那年，荣府发生了一件影响深远的大变故，文本中说在这场事件中贾珠因病死了，真是希望越大失望越多！

贾敬和贾珠叔侄俩这两面旗帜倒下以后，贾府中再也没有可站出来的爷们儿，剩下的一个个都不是读书的料，整日价吃喝玩乐，声色犬马，连个能善于理家的都找不出来，看来百年贾府气数将尽。好在贾府历来阴盛阳衰，巾帼中不乏能事者，贾府扭转颓势靠谁人？贾元春责无旁贷。在这种情况下，贾府就极力运作把贾元春选为女史送入宫中，作为政治靠山，力图以后有所做为。贾元春是贾府唯一的希望和救命稻草。

女史，古代女官名，以知书妇女充任，掌管有关王后妃嫔礼仪，书写文件等事。选拔女史，并非皇上选秀充任嫔妃，女史乃高级别宫女，可以近身正经主子，有上升通道，能否出息还看机缘和造化。贾元春进宫并非一定能救贾府，希望不能说没有，但却只能算是聊胜于无。四大家族之薛家衰败之时也是想法让薛宝钗选秀进宫，也非嫔妃而是为宫主郡主入学陪侍，充任才人赞善，来改变薛家命运。贾元春在宫中经过多年的非人的磨炼，终于进入皇上的眼目，后来被封为凤藻宫尚书，加封贤德妃。从此贾元春在宫中的地位和她个人的命运才和贾府一体化地镶嵌起来。

贾元春，金陵十二钗排名第三，贾政与王夫人所生的嫡长女，贾珠的亲妹妹，贾宝玉的亲姐姐，贾家四姐妹之首。贾元春性格贤孝才德，身份高贵，养尊处优，雍容大度，生于正月初一故名为元春，比贾珠小一两岁，比宝玉大十一二岁，因"贤孝才德"被选入宫中，起初充任女史。后来被封为凤藻宫尚书，加封贤德妃，蒙天子降谕特准鸾舆入其私第。书中用了整回篇幅写"元妃省亲"贾府流金淌银之盛，然而，元春却称自己居住的皇宫是一个不得见人的去处，可见她在帝皇之家既受极权的管辖，也无人身自由的难以言状的辛酸。

贾元春的判词判曲。画着一张弓，弓上挂着香橼。歌词云：

> 二十年来辨是非，榴花开处照宫闱。
> 三春争及初春景，虎兕相逢大梦归①。
> 【恨无常】
> 喜荣华正好，恨无常又到。
> 眼睁睁，把万事全抛。
> 荡悠悠，芳魂消耗。
> 望家乡，路远山高。
> 故向爹娘梦里相寻告：儿命已入黄泉，
> 天伦呵，须要退步抽身早！

贾元春在书中仅出场一次，即夜晚省亲，大观园走了一趟，待了几个时辰，哭了几次鼻子，改了几副楹联，主持了短暂的诗会，点了几出折子戏，做了场游戏，含泪回宫去了。此次回宫看似生离，实乃死别。文本中贾元春还有几处在别人的口中转述出场，其中比较有名的就是通过赠送礼物间接而隐晦地表明对金玉良缘的支持。

贾元春戏不多，分量重，象征意义巨大。纵贯全书，贾元春的作用和命运可用

---

① 脂本里"虎兔""虎兕"都有，通行本写作"虎兔"，周校本"辨是非"为"辨是谁"。

一墙一谜来概括。一墙是说贾元春是贾府的政治依靠，以己之力就可以决定贾府的兴与衰，她是全书故事发展跌宕起伏的背景墙，是故事发展人物和时代的背景墙，是宝黛钗三角恋的背景墙，是宁荣两府兴衰的背景墙。一谜指的是贾元春命运与结局之谜。

先说一谜。《红楼梦》八十回，贾元春除省亲外再无出场，文本中贾元春的故事很不完整，关于贾元春命运走向及结局的猜想主要来自她的判词判曲。从判词判曲看，贾元春是个有故事的人，但是这个故事曹雪芹却没有讲，而离开了故事情节的支撑，判词判曲却像天书一样不好理解，红学家们各有各的研判和解读，各编各的故事，从来也没有形成统一的认识。百家争鸣，百花齐放，争论了两百年，还要继续争论下去。但笔者想若有一天贾元春的故事清晰了，没有争论且故事完整了，那它也就不再是《红楼梦》了，就成了另外一部书了。对于贾元春的人生道路和命运结局只能根据判词判曲，抱缺守残，补缺求全。

来看这张画，画着一张弓，弓上挂着"香橼"。弓谐音宫，橼谐音元，弓橼谐音宫苑，也是宫怨，所以判词为贾元春的。第一句"二十年来辨是非"就不好理解，怎么是二十年，是哪个二十年，起讫年份是哪年，是前二十年还是后二十年？谁也回答不了。辨是非倒是通俗，但是非场是什么？职场、官场、爱情场、家庭场，元春是观众还是运动员？刘心武先生解读说这句话的意思是贾元春从小一直在观察判别秦可卿的身份以及由此而发生的事情和出现的人物。第二句"榴花开处照宫闱"，很多专家认为这句的意思是贾元春怀了龙种。第三句"三春争及初春景"，这句争议较多，一些人认为三春就是迎春、探春和惜春，整句意思是四春中元春最强。这实在不通得很。刘心武先生认为三春是指三年，是文本故事最集中的三年，意思是争来争去却回到了原点，一切归于平静，尘埃落定。最后一句"虎兕相逢大梦归"，有的版本"虎兕"变成了"虎兔"。虎与兕都是凶猛的动物，兕是犀牛，是宫斗双方力量的代表和图腾，双方相斗的结果是大梦归。虎兔派却认为虎和兔都是指纪年和时辰，整句意思是说明贾元春死亡的年份和时间。我觉得虎兕与虎兔不影响这句的整体意思，大意相同。

判曲的意思相对确定。难点在第一句"喜荣华正好，恨无常又到"和第四句"望家乡，路远山高"。关于第一句，无常：佛教用语。佛教人物人世间的一切事物，都处在生成坏灭的过程中，迁流不停，绝无常住性，所以叫"无常"。旧时迷信，说人将死时，与勾摄生魂的使者来，叫人死亡，这使者也叫"无常"或"无常鬼"。整句意思是从大富大贵到跌入谷底甚至要了小命都是瞬间的转换，高光与低谷本相互孕育，这倒符合周易理论。第四句不可理解的是宫中距贾府不远，为什么贾元春临死之时还要望家乡，还路远山高？这就需要乾坤大挪移了，有人认为家不是指贾府，而是指金陵。刘心武先生认为挪家挪不动，应该把贾元春死亡的地点挪出皇宫，挪到一个可以出产做名贵棺材的楠木又可以围猎的山岗上，而且根据"荡悠悠"三字断定贾元春是步了秦可卿的后尘上吊自我了断的。

元春之死不仅标志着四大家族所代表的那一派在政治上的失势，敲响了贾家败亡的丧钟，而且她自己也完全是封建统治阶级宫闱内部互相倾轧的牺牲品。这样，声称"毫不干涉时世"的曹雪芹，就大胆地揭开了政治帷幕的一角，让人们从一个封建家庭的盛衰遭遇，看到了它背后封建统治集团内部各派势力之间不择手段地争权夺利的肮脏勾当。

回头看背景墙。整部《红楼梦》都是在说贾府的事，四大家族的事，说宝黛钗的爱情故事，贾元春都是背景。

四王八公都是开国功臣，曾经出生入死，枪林弹雨，功勋卓著，为自己和家族挣下了一份功业。但是一朝君子一朝臣，随着时光的流逝，一百年以后，这些当年风光无限的老贵族逐渐被边缘化而走下坡路了，如果加上子孙不争气等内因，下滑必呈加速度！伴随着这一趋势的是新的权势者的不断涌现，新老贵族伴生共存。这当然是一种客观规律，不仅宁荣两府是，也不仅四大家族是，相信四王八公的多数家族也是如此。

老贵族们当然不愿退出历史舞台，他们当然怀念过去属于自己的时代，看不上权贵新势以及他们的所作所为，较劲着他们的较劲，甚至于积蓄力量，伺机而动，反攻倒算，最起码形成新的政治力量，增加话语权，让新贵与皇上不能也不敢小觑。

秦可卿的葬礼就是四王八公在这种背景下借机吹响的政治联盟（串联）的集结号！！！

秦可卿葬礼是对封建礼制的严重僭越！若用孔夫子的观点看，就是"是可忍孰不可忍"！秦可卿虽然说是宁府长孙媳妇，终归地位低下，出身低且无诰命身份，何况死时年龄尚小，属于夭殇。秦可卿的葬礼犯规了，还有北静王水溶为首的四王八公的参与！！

宁荣两府被动也好主动也罢，深深地陷入了这场政治运动。老贵族们弄的动静实在太大，布满耳目的皇上和新贵们不想知道都不行。这也必然引起皇上的警觉和警惕，老谋深算的对策就是放一个烟雾弹，封贾元春为妃，用以拉拢、稳住、麻痹、掣肘、制衡、瓦解老贵族集团！！！

实际上贾元春就从来没有受宠过。首先，宁荣两府贾家子孙都没有因此升官。其次，掏空荣府建造的省亲别墅造成财政拮据，没有实现用皇家的钱办皇家的事的愿望，羊毛出在自己身上。再次，太监都敢不断对贾府敲诈勒索。最后元春省亲时间只能安排晚上，半夜回宫，省亲时元春泪水不断，抱怨自己到了见不得人的地方。贾元春封妃是皇上下出的一着妙棋。

秦可卿葬礼和贾元春省亲在《红楼梦》中占有重要的地位，是宁荣双府由盛至衰的标志性事件，是集结号和烟雾弹。此后两府就走向了不可逆的衰亡之路。

贾元春并不能将自己的命运掌握在自己手上，她其实不愿意进宫，愿意做个小女子，过平静平凡的日子，享受天伦之乐。这些都是在省亲过程中，眼窝子太浅，数次落泪，甚至语不成句，抱怨送她"到那不得见人的去处""骨肉分离，终无意趣"等细节可以看出。我们虽然不知道贾元春在宫中过着怎么暗无天日的生活，但是可参照残酷的宫斗剧想象贾元春战战兢兢，如临深渊，如履薄冰的悲惨生话，作为贾府和皇上手上的双料棋子，贾元春的一生更为悲剧。

妙玉

一、身世

《红楼梦》中有三位姑苏女子，按出场顺序为甄英莲，即香菱亦是秋菱；书中女一号林黛玉；还有一位就是出场最晚，戏份最少的在栊翠庵带发修行的妙玉。出场晚戏份少不等于不重要，相反，在《红楼梦》中名字中带玉的都不一般，若是一般来历名字中是不能有玉的，例如红玉的名字因重了宝玉和黛玉就被改为小红。

贾元春封妃后又欲回贾府省亲，于是贾府又是大兴土木建造大观园，又是大张旗鼓赴江南采买壮门面的小戏子和小尼姑，搞得锣鼓喧天，红旗招展的。在此背景下，文本中以林之孝家的回事过程中正事回完又以另外补充的形式使妙玉出场并喧宾夺主。来看文本：又有林之孝家的来回："采访聘买的十个小尼姑、小道姑都有了，连新作的二十分道袍也有了。外有一个带发修行的，本是苏州人氏，祖上也是读书仕宦之家。因生了这位姑娘自小多病，买了许多替身儿皆不中用，到底这位姑娘亲自入了空门，方才好了，所以带发修行，今年才十八岁，法名妙玉。如今父母俱已亡故，身边只有两个老嬷嬷，一个小丫头服侍。文墨也极通，经文也不用学了，模样儿又极好。因听见长安都中有观音遗迹并贝叶遗文，去岁随了师父上来，现在西门外牟尼院住着。他师父极精演先天神数，于去冬圆寂了。妙玉本欲扶灵回乡的，他师父临寂遗言，说他'衣食起居不宜回乡，在此静居，后来自有你的结果'。所以他竟未回乡。"王夫人不等回完，便说："既这样，我们何不接了他来。"林之孝家的回道："请他，他说：'侯门公府，必以贵势压人，我再不去的。'"王夫人道："他既是官宦小姐，自然骄傲些，就下个帖子请他何妨。"林之孝家的答应了出去，命书启相公写请帖去请妙玉。

关于妙玉的出场，脂砚斋等大咖留下了不少的批注，言妙玉身世不凡，心性高洁；云妙玉乃"妙喻"，又伏一案；指明十二钗排位情况，论及"世外"与"劫外"等云云，给读者做了大量的暗示和导读，说明妙玉出身绝非林之孝家的口中表述的那么简单！

细读妙玉出场的这段文字的确有问题。文字外让人强烈地感受到，有关妙玉，林之孝家的所知有限，可能还没有王夫人知道的多。林之孝家的言妙玉出身"仕宦人家"，王夫人却改称为"官宦人家"，"仕"改"官"一字之差，区别却不小，读者自己仔细品味。注意王夫人不等林之孝家的回完即说"即这样，何不接了她来"，在林之孝家的说明妙玉有点小性子小脾气后，王夫人却说"他既是官宦小姐，自然骄傲些，就下帖子请他何妨？"给人印象王夫人在回避甚至掩饰什么，林之孝家的所回之事王夫人尽知，这些事不宜公开谈论。此时的王夫人与林之孝家的对话并不符合王夫人的性格与人设。

妙玉是如何背井离乡来到帝都，回到原文，说因长安都中有观音遗迹并贝叶遗文，故随师傅而来。这显然是借口，即就是因为观音遗迹和贝叶遗文，林之孝家的如何知道？这似乎只是林之孝家的背诵事先已经写好的一段台词。后来的打脸来自妙玉的老邻居邢岫烟，言妙玉背井离乡的真正原因是"为权势所不容"。

父母早已死亡，三岁就入空门的小姑娘，为何还为权势不容，而要离开故乡苏州呢？显然林之孝家的关于妙玉出家原因的说法也并不成立。那么妙玉的家（族）经历了什么样的变故，爹和娘是如何死的，妙玉出家的真实原因又是什么？

妙玉是莫名奇妙的存在，不合逻辑的出场，林之孝家的语焉不详的介绍，王夫人稀里糊涂的下帖，妙玉理直气壮地住在大观园，并睥睨贾府一切。故妙玉之谜是三不知之谜。

从上，可以得出以下结论，第一妙玉本出身仕宦人家，和贾府一样具有一定的权势（从妙玉栊翠庵品茶的茶艺茶品茶具来看，也许妙玉家族势头都有可能盖过贾府），但是后来坏了事，除妙玉以养病为名实际是避祸带发修行外，家破人亡。第二仇家的权势也可能在妙玉家族和贾府之上，妙玉家族破灭之后，仇家仍不放过，继续追杀可能的幸存者。第三妙玉家族与贾府原来就有关系，渊源颇深，这事王夫人等贾府一些老人都是知道的。我来做个推理：话说天上掉下来的不是林妹妹，而是妙玉。妙玉出身名门贵族，并与贾府有渊源，极有可能早就答应以后把妙玉许配贾家，甚至是指腹为婚什么的。只不过世事难料，妙玉家突遭变故，坏了事，贾府为了与其家划清界线强行退婚。妙玉为了避祸带发修行，成为贾家高度认可但没有过门的媳妇。注意，妙玉原先欲嫁的不是她暗生情愫的荣府的宝贝疙瘩活龙贾宝玉，而是理论上比贾宝玉更为金贵的荣府希望之子，贾政与王夫人所生之长子贾珠。李纨嫁给贾珠应是后来之事。

妙玉家族坏事之后，紧急间只能带着可携带的钱财和有限的物件安排几个佣人出家避祸。妙玉家族的钱财也可能和江南的甄府、姑苏的林府一样被并入荣府。虽然不能确认在妙玉家族坏事的过程中，荣府发挥什么原罪以及落井下石等作用，但背信弃义强行退婚想象中似乎可以坐实。妙玉的师傅虽然极精演先天神数，但精于算计却非通晓未来，师傅圆寂之后不能返回姑苏，只能依托荣府继续在异乡盘桓，真是人算不如天算。

这就是妙玉睥睨贾家上下，而贾府上下反而宽容和高看她的原因。这也是槛内人槛外人（是否为贾府人）的另一种解释。这也是贾府中唯一的一个人——李纨多次表示不喜欢甚至厌恶妙玉的合理解释。

二、暗生情愫

妙玉的典型形象是头戴妙常髻，身上穿一件月白素袖袄儿，外罩一件水田青缎镶边长背心，拴着秋香色的丝绦，腰下系一条淡墨画的白绫裙，手执麈尾念珠，身边一个侍儿，飘飘拽拽的。妙玉美丽聪颖、心性高洁，从容自若、不卑不亢，才华馥郁、品位高雅，特立独行、异于世俗。在大观园的日子里，她与宝玉、黛玉、宝钗、湘云、惜春、邢岫烟结下友谊；她美丽聪颖，心性高洁，却遭人嫉恨，举世难容；她是佛家弟子，文学上却大爱庄子，感情上又尘缘未了，不洁不空；栊翠庵品茶，刻画她茶艺精湛，中秋夜联诗，塑造她为"红楼诗仙"。

其实文本中有关妙玉的故事并不多，栊翠庵品茶、中秋夜联句、宝玉生日帖、宝玉乞梅等一些故事性不强，是读者又极易划过的景象和片段。但是透过这些现象，让人明显地感受到妙玉对宝玉已暗生情愫。栊翠庵品茶，邀黛玉、宝钗单独喝体己茶时，厌嫌刘姥姥的不洁弃成窑茶具却将自己惯常用的绿玉斗给宝玉用，并假意言"你独来我不肯给你吃"，此地无银三百两，假撇清语，欲盖弥彰。栊翠庵红梅开了，唯宝玉能乞来，后妙玉却又画蛇添足掩饰性地给众人分送红梅，侮辱了大家的智商。宝玉生日，妙玉动心，暗赠（实际为明赠）生日帖，妙玉的用心已经司马昭之心，路人皆知了。这个大家都能看破但不说破，只有年龄更小的贾惜春和贾环明着说，贾惜春言，妙玉虽然洁净，毕竟尘缘未断。贾环亦道：妙玉这个东西是最讨人嫌的，他一日家捏酸，见了宝玉，就眉开眼笑了。李纨亦知道栊翠庵的红梅别人是乞不来的独宝玉可以。妙玉的老朋友邢岫烟得知妙玉赠宝玉生日帖（宝玉与邢岫烟同日生日，但不知有否赠邢岫烟生日帖）后，诧异地只顾用眼上下细细打量了宝玉半日说：他因不合时宜，权势不容……他这脾气竟不能改，竟是生成这等放诞诡僻了……这可是俗语说的"僧不僧，俗不俗，女不女，男不男"，成个什么道理。需要提醒的是"僧不僧，俗不俗，女不女，男不男"这是著名的禁书《西厢记》中的语言，看来邢岫烟也看过《西厢记》，想来妙玉亦看过，不知还有哪个红楼女子没有看过黛钗间掀起轩然大波的《西厢记》。

三、形设

妙玉带发修行是假，修行是被迫的，是为避祸而为之，离开家乡至京都也是如此，是为权势不容逃逸而来。哪有携带家产、老婆子、丫头出家的？其次妙玉的价值观更倾向于道而非佛，并没有脱俗脱凡，远离红尘。否则为什么还有意于宝玉呢，她并不"空"。佛学造诣也有限且六根不净。

妙玉性格带有浓郁的庄学文化色彩。古诗"纵有千年铁门槛，终须一个土馒头"，意为人生无常，终须一死。妙玉自号"槛外人"，自勉蹈于铁槛之外，超越生死，超出名利场，与《庄子》"死生存亡之一体""相忘以生，无所穷终"的思想同出而异名。妙玉赞"文是庄子的好"，故自号"畸人"，其要义在于特立独行，纯真无伪，通天道，远尘俗。《庄子》讲述了王骀、申屠嘉、叔山无趾、哀骀它等畸人的故事。他们外貌奇丑，招人嫌恶，但是精神境界非常之高。妙玉向往他们超越了有形物质世界而达到的逍遥游境界。

> 欲洁何曾洁，云空未必空；
> 可怜金玉质，终陷淖泥中。

世难容

气质美如兰，才华馥比仙。天生成孤癖人皆罕。你道是啖肉食腥膻，视绮罗俗厌；却不知太高人愈妒，过洁世同嫌。可叹这，青灯古殿人将老；辜负了，红粉朱楼春色阑。到头来，依旧是风尘肮脏违心愿。好一似，无瑕白玉遭泥陷；又何须，王孙公子叹无缘？

四、其他

还是说说诗仙的事。中秋之夜，湘云、黛玉在凹晶馆联诗，当联出"寒塘渡鹤影，冷月葬花魂"的警句，二人不知如何往下接时，妙玉现身，请她们到栊翠庵中，亲自提笔续足全诗，黛玉、湘云自叹不如，妙玉直接被封为诗仙。其"钟鸣栊翠寺，鸡唱稻香村"等句表面透出晨光熹微、朝气蓬勃之象，立意将湘、黛凄楚之句翻转过来。但细读之后发现，栊翠庵中住着贾珠的指腹之妻妙玉，稻香村中住着贾珠的遗孀，这两句原是妙玉和李纨的真实生活写照，这也太写实了，死水微澜，哀怨如丝，孤苦难言，凄楚倍增。

还想说阴差阳错的是后来刘姥姥用妙玉给的成窑的茶具兑成钱救了巧姐。想想吧，救巧姐需要的钱数量不小，刘姥姥的家产除了妙玉给的成窑茶具外都不值什么钱，而成窑货品即使在清初也是价值不菲。因此救巧姐，妙玉也是功不可没。

娇杏"侥幸"吗？

有朋友让我写写娇杏。这个命题作文不好完成，因为书中有关娇杏的文字合计不过百字出头，况且娇杏命运还涉及两个很重要的人物，甄士隐和贾雨村。不过这个连过客都算不上的小人物却也引起了不少人的关注，很多人甚至认为娇杏是《红楼梦》中命运结局最好的红楼女性，她也成功入选金陵十二钗副册，的确不能等闲视之。

曹雪芹通过甄士隐和贾雨村这两个人物告诉读者，整部《红楼梦》的写作手段是把"真事隐"而把"假语存"，不过"真做假时假亦真，无到有时有还无"，所以真与假，虚与实，现世与梦幻自由编织。甄士隐和贾雨村又是《红楼梦》导读式的人物，他们的人生道路和命运走向隐含了红楼人物的命运及走向，他们的人生故事就是《红楼梦》浓缩概要。娇杏就穿插在这两个人物之间，把两者联系起来。

甄士隐的出场颇有来头，作者是从"地陷东南"开始介绍的，并且安排了甄士隐几番与癞头和尚和跛足道人的对话，甚至他享受到唯有贾宝玉才能有的福利至太虚幻境刹那游。铺垫之后一亮相，甄士隐就过着一种有妻女有丫鬟有院子有花园客厅的有滋有味的中产阶级偏上的生活，但他似乎并不满足，思想上有上进要求，企图披上文化的外衣，偏好结交有文化的人士，穷儒闲士也行。

贾雨村来得正好！此时的贾雨村正在潦倒之时，父母祖宗根基已尽，人口衰丧，只剩下他一身一口，漂流异乡，寄居在甄府旁边的葫芦庙里，以给人测字写状糊口，遇上甄士隐，两人颇为投缘，也让雨村不时打打牙祭。当然，贾雨村肚中也确有一点墨水，偶尔亦能诌出"时逢三五便团圆，满把晴光护玉栏。天上一轮才捧出，人间万姓仰头看"这样的句子，要不然后来也不会让林如海聘为西席，成为林黛玉的私塾老师。

一日，士隐街上与雨村邂逅，邀雨村至府中意欲闲谈，未及三五句，士隐家人来报，"严老爷到了"，遂告罪舍雨村而出前厅去。百无聊赖的雨村打量环顾着士隐的书房，此时此刻，一声清亮的嗽声传入耳中，雨村起身抬首隔窗外望，原来是一个丫鬟，在那里撷花，生得仪容不俗，眉目清明，虽无十分姿色，却亦有动人之处。雨村不觉看得呆了。这个甄府丫鬟正是娇杏。

那甄家丫鬟撷了花，方欲走时，猛抬头见窗内有人，敝巾旧服，虽是贫窭，然生得腰圆背厚，面阔口方，更兼剑眉星眼，直鼻权腮。这丫鬟忙转身回避，心下乃想："这人生的这样雄壮，却又这样褴褛，想他定是我家主人常说的什么贾雨村了，每有意帮助周济，只是没甚机会。我家并无这样贫窭亲友，想定是此人无疑了。怪道又说他必非久困之人。"如此想来，不免又回头两次。雨村见他回了头，便自为这女子心中有意于他，便狂喜不尽，自为此女子必是个巨眼英雄，风尘中之知己也。一时小童进来，雨村打听得前面留饭，不可久待，遂从夹道中自便出门去了。

雨村与娇杏再次路上偶遇时，甄府已经物不是人已非沧海桑田了，甄家的小姐英莲失踪，全家被烧，甄士隐出家，整个甄家没落了，娇杏也只好跟着甄家娘子受苦。这时的贾雨村也不是那时的穷酸样了，做官当老爷由一身一口变为有妻室的人了，可谓是官服在身，春风得意。此时的雨村却依稀记得娇杏花园中的回首再回首，遂以势强纳娇杏为偏房。不久，那贾雨村的嫡妻，却突然病故，娇杏便做了夫人。真是，偶因一着错，便为人上人。

　　如何看娇杏的人生道路呢？有人说有比较才会有鉴别。《红楼梦》，既是女性的颂歌，更是女性的悲剧。"香魂一缕随风散，愁绪三更入梦遥"的林黛玉，青春守寡的宝钗、史湘云、李纨，出嫁一年便被丈夫折磨死了的贾迎春，远嫁的探春，悲观绝望青春出家的贾惜春，跳井而死的金钏，含冤而死的秦可卿，撞壁而死的司棋，斥逐羞愤而死的晴雯，被强盗掳走的妙玉，还有被夏金桂折磨而死的香菱，曹公用她们的血泪酿成了艺术之酒——千红一窟（哭），大家万艳同杯（悲）。与她们相比，有人觉得娇杏运气也太好了，道路平坦结局圆满。难道娇杏是个例外，这又如何解释呢，真的像脂砚斋说的"娇杏，侥幸谐音也"那样吗？

　　笔者不这么看。有道是"兔丝附蓬麻，引蔓故不长"，娇杏的命运并不掌握在自己手里，而且完全依附于贾雨村。那么问题来了，贾雨村值得依靠吗，他靠得住吗？答案显然是否定的。初时的贾雨村可谓一表人材，胸有点墨，谈吐不俗，颇有魏晋雅士风范，即所谓知识分子的清高。但雨村表里不一，就是羊粪蛋外面光，有贪酷之弊，又恃才侮上，性情狡猾，擅篡礼仪。别的不说，单就擅篡礼仪而言，就是致命缺陷，爱耍小聪明，到头来必然聪明反被聪明误。为官之后，染缸熏染，与臭恶同流合污，从得到护官符乱判命案时起，雨村已经蜕化为善于攀龙附凤，惯于颠倒黑白，指鹿为马，胡作非为，心狠手辣的卑鄙小人，他随时可以为了自己的一己之利，出卖朋友，恩将仇报，反戈一击。贾雨村对资助他的恩人甄士隐如此，相信在后四十回中他的戏份也会很重，在贾府大厦即倾之时完成他致命的临门一脚。生活中具有这样品行之人，沉沉浮浮，起起落落并不鲜见，家破人亡，妻离子散，甚至牢狱之灾也是可预期的。这样看来，娇杏的命还要说好吗？嫁给雨村还能被解读为侥幸还要庆幸吗！

　　在高鹗续写的《红楼梦》后四十回中，并没有提到娇杏的结局怎么样。但是，以曹雪芹在《红楼梦》一直贯穿的首尾对应的写法，他一定会在《红楼梦》的后面写到娇杏的结局。

　　《癸酉本石头记》当中，娇杏和贾雨村的下场都很惨。这本书根据"钗在奁中待时飞"，贾雨村后来又娶了薛宝钗为妻，娇杏又被晾到了一边。失宠后的娇杏，最终也是染病而亡。她的死法，和贾雨村原来的正室夫人的死法是一样的，这极有可能是作者巧妙安排的一个因果循环，说不定娇杏也是被薛宝钗害死的呢。这个版本的《石头记》我并不喜欢和认可，但其中雨村和娇杏部分也可能符合曹公之初心呢。

　　这样的写法才有意义，才能够警示世人："不要贪图一时的侥幸，毕竟出来混还是要还的。只有踏踏实实、按照正道去做人做事，好运才会一直伴随着我们。"

其实，笔者一直困惑，娇杏怎么这么巧出现在花园里撷花呢？从书中透露娇杏的内心活动看，甄士隐和贾雨村的关系，甄士隐是主动的一方，并在家中经常当着娇杏的面提及贾雨村，而且能够想象得到都是对贾雨村的正面评价，而且有意无意地告诉娇杏雨村必非久困之人，而且不乏对雨村相貌褒扬的评论。这才有了娇杏当时并不符合礼教的回首再回首的事。莫非是甄士隐有意为之，主动安排雨村与娇杏的花园相会，这也和后来资助雨村五十两银两之事一脉相通。五十两大银是很大的一个数目，也许甄府整个院落也仅一百出头而已。难道甄士隐在下一盘很大的棋，娇杏仅仅是他手中的一枚棋子。甄士隐看好贾雨村为潜力股，在做自己认为非常合算的投资。一般来说若没看走眼的话，这样的投资回报率都是十分惊人的，虽然不敢类比吕不韦投资异人的行为，但却就像雨村的同乡人士后来的红顶子商人胡雪岩投资困顿中的王有龄一样，娇杏之于甄士隐，并不准确地说，就像东汉末年司徒王允手上用于对付董卓和吕布的貂蝉！只不过第一士隐看人走了眼，第二阴差阳错事情衍变为现在这个版本。你品，你细品！

因麒麟伏白首双星浅析

"因麒麟伏白首双星"是《红楼梦》中著名的桥段，也是曹公设置的谜团之一。文本中"因麒麟伏白首双星"原本就让人雾里看花，雾眼朦胧；更加上《红楼梦》八十回以后文本的遗失，更加使人感觉到谜雾氤氲，双眼模糊了；外加上曹公和脂砚斋的诱导，更加一头雾水，不明就里了。

《红楼梦》问世以来，"因麒麟伏白首双星"一直属于热点话题，红学家和红楼爱好者大都乐此不疲，深耕细作，挖地三尺。"因麒麟伏白首双星"涉案人员众多，关乎红楼故事走向，主要红楼人物的命运及结局。

《红楼梦》第三十一回中，史湘云与丫鬟翠缕在大观园中大讲了一通"阴阳理论"，然后，翠缕看到湘云身上挂了一个金麒麟的首饰，便问史湘云道："这是公的，到底是母的呢……"而后，她们又无意中看到蔷薇架下又有一个金麒麟，比自己的金麒麟更大更有文彩，最后发现这个金麒麟是宝玉的。而贾宝玉的金麒麟却来自他和贾母一众人等去道观打醮时张道长对宝玉的敬献，其中还夹杂着张道士为宝玉说媒的情节。

围绕金麒麟的前前后后，曹公的迷魂阵是这样摆的，有关金麒麟如何伏白首双星的情节，曹公避实就虚，只字未谈，仅在回目中用于"因麒麟伏白首双星"八个字，而主要情节却是林黛玉因为贾宝玉和史湘云的金麒麟而两头吃醋，直至林黛玉听墙根听到宝玉"诉肺腑"并有所感叹，而且所叹对象非史湘云而是薛宝钗。我们来看：林黛玉因为害怕史湘云和贾宝玉因为金麒麟引发才子佳人似的举动，跑去偷听二人谈话。却听到贾宝玉说："林妹妹不说这样混账话，若说这话，我也和他生分了。"林黛玉听了这话，不觉又喜又惊又悲又叹。所喜者，果然自己眼力不错，素日认他是个知己，果然是个知己。所惊者，他在人前一片私心称扬于我，其亲热厚密，竟不避嫌疑。所叹者，你既为我之知己，自然我亦可为你之知己矣，既你我为知己，则又何必有金玉之论哉；既有金玉之论，亦该你我有之，则又何必来一宝钗哉……

红粉们根据曹公"草蛇灰线，在千里之外"的写作手法，断定"因麒麟伏白首双星"是个重大伏笔，也是个重大线索，其重要性类同红楼粉黛们的判词判曲，以及宝玉梦幻一日游，极可能预示着八十回以后的重大情节，事关整部小说的文本结构、故事走向、人物命运，纷纷做出解读和解析。

让人们首先想到的就是金麒麟的持有者贾宝玉和史湘云。在人们关注宝黛之恋，注目金玉良缘之时，原来生活在此拐了一个弯，贾宝玉和史湘云最终走到了一起，白头到老了。各位看官别忘了最先和宝玉一起吃玩，共睡一张床一块厮混的是史湘云，黛玉后来取湘云而代之，还招惹了湘云妒火中烧，决意加入宝钗战队，处处与黛玉为难。湘云有次穿上宝玉衣服连贾母都难以分辨，湘云口口声声"爱哥哥"等细节难道是冥冥之中上天的安排。贾宝玉对这位"憨湘云醉眠芍药裀""脂粉香娃割腥啖膻"的豪爽才女亦是一往情深，一听到史大姑娘来了，就"抬脚就走"。

坚信贾宝玉和史湘云为白首双星的学者是受到了脂砚斋的诱导，脂砚斋极富画面感的批注"寒冬噎酸齑，雪夜围破毡"，这十个字启发人们相信贾宝玉在抄家之痛之后，史湘云在丧夫之痛之后，机缘巧合，共同有过一段艰难困苦的日子，抱团取暖，结为伉俪。1987版电视连续剧《红楼梦》也犹抱琵琶半遮面地反映了贾宝玉和史湘云的劫后邂逅，只不过此时的湘云已经沦落为船妓歌女了，这是让人无法接受的。

领衔这一观点的是红学大咖周汝昌，由于周先生名气太大，追随者众多。周先生不仅喜欢史湘云，而且进一步研究得出史湘云就是脂砚斋，参与了《红楼梦》的创作。而且据说曹公是把《红楼梦》写完了的，一些人还都阅读过完整的《红楼梦》，脂砚斋就是其中之一。

认为白首双星是贾宝玉和史湘云的观点，其实留下了别人质疑的很大空间。首先是把"我要去当和尚"挂在嘴边的贾宝玉，这位神瑛侍者下凡间经历一番人间烟火之后，"食尽鸟投林，落了片白茫茫的大地真干净"，他的出路或结局只能是飘然出家，人们也无法想象"终不忘，世外仙姝寂寞林"的宝玉还会与宝钗或湘云等其他人白头偕老。这样的白首双星也不支持史湘云"湘江水逝楚云飞"。其次文本中贾宝玉和史湘云年龄尚小，岂敢轻言白首。但支持者说，白首岂是老年人的专利，还有白了少年头之说，君不见宝玉的扮演者欧阳奋强先生不就早生白发了吗？这真是一个萝卜两头切着吃!

有人抬出了脂砚斋的另一条批注, "后数十回, 若兰在射圃所配之麒麟, 正此麒麟也", 以己之矛攻己之盾, 颇有点打着红旗反红旗的意思, 认为伏的白首双星是卫若兰和史湘云。卫若兰在《红楼梦》中仅仅是一个文字符号, 无故事、无情节、无长相、有出场、无语言的连过客都算不上的说是跑龙套都被高抬了的就为吃一顿盒饭的群众甲, 曹公至于费心劳力浓墨重彩设下伏笔, 让众多的主角为他配戏! 显然这种说法并不靠谱, 并且质疑贾宝玉和史湘云是白首双星的疑惑同样存在, 漏洞更大。

不少人望文解义, 甚至是望文生义, 看到白首就附加了相濡以沫和白头偕老, 看见了双星就联想到了织女和牵牛, 只记得七仙女与放牛娃的爱情传说, 却忘记了天河所隔一年才通过鹊桥相会一次。有人还把牵牛与织女两星误解为参商两星, 那就张冠李戴, 谬之何止千里了! 参升商落, 商升参落, 永不相见, 从不交叉, 又如何白头偕老!

但也并不是说宝湘为白首双星就完全没有道理, 笔者曾经也支持这一说法, 但是故事可能更曲折, 时间需要划分不同的时间段, 也许的也许, 宝玉和湘云确有一段抱团取暖的日子, 湘云在贫困交加中逝去, 宝玉看破红尘飘然出家, 而绝不是宝玉先出家湘云再在贫困中孤独逝去。

这么看来, 莫非 "因麒麟伏白首双星" 无解? 也许我们出发伊始路径就分岔了, 走的愈远距目的地愈远, 一切都南辕北辙, 事倍功无了。要想把握事物, 就要了解事物构成三维, 即事物的过去、现在和未来。我们只想到了伏后, 却忘记了伏前和伏现, 这次恐怕我们真的想多了, 被曹公一叶蔽目, 眼皮子底下就有一对白首, 我们却视而不见, 没错, 就是贾母和清虚观的张道士!! 真是山穷水尽疑无路, 柳暗花明又一村。

贾母和张道士才是金麒麟的物权原主。我们知道, 史湘云是贾母娘家的嫡亲侄孙女, 很受贾母疼爱。史湘云之父死后, 贾母曾将她接到自己身边住了多年。这个雌性金麒麟本是贾母珍藏之物, 因疼爱史湘云而赠之。后来史湘云之母亡故, 回史侯府奔丧, 就在叔婶那里住下了, 随之林黛玉来到荣国府。张道士却一直把这个更大更有文彩的雄性金麒麟珍藏在身边, 这次旧事隐提并当着贾母的面把金麒麟转赠宝玉。曹公在第三十二回中借林黛玉之口揭示说, "原来林黛玉知道史湘云在这里, 宝玉又赶来, 一定说麒麟的原故。因此心下忖度着, 近日宝玉弄来的外传野史, 多半才子佳人都因小巧玩物上撮合, 或有鸳鸯, 或有凤凰, 或玉环金珮, 或鲛帕鸾绦, 皆由小物而遂终身", 应该说林黛玉第六感不差, 金麒麟背后有故事, 只是连林黛玉也没想到这故事应在了贾母和张道士身上!

更符合逻辑的事实可能是, 想当年侯门千金贾母与才子张道士两情相悦, 甚至私定终身, 有定情物金麒麟为证, 只不过世事无常, 这段姻缘无人祝福, 更无人做主,婚姻大事讲究的是父母之命,媒妁之言,最终荣国公之长子贾代善迎娶了后来被称为贾母的史侯嫡娇女。张道士因为伤情,终身不娶,宁愿做贾母丈夫贾代善替身出家修道。只不过贾母以孙媳妇之名进入贾府,多年的媳妇儿熬成婆,成了贾府的老祖宗。啊,这简直就是宝黛之恋的翻版!问世间情为何物,直教人生死相许!

"替身出家"实际上也是一种"能量传递"。某人认为"佛法"将有助于自己,但自己又不愿苦修获得佛法,所以就找一个替身,以自己的名字出家,获得的佛法就落在自己的名下了。当然那位顶替的是白忙活的,也就是说,"替身出家"所获得的佛法通过"能量传递",转到了自己身上。当然张道士替贾代善出家修道,也可能贾府是花了银子的,但透过金麒麟可以看出张道士是殉情疗伤的!

如果是这样,清虚观打醮,当张道士旧事隐提时,触发了贾母内心深处最薄弱的部分当众泪流满面;当黛玉仍蒙圈吃醋宝玉时,贾母急得抱怨说:"我这老冤家是那世里的孽障,偏生遇见了这么两个不省事的小冤家,没有一天不叫我操心。真是俗语说的,'不是冤家不聚头'。"以及贾母后来劝解王熙凤的"从小儿世人都打这么过",等等,文本中这样一些细节就容易理解了,也就愈发生动了。"不是冤家不聚头"这句话着实也安慰了情窦初开的贾宝玉和林黛玉。

"因麒麟伏白首双星"反映了一段刻骨铭心的悲情姻缘,无论故事过程还是结局,不禁让人感慨万千,不胜嗟叹。当然宝黛之恋才是主线,"因麒麟伏白首双星"是宝黛之恋的花边插曲,同时也是宝黛之恋悲剧性结局的预示。

谁是告密者

《红楼梦》第七十七回中,大观园被大清洗,怡红院首当其冲,撵走了晴雯、芳官和四儿。王夫人在怡红院亲自对众丫头一一面审,按图索骥,除晴雯外,拿了黑名单中的四儿和芳官,昭示四儿罪过是,四儿说过和宝玉同生日的就是夫妻的话,芳官的罪过是教唆宝玉要让柳家女儿五儿进怡红院,并且话语中透露她知晓芳官和她干娘的矛盾始末。四儿和芳官的这事相当私密,四儿这话应是在宝玉生日夜宴黛玉等离场之后的下半场讲的,芳官和五儿之事尚未进入操作层面,只是前期运作,甚至连花袭人、麝月、晴雯、秋纹等怡红院大丫头都并不知晓,现在王夫人却全都知道,王夫人并公告,她身子虽然不在怡红院,然她心耳神意却时时都在这里!这事细思极恐,谁也不知道王夫人掌握的黑名单到底有多长,有谁无谁,都记录些何人何地做何事说何话,恐怖,非常恐怖,显然,有告密者!

告密在中国源远流长,在国外历史悠久,告密对社会秩序的破坏力巨大,但是当权者却对此情有独钟,无比偏好,视为驭人之神器,它也确实在破坏一个旧世界建立一个新世界的过程中屡立奇功。古今中外凡是告密盛行的时期，都不是什么好的社会形态，大多是白色恐怖，人人自危，口是心非，口蜜腹剑者众多，阴险背叛常态化，大家都要戴着假面具自保，看准机会对别人使绊子，放冷枪，甚至父子相互算计，夫妻互相反目等违反人伦之事并不鲜见。汉武帝的"告缗令"，武则天发明的检举箱，清朝皇帝的密谏匣子，都会让人不寒而栗，造成社会动荡。斯大林的大清洗和大屠杀，国民党在大陆及台湾岛的白色恐怖统治，中国的"文化大革命"等都是人类历史发展长河中的至暗时刻。

台湾学者王鼎钧这样描述国民党在台湾时的白色恐怖，觉得自己身边当年遍布告密者："那时偌大的办公室只有一具电话，我接电话的时候，总有工友在旁逗留不去，他们让我看见'竖起耳朵来听'是个什么样子。他们好像无所用心，低着头擦不必再擦的桌子，但眼珠滚动，耳轮的肌肉形状异乎寻常。如我会客，总有一个工友殷勤送茶换茶，垂着眼皮，竖着耳朵。……那时，工友是他们得力的耳目，管理工友的人必定是'组织'的一员。"可悲的是现在的职场上这种现象并未绝迹。

贾宝玉显然也意识到了怡红院中有了背叛者，私下向王夫人告了密。对此贾宝玉颇为疑惑道："咱们私自顽话怎么也都知道了？又没外人走风的，这可奇怪。"这位仙界来客哪里知道人世险恶和人心不古，但却也有自己的分析，宝玉道："怎么人人的不是太太都知道，单不挑出你和麝月秋纹来？"在这里，显然宝玉怀疑是袭人、麝月和秋纹告的密。曹雪芹在《红楼梦》中布下了很多迷阵，怡红院的告密者是谁就是其中一个。因为文本中没有讲谁是告密者，这个200年来的疑案就吸引着无数红迷不倦地旁征博引，分析案情，推理判断，挖地三尺，寻觅线索试图破案。

因为贾宝玉上面的这句看似合理的话，花袭人、麝月、秋纹等人被很多红迷们吊打了200年，可能还会吊打下去，他们右手拿着放大镜，左手翻看着文本，字里行间寻找着告密者的蛛丝马迹。但是他们只能得到袭人、麝月、秋纹等人有作案的动机和作案的条件，却拿不出她们告密的直接证据。这让他们很失望。也许破案的方向一开始就是错的，贾宝玉的这句话可能就是曹公故意摆的迷惑阵，如果是那样的话，曹公也太不厚道了。

花袭人宽厚老实，心地纯良，明理包容，克尽职守，温柔和顺，做人本分，任劳任怨，把宝玉照顾得无微不至，虽说有在王夫人面前打小报告而涨工资的前科，但一是她的认知的确如此，二是她的职责所在，三是报告内容都是宽泛抽象没有具体所指的。她作为怡红院首席大丫头，贾宝玉准姨娘的角色，行使着对诸丫头管理的权力，但从来都是宽容对事对人，大事化小，小事化了，充当着和事佬和稀泥的角色。荣府的管理向来不问是非，凭结果进行连坐问责。宝玉或怡红院出了事，包括袭人在内的哪个丫头能脱责，甚至哪房哪院出了事，连主人脸面都无光。所以坠儿偷玉，宝玉魇怔以及珍珠霜玫瑰露事件，她们首先想到的办法就是隐瞒，怎么会自揭疮疤家丑外扬呢！何况芳官和五儿之事大概率袭人等大丫头并不知晓。麝月

（袭人和晴雯原属老太太的，麝月则可能原属王夫人）虽说在王夫人处得宠，在王夫人处有话语权，但却得到和袭人一样笨笨的评价，宝玉也言麝月和秋纹是袭人亲自调教出来的，麝月整个就是袭人的拷贝。至于秋纹则连接触上层的机会都很少，仅有的送花得赏则分外激动，四处炫耀，这么单纯可爱的小姑娘，与告密者形设相差甚远。不仅是袭、麝、秋三人，就是整个大丫头团队出现告密者的概率都很小。

事实上，怡红院的大丫头们具有团队精神，而且姐妹情深。在怡红院大丫头团队是团结的，属一个战壕里的战友，团结一致，配合默契，各展所长，又能相互补台，特别是对外作战表现更为突出。在与芳官干娘的战斗中，袭人坐阵指挥，遣兵派将，自己守拙，雪藏晴雯，派出大将麝月，结果大获全胜。她们知道她们之间是利益甚至命运共同体，一损俱损一荣俱荣的道理，必须抱团取暖，团结对外。这个外既包括了怡红院以外的力量，也包括和她们不属一个圈层的老妈子、老嬷嬷们，以及归属她们管理的二等及以下丫头们。例如她们在管理林红玉、坠儿等小丫头的问题上，高度团结。

大观园中大丫头的地位也是时间熬出来的，大多具有相同或相似的成长经历。鸳鸯就曾说，包括袭人、晴雯、麝月在内的荣府十姐妹，从小一起长大，在一起什么话不说！所以这些人姐妹情深，怎么可能出卖晴雯，事实上王夫人也就仅仅掌握晴雯骂小丫头的事实，还是她亲眼看见的。晴雯生病以后，麝月和秋纹床前仔细照顾，晴雯被赶出后，袭人不等宝玉发话，瞒上不瞒下，已将她素日所有的衣裳以至各什各物总打点下了，都放在那里。且等到晚上，悄悄地叫宋妈给她拿出去。还有攒下的几吊钱也给她罢。

通过以上的分析，大丫头团队告密晴雯是小概率事件，告密四儿和芳官虽说有可能但也能给自己带来负面影响，杀敌一千自损八百，得不偿失，也属小概率事件。

细心的读者一定也注意到了，书中对于告密者也是留有线索的。文本中说原来王夫人自那日着恼之后，王善保家的去趁势告倒了晴雯，本处有人和园中不睦的，也就随机趁便下了些话。王夫人皆记在心中。因节间有事，故忍了两日，今日特来亲自阅人。这段话虽然可做不同的解读，但笔者从此可以基本认定，告密者大概率来自老妈子老嬷嬷这个群体，至于告密者是否在怡红院当差却并不能肯定，关键在于对"本处"两字的理解和解读。本处就是王夫人处，上下文承接自然流畅，上有王善保家的趁势告倒了晴雯，下有随机趁便下了些话，故告密者就是当时在王夫人处的老妈子老嬷嬷中的一位甚至几位。

这样看来，在宝玉提出自己的疑惑并疑袭麝秋等人时，袭人淡定说道："你有甚忌讳的，一时高兴了，你就不管有人无人了。我也曾使过眼色，也曾递过暗号，倒被那别人已知道了，你反不觉。"这段话如果并不单指向宝玉而适应怡红院全体员工的话，无疑是十分正确和有远见卓识的。读者朋友还记得不记得文本中在怡红院夜宴时在大家得意忘形之时两次不留痕迹给出了几个字提到了服务中的老妈子！

怡红院的主子地位特殊，李纨的丈夫不幸早亡，嫡子独苗宝玉得到了贾母、王夫人等上层的万千溺爱，怡红院一人得道鸡犬升天，连丫头们都有头有脸，宝玉携他的团队长期稳居 C 位，难免不招人羡慕嫉妒恨，连赵姨娘、贾环都是如此，下人们有此想法的想必不少。正是在怡红院当差有头有面，柳嫂才想方设法欲让闺女五儿进怡红院。

文本中怡红院的丫头团队与老妈子团队的矛盾由来已久，结下了不少的梁子。有过过节的名单可以拉上长长的一串，例如宝玉的奶妈李嬷嬷、偷玉的坠儿之母亲、芳官的干娘、三爷的娘赵姨娘等，其实绝不限这些人，还有更多。王善保家的和晴雯的过节，书中都没有介绍，不明原因的还有撵走晴雯后兴奋解气大骂晴雯的门房大妈。还有煽风点火添油加醋地向赵姨娘打小报告的夏婆子。袭人的团队居高位，受瞩目，实力又不允许低调做人，对外作战战斗力极强，口齿伶俐，只进不退，尤以晴雯为代表。种瓜得瓜，种豆得豆，平日里得饶人处不饶人，只顾一时痛快，殊不知吵架得胜之时你就已经输了，这次让人暗算，一次性被人拉了单子。当然素日受大丫头们打压的二等及以下丫头们也有可能出现告密者，这种概率也是有的。案情只能分析到此了，由于缺乏大观园全景式全天候的音视频资料以及布局完善的 CCTV 局部网络，怡红院的告密者除王善保家的以外还有谁，还有待于今后的红迷们再接再厉持续研究。

曹雪芹在《红楼梦》中布下很多迷阵，有一些非常重要，但我认为有一些迷阵真实答案并不重要，曹公只是虚晃一枪，怡红院的告密者，薛宝琴出的 10 个灯谜，所谓的正解就不重要。如果轻易就知道了怡红院的告密者是谁，就没意思了，作品的深刻性就会被打折，就没有力量。一个老兵必须知道危险不仅仅来自冲锋陷阵和正面的敌人，更要防住打冷枪和知道冷枪可能来的方向。《红楼梦》这部伟大的作品搂草打兔子，深刻揭露和批判了告密者这一危害极大的社会现象。虽然《红楼梦》是一部反儒教礼教的伟大作品，但儒家主张的君子坦荡荡，小人常戚戚还是对的，孔老夫子反对大义灭亲，主张父为子隐，子为父隐也是对的。我们这个民族在经历了几次告密盛行造成的浩劫后，2015 年 4 月 9 日《人民日报》号召守住不告密不揭发的道德底线，振聋发聩！耶稣遭叛徒犹大出卖，犹大一词在西方文学中被引申出了许多典故：犹大已成为叛徒的代名词和叛徒一词的出处。"犹大之吻"已成为告密的暗号的代名词，也是假装亲热、口蜜腹剑、阴险、背叛的同义语。希望能形成一种力量，反对告密，让告密成为过街老鼠人人喊打。守住底线，不告密不揭发，从娃娃抓起，让我们的生活更美好，充满阳光。

同时我也认为告密行为不会消失，原因有二：一是告密这种方式投入产出比太大，甚至无本净利，诱惑力十足；二是有人有此需求。检举与告密从本质上讲没有区别，仅仅是用词褒贬而已。那么如何选择呢？这真是一个古今中外纵横几千年的难题，如何破解呢？我的体会是面对这样的选择，要口对着心，对自己没有功利驱动，就是你的行为要和你的价值观一致。简约处理就是专业的事交给专业的人去办。这可能也不是最好的办法。

贾母的平民意识

　　贾母，《红楼梦》中主要人物之一，曾是荣府掌舵人，现已退居二线，为荣府顾问委员会主任。在整个贾府中，辈分最高、年龄最大、权位最高。

　　贾母出身于"阿房宫三百里，住不下金陵一个史"的金陵世族史侯家，政治婚姻使她进了"贾不假，白玉为堂金作马"的贾府的门，成为荣国公贾源的长子贾代善的夫人，生有贾赦、贾政、贾敏三个儿女。贾宝玉是她的孙子，林黛玉是她的外孙女，史湘云是她的侄孙女。

　　贾母福寿双全，享尽了人间的荣华富贵。她有满堂的儿子、媳妇、孙子、孙女、重孙女、重孙媳妇孝敬她；有数不完认不清的丫鬟、婆子、小厮服侍她。贾母的八十寿辰，正日子是八月初三，从七月二十八就开始在荣、宁两府齐开筵宴，直到八月初五，整整七日。热闹豪华，非往日家庆活动所比，显示了这位太夫人的尊荣。贾母是一个诗礼簪缨之族的贵夫人。她见多识广，很有修养。她初嫁到贾府时，正是荣国府的鼎盛之时，曾躬逢几次金陵接驾的盛典。

　　贾母这样的人设，若是从一般的划分标准看，贾母无疑是典型的贵族老妇，但让人意外的是通读全书后却发现，文本中有很多处透出贾母的贵族意识淡薄，漠视等级差异，看重与尊重生命，她会时常流露出一些平民意识和倾向，甚至具有某种层次上的悲悯情怀。过去笔者也注意到这种现象并把其归因为贾母的情智商双高，缺乏深层次思考而流于表面。但深思后发现这是体现在曹雪芹 / 贾宝玉身上佛性价值观取向的隔代遗传因子。

　　平民是指普通市民、公民，没有任何特权或官职的自由人。古时不是贵族或官员的人，都称平民。平民本指平善之人，后泛指普通老百姓。平民是相对于贵族而存在，这一概念的内核周围站立着阶层或等级、公正与特权、自由与平等，以及对生命的尊重等这样一些字词。显然，把贾母与曹雪芹 / 贾宝玉的价值取向划为同类并不合适，但的确存在某种内在联系，前者是后者的一种萌芽状态，这种状态有时甚至是模糊的气若游丝的，不宜扩大化的拔高从而改变贾母的原来的人设。

一

　　贾母自己聪明干练，明事达理；智慧风趣，谈吐生风；胸中沟壑，张弛有度；

心怀善良，富有佛性。贾母性格外向，口齿伶俐，爱憎分明，直多曲寡，同质相惜使她十分喜欢王熙凤、林黛玉、鸳鸯、晴雯、秦可卿等人，以及稍逊一点儿但忠诚有加的花袭人、紫鹃等人。但是贾母对于其他弱势群体的人也给予充分的尊重，给予怜悯和温暖，体现了生命平等的萌芽理念。

贾母面对弱势或弱小的生命时的口头禅是"可怜见的"，并总是给予照顾或赏赐。贾母身边长期留用智障姑娘傻大姐，是贾母的怜悯弱小生命的生动体现。能到荣府特别是贾母、王夫人、贾宝玉以及几位小姐处当差做奴是众多底层人士的梦中期待，我们该不会忘记柳嫂的女儿五儿苦求芳官想进怡红院的著名桥段吧！贾母对村妪刘姥姥也是怜悯有加，这才引发了刘姥姥数进大观园的精彩情节。这样的细节文本中还有很多，例如贾母疼怜并加赏家养的小戏子的情景，又比如贾母礼让家中老奴赖嬷嬷在自己屋里坐着回话，而少主子王熙凤等只能旁边陪站。

二

文本中最能体现贾母怜悯情怀的是小沙弥桥段，这个桥段既充分体现了贾母的悲悯，又艺术性地批判了王熙凤的作派，所以说《红楼梦》是一本有关修行的文学巨著。我们看一看这个故事。

清虚观打醮时，凤姐被一个来不及躲出去的小道士撞个满怀，不分青红皂白大嘴巴子就呼上去了，跟着的姑娘丫头老妈妈们都叫着要打，而贾母看到后倒是百般心疼，忙道："快带了那孩子来，别唬着他。小门小户的孩子，都是娇生惯养的，那里见的这个势派。倘或唬着他，倒怪可怜见的，他老子娘岂不疼的慌？"难能可贵的是贾母此时还能换位思考。之后又专门交代别难为了这孩子并有银哄赏。这也反映了贾母与王熙凤两人修行之路的差异，也难怪贾母能福寿双全。

三

第二十九回，清虚观打平安醮时，张道士突然心系红尘，给宝玉提亲，这很可能是金玉良缘派的一次设局，对此贾母断然拒绝。贾母道："上回有个和尚说了，这孩子命里不该早娶，等再大一点儿再定罢。你可如今也打听着，不管她根基富贵，只要模样配得上就好，来告诉我。便是那家子穷，不过给他几两银子也罢了。只是模样儿性格儿难得好的。"贾母的这一即兴发挥，虽然是谢绝张道士的一种遁词，但也反映了贾母对爱情和婚姻的基本看法和认识。这样的认识其实并不十分与封建礼教的观念合拍，在这里什么等级、门户等这些门当户对的东西都不重要了，媒妁之言，父母之命也不强调了，最重要的是选人的标准突破了封建礼教的传统认知。在当时的历史条件下，贾母能有这样的认识是非常前卫的，也是相当不容易的，这可是给她看作活龙一样心爱的宝贝贾宝玉选择对象呀！

四

贾母身上出现的平民意识是从哪里来的，是从天上掉下来的吗？贾史王薛四大家族是一个无法分割的综合体，一损俱损，一荣俱荣。建造这个综合体的最佳黏合剂是婚姻即政治婚姻。最早进行政治联姻的是贾史两家，贾母最初是以重孙媳妇儿的身份进了贾门，侯门深似海，旧时媳妇不好当，礼节多，规矩大，风风雨雨60年，百炼成钢，数十年的媳妇儿熬成婆，终成贾府最高权势者！

遥想贾母一生，必定历经风浪，在鼎盛期的贾府管理层，在数十年媳妇熬成婆的过程里，在大家族的钩心斗角中，她积累了比凤姐更多姿多彩的人生经历，见识过更宏大壮阔的世面，具备了更丰富有效的理家之才和治家之威。贾母的太上家长位置，是一点点用青春和时间置换出来的。

60年里她经历了太多，这些阅历让她洞悉人生。贾母除了丰富家族治理体系和能力外，更懂得了人情世故，人性特点，学会了设身处地和换位思考，知道了人生及生活的不易。平和、善良、宽容、怜悯等元素逐渐在心中生根发芽，所以她有一种睁一只眼闭一只眼的通达。

还有另外一个角度，即贾母的政治婚姻幸福吗，贾母自己满意吗？文本中并无答案，但可依据两处情景分析使紧闭的大门打开一道缝隙窥一斑而及全豹。一是在王熙凤生日当天，王熙凤宴中离席回房把夫君贾琏捉奸在床，夫妻打闹至贾母处，我们仔细阅读一下贾母的劝解词，贾母笑道："什么要紧的事！小孩子们年轻，馋嘴猫儿似的，哪里保得住不这么着？从小儿世人都打这么过的。都是我的不是，叫你多吃两口酒，又吃起醋来。"画重点的是"从小儿世人都打这么过的"，这说明贾母也是这么过来的，你得忍，你得熬，这是贾母对男权社会的控诉。

另一个情节则是揭露贾母的丈夫贾代善有家暴行为。第四十五回赖嬷嬷因又指宝玉道："不怕你嫌我，如今老爷不过这么管你一管，老太太护在头里。当日老爷小时挨你爷爷的打，谁没看见的。老爷小时，何曾象你这么天不怕地不怕的了。还有那大老爷，虽然淘气，也没象你这扎窝子的样儿，也是天天打。"

喜欢拈花惹草又有家暴偏好的贾代善能给贾母带来什么？各方面俱优百里挑一的贾母看来自己的命运亦不能自己做主，可能成为贾史联姻的牺牲品。书中暗示，贾母和清虚观的张道士"因麒麟伏白首双星"，可能另有故事，这可真是"又有一把辛酸泪"。

我们不去深究贾母经历了些什么，但我们的确看到了贾母的平民意识对曹雪芹/贾宝玉三观的重要影响。

俏平儿之路

　　平儿是王熙凤的陪嫁丫鬟，也是贾琏和王熙凤的通房大丫头，贾琏的准姨娘。曹公对平儿用墨超过袭人、鸳鸯、晴雯等人，精心塑造艺术形象，上过四次回目，并用一个"俏"字来总结平儿。平儿作为荣府总经理王熙凤的助理，接近权势，地位显赫，是上层与中下层沟通的桥梁，上传下达，表面十分风光。大奶奶李纨都对平儿羡慕嫉妒恨，有一次佯装喝醉酒了，在平儿身上乱摸并摸到了内心觊觎已久的硬邦邦的象征着权柄的仓库钥匙。一个人在社会上的人脉资源，有时候并不在于你认识多少个达官贵人和总经理，而在于你认识多少个像平儿这样的总经理助理。因为上层要装又不屑于办小事，即使要办也不会亲自去办，也得靠平儿们去办，而平儿们去办就可以不动声色悄摸出溜地办了。按道理在荣府步入下行轨道之机，要维持庞大荣府的日常运行与用度，已属不易，况事情偏七出八出千头万绪，处处需要用钱，却各方掣肘。在这种情况下，总经理助理并不好当，搞不好两头受埋怨，就像风箱中的耗子一样，拉送两头都受气。但平儿却活出了自己的精彩，居C位，赢好名，标准的职场强者。红迷中喜欢平儿的众多，讨厌平儿的几乎为零。文本中平儿在大家心目中，特别是中下层中威信较高，兴儿就曾对尤二姐透露，平儿为人很好，常背着王熙凤做一些好事，下人们有了不是，也常求着平儿摆平。熙凤屈打平儿之后，宝玉通过给平儿补妆，也使宝玉和平儿这两个熟悉的陌生人开始了相互理解并互相关注，精神层面上能够有所沟通。在八十回之后，很多红学家和红粉相信，贾琏甚至休了王熙凤，扶正了平儿。如果说平儿人生之路是成功的，那么她又是如何做到的呢？

　　名为主仆，实为闺蜜。王熙凤和平儿虽然一个主子，一个丫鬟，但其实从小一块长大，形影不离，更像闺蜜和玩伴，且俩人在王熙凤嫁入贾府之前，就像史湘云一样都有长久的贾府成长经历。这一信息散落在文本各处，分别由贾珍、王熙凤、鸳鸯透露出来，若不经意极易漏掉。第十三回中秦可卿归西后，尤氏又在病中，宁府混乱不堪，贾珍向邢王二位夫人求情让王熙凤帮忙协理宁府时说，从小就见妹妹（指王熙凤）杀伐决断，婚后愈发出息了。说明王熙凤从小经常在贾府生活。第五十四回中王熙凤亲自道出：外头的只有一位珍大爷。我们还是论哥哥妹妹，从小儿一处淘气了这么大。这几年因做了亲，我如今立了多少规矩了。便不是从小儿的兄妹，便以伯叔论，我这里好容易引得老祖宗笑了一笑，多吃了一点儿东西，大家喜欢，都该谢我才是，难道反笑话我不成？第四十六回中鸳鸯人生遭遇重大变故，被荣府大老爷贾赦（色）看上了，鸳鸯不从，跑到大观园与平儿有一段聊天，书中说鸳鸯红了脸，向平儿冷笑道：这是咱们好，比如袭人、琥珀、素云、紫鹃、彩霞、玉钏儿、麝月、翠墨，跟了史姑娘去的翠缕，死了的可人和金钏，去了的茜雪，连上你我，这十来个人，从小儿什么话儿不说？什么事儿不做？所以说王熙凤像史湘云一样婚前常来贾府，平儿作为贴身丫鬟陪伴，所以俩人对贾府太过熟悉，说不好平儿就是王熙凤与贾琏的牵线拉纤者，发挥着红娘的角色作用，王熙凤和平儿的关系自然深厚与众不同。

我们知道王府老巢在金陵，并不在京城，是因为王夫人的爹曾经在京为官，王夫人与王子腾（并王仁和王熙凤）作为随属居京，贾王联姻，王夫人嫁给贾政，这样才有王熙凤和平儿经常出入贾府的经历。另一条线索说明也正因为如此，乡村老妪刘姥姥才有机会认识王夫人，才会到荣府寻亲。

忠诚主子，做事低调。长期地厮混，使平儿和王熙凤不仅仅相互知悉，更重要的是互为认可，俩人都是精明能干之人，难免有些"聪明相惜"的感觉与认识，就是气味相投。平儿作为仆人对王熙凤的确是"一味忠心赤胆服侍"。凤姐想不到的，她替凤姐想到；凤姐顾不全的，她替凤姐周全；凤姐不便低声下气服软的，她替凤姐作小服低。即使在凤姐酒气泼醋、打了完全无辜的平儿之后，她也只是轻描淡写地提一句"难道这脸上还没尝过的不成"。接下来凤姐让她坐下一起吃饭，她"屈一膝于炕沿之上，半身犹立于炕下"，吃完饭又"服侍漱盥"，丝毫没把自己当成"二房"，而完全以凤姐的丫头奴才自居。

平儿的忠诚也并非"死忠"，不问是非，完全照办，而是有补充，有完善，有规劝，有谏言，甚至有隐瞒，有反对，但无论如何，平儿都是以王熙凤的利益作为出发点和宗旨的。无论是软语救贾琏也好，探春理政时周旋探熙关系也好，私下规劝熙凤适当放手宽严相济也好，甚至违背熙凤意愿示好尤二姐也好，无不如此。对此王熙凤是领情的，所以关键当口，重要事项也都私下找平儿商量，听取平儿这个参谋的意见。

办事精干，心存善良。凤姐作为荣国府的当家人，大权独揽，掌管荣国府的一应大小事务，她自己固然能干，但想要把这个大家族经营得有声有色，必须有一个不仅顺从，而且可以出谋划策的得力助手，这个人就是平儿。李纨就多次评价过她们主仆的关系"你就是你奶奶的一把总钥匙；凤丫头就是楚霸王，也得这两只膀子好举千斤鼎"，这是对平儿最为形象的概括。平儿在辅助凤姐做决策之时，发挥与凤姐的威严形成对比的宽厚作用，在凤姐和各层人之间扮演一种维持平衡的角色，作为王熙凤的陪衬、附属、补充出现的。

在人际关系复杂的荣国府中，作为凤姐的得力助手，平儿出色地履行了自己的职责，在做好日常工作的同时，平儿的为人处事之道，生动地体现为一种"平衡之道"，而这种平衡之道，时刻贯穿于她对各方关系的处理之中。事实上，曹雪芹以"平儿"为其命名，寓意本身就耐人寻味且发人深省，而平儿所作所为蕴含的生活智慧带给人们的启迪无疑是深刻而丰富的。

平儿的平衡之道的基因内核是善良，对刘姥姥如此，对尤二姐如此。在茯苓霜玫瑰露事件中，无论是对当事人彩云、玉钏、五儿等人，还是对波及的环三爷、探春都以善良为怀。坠儿事件的处理，对晴雯、宝玉、坠儿等也都如此。所以平儿之善良并没有停留在表面，而是有着深刻内涵的，具有人文关怀和悲悯情怀的。

适时权变，情智卓越。平儿办事洞察大局，灵活权变，总是能根据事物发展的前因后果和发展演变做出正确选择，争取最好结果，不为条条框框所限，反对本本主义。只消举出回目上见名的几处就可了然："俏平儿软语救贾琏"（第二十一回）、"俏平儿情掩虾须镯"（第五十二回）、"判冤决狱平儿行权"（第六十一回），在这里，不论是"救"、是"掩"还是"行权"，都有一个共通之点，就是为他人排难解围，而且都是凭借凤姐的信任瞒哄凤姐成全别人。在琏凤之间，平儿当然站在凤姐一边，但平儿全无凤姐那股醋劲儿，从不挑妻窝夫、拈酸吃醋，对贾琏的外遇看得很淡。她之前顺手藏过多姑娘的头发，救援贾琏，不过息事宁人，居然化险为夷，免去一场醋海风波。至于"虾须镯"和"玫瑰露""茯苓霜"事件，都是发生在丫头之中的窃案，而且都已察知了作案之人。事情经由平儿处理，不仅弄清了案情的来龙去脉，而且虑及到当事和牵连的各方人物，以体谅之心和宽容之道，缩小事态、化解矛盾。这绝不是庸俗的和事佬，而是睿智的仲裁者。虾须镯是宝玉房中的小丫头子坠儿偷的，如果吵嚷出去，一则恐素日回护丫头女儿的宝玉被人抓住把柄；二则怕袭人麝月等宝玉房中的大丫头面子难堪；三则犹恐爆炭一样个性的晴雯病中添气，发作出来。因此平儿的权变为公不为私，充分展现了她的高情商和高智商。

俏的主义是形象出众，漂亮，近义则还指灵巧和机灵，拓展义则含出彩和出众，也指情智商高。曹公用俏字概括平儿，准确倒是准确，却很不完整，以上基本是平儿光鲜亮丽的表面，其实透过这些表面，平儿也有背后的无奈和心酸，有着说不出的苦，命运同其他红楼女子一样悲惨，但却是胳膊折了往袖筒里缩，哑巴吃黄连有苦说不出。千红一窟，万艳同悲，红楼女子哪个又能逃出这样的宿命！

首先看身世，平儿是哪里人，她父母是谁，她又姓什么？这些都是一问三不知。鸳鸯姓金，袭人姓花，金钏玉钏姓白，芳官姓花等，对于平儿这样一个重要角色，平儿竟然无姓，家庭背景亦是一无所知，曹公这葫芦里卖得什么药？平儿除了身世的隐藏还隐藏了些什么？如果说平儿是王府家生的奴才，那么她的身世应该是清楚的，平儿身世成谜只能说明平儿是被买来的，而且只能是从人贩子手中完成交易的，谁又知道这里边又有什么样的故事。这样看来平儿又是另一个香菱，甚至比香菱命运还要多舛，香菱自己不知道自己的身世，但《红楼梦》的读者知道呀，这点就比平儿强！还有同样没有姓的晴雯，却有一个不成人的表哥，而平儿什么也没有！

再来看看平儿的身份。平儿是熙凤的陪嫁丫鬟，琏凤的通房大丫头，贾琏的准姨娘。通房丫头，旧时指名义上是随女主人一同陪嫁到男方家的婢女，实际是姬妾的人。在《刘心武揭秘红楼梦》中讲到，以平儿为例，通房丫头就是主子夫妇行房事的时候，她不但可以贴身伺候，还可以在主子招呼下，一起行房。通房丫头，从"通房"二字上可以看出其是最得宠的丫鬟，因为要便于夜间伺候主人，所以她的卧室是与主人的卧室是连通的。通房丫头（在其年少时）最容易窥见闺房之乐，故易早熟，又有近水楼台先得月的优势。在中国古代婚姻制度中通房丫头的地位要低于侧室。只有办了手续、有了名分的通房丫头才能被称侧室。通房丫头在性事上和侧室差不多，地位却不如侧室，因为没有名分。

通房丫头是媵妾制的变异。媵妾制就是贵族一夫多妻制，理论基础是多子多福，故贵族男子多妻被视为合理合法，特别是到了一定年龄仍然无后时，其妻不得干预或阻止丈夫迎娶新人，更有甚者还要鼓励和帮助丈夫纳妾，以显示自己贤良，就像邢夫人帮贾赦说媒欲纳妾鸳鸯一样。古时，贵族女子多有性格分裂，平生都忙碌与挣扎在追求爱情的专一和佯装贤惠与大度应对媵妾的过程中，这就是贵族女子的烦恼。孔圣人认为士大夫及以上可有媵妾，到唐时，四品及以上除妻外再娶称媵，五品及以下称妾，媵妾数量按照官位有严格的规定。还是穷苦百姓来得实在，一夫一妻，男子叫匹夫，女子叫匹妇，少去了多少烦恼！媵妾制发展到后来就有了多种形式的发展存在，也不仅仅看身份地位，孔方兄话语权越来越大。

王熙凤是个聪明人，既然贾琏纳妾无法阻挡，特别是贾琏还和他爹一样是个色鬼，那么帮贾琏找一个知根知底对自己忠心耿耿的能控制的心腹或陪嫁丫头充当小妾，对外还能博得好名声，那就是退而求其次的无奈选择。通房丫头又是驭人之术的一大发明，身份还是仆人，又给了你无限的希望和晋升机会，这一过程还可以公开，也可以半公开甚至不公开，也并不需要通过常委会讨论，更免去了惹人烦的程序和手续，需要的仅仅是一个默契，尤为重要的是通房丫头可以随意随时废立，还可借此控制爷们儿！《红楼梦》中地位尴尬的通房丫头并不鲜见，宝玉房中的袭人是，薛蟠房中的香菱也是。所以通房丫头名不正言不顺，其权益无法保障，只能战战兢兢，如临深渊，如履薄冰地生活。这就是后来的贾琏私娶的尤二姐，贾赦赏赐给儿子的秋桐都位于平儿之前的缘故，平儿又能如何！

最后看看平儿的生存环境。我们知道，王熙凤精明强干，心狠手辣，做事决绝；贾琏不务正业，一味好色，与王熙凤同床异梦，属典型的纨绔子弟。兴儿曾对尤二姐吐槽说王熙凤"嘴甜心苦，两面三刀"，"上头笑着，脚底下就使绊子"，"明是一盆火，暗是一把刀"。平儿在这两人手下讨生活谈何容易，活下来已属不易。平儿的生存环境也曾引起宝玉的担忧和李纨的同情。平儿最初也是不认命的，对于通房丫头是不愿意的，哭闹过一阵，王熙凤一句"反了"就吓得平儿默然了。平儿与熙凤从小一块儿长大，她太熟悉熙凤的为人，还用兴儿的话，人家是醋罐子，她是醋缸、醋瓮。大约一年里头贾琏才有机会和平儿在一起，还要受王熙凤言语上的埋怨。所以文本中平儿软语救贾琏后示爱平儿，平儿却"夺手跑了"，贾琏在熙凤生日的那场冲突中，公开控诉熙凤，"如今连平儿都不让我粘了"。原本王熙凤有四个陪嫁丫头，后来仅剩下平儿一人，其他嫁的嫁，死的死！太触目惊心了，虽然文本中没有说明是怎么个嫁法和怎么个死法，但平儿都亲历了，她却都知道。瑞大爷虽然死于自寻死路以及贾代儒的家暴，但王熙凤却也脱不了干系，我不杀伯仁，伯仁却因我而死。平日里哪怕贾琏多看了几眼身边的丫头，王熙凤都能当着贾琏的面打个"烂羊头"。"烂羊头"太过形象了，说明一是经常自己亲自动手打，二是顺手能拿到什么就用什么打，三是打起来哪里还管什么部位，且下手很重。所以对平儿来说，有男人也和守寡区别不大，晋升的机会理论上有，但现实是生存为主，忍耐为上。

　　总结一下，平儿俏丽、能干、善良、智慧，表面风光亮丽；但另一条线索却有着自己的苦恼，无奈，悲苦，不幸。平儿之路就像正反两面的硬币，正面光鲜亮丽，背面却写着两个大字"隐忍"。

林黛玉的安魂曲

　　《红楼梦》第七十回中，林黛玉以桃花为题写了一首诗《桃花行》，引起众人争相传看，重建诗社并命名为桃花社。据载，唐中宗景龙四年（710）春，宴桃花园，群臣毕从，学士李峤等各献桃花诗，中宗令宫女歌之，辞即清宛，歌乃妙绝。其中十二篇入乐府，号曰《桃花行》。曹雪芹在这里也仅利用了一下唐乐曲之名，诗歌之写法却受唐寅的影响颇深，林黛玉的这首《桃花行》就是仿唐伯虎的诗《桃花庵歌》而作，但青出于蓝而胜于蓝。初时，诗与歌是一体的，人们写出文字都要配乐而歌，诗歌诗歌有诗就有歌，用歌传递诗。但在诗歌的发展过程中，诗的发展要快于乐的发展，诗的文字性要求更高，趋雅致趋纯粹，更加书面化，如律诗与绝句等，有严格的格式和要求，一般很少重复用字。而歌讲究口语化，朗朗上口，某些内容会强调会重复，重要的事情说三遍，较少受格式限制，也会重复某些用字。这样说来，林黛玉这首《桃花行》是歌，但对于绝大多数人而言，其实也不必要做如此切割，也没有意义，故统称诗歌即可。《桃花行》是一首触景生情的诗歌，全诗情境融洽，构思奇巧，对比鲜明，使诗的形象鲜明，感情浓郁，语言清爽，语势流畅，读来如行云流水，体味一下，却又感柔肠百转，感人至深。林黛玉以花喻人，人花一体，生动运用比喻、拟人、对比等各种手法；灵活在单反、广角、微距间切换；灵动独特的思绪触角；信手拈来的掌典故；等等，使《桃花行》情感充沛，哀思悠长，沁人心脾，深入骨髓。这是一首林黛玉写给自己的诗，在《桃花行》里表达的情感，远比《葬花吟》要来得浓，来得重，这成为林黛玉最重要的代表作之一。可惜王立平先生却并没有给《桃花行》配乐，成为憾事。

让我们先完整地读一遍林黛玉的《桃花行》：

桃花帘外东风软，
桃花帘内晨妆懒。
帘外桃花帘内人，
人与桃花隔不远。
东风有意揭帘栊，
花欲窥人帘不卷。
桃花帘外开仍旧，
帘中人比桃花瘦。
花解怜人花也愁，
隔帘消息风吹透。
风透湘帘花满庭，
庭前春色倍伤情。
闲苔院落门空掩，
斜日栏杆人自凭。
凭栏人向东风泣，
茜裙偷傍桃花立。
桃花桃叶乱纷纷，
花绽新红叶凝碧。
雾裹烟封一万株，
烘楼照壁红模糊。
天机烧破鸳鸯锦，
春酣欲醒移珊枕。
侍女金盆进水来，
香泉影蘸胭脂冷。
胭脂鲜艳何相类，
花之颜色人之泪，
若将人泪比桃花，
泪自长流花自媚。
泪眼观花泪易干，
泪干春尽花憔悴。
憔悴花遮憔悴人，
花飞人倦易黄昏。

一声杜宇春归尽，
寂寞帘栊空月痕！

　　这首《桃花行》字面易懂，不需要逐字逐句解读，下面仅就大环境小背景，重点诗句个别用词简要说明。大环境是故事发展到第七十回，已近高潮，荣府已经江河日下，处处捉襟见肘，近来，也是一事连着一事，事事闹心，原来这一向因凤姐病了，李纨探春料理家务不得闲暇，接着过年过节，出来许多杂事，竟将诗社搁起。如今仲春天气，虽得了工夫，争奈宝玉因冷遁了柳湘莲，剑刎了尤小妹，金逝了尤二姐，气病了柳五儿，连连接接，闲愁胡恨，一重不了一重添。弄得情色若痴，语言常乱，似染怔忡之疾。小背景就是林黛玉本身就是个多愁善感，哀思不断的人，从小父母双亡，寄居姥姥家，没有靠山，孤苦伶仃，宝黛之恋八字连一撇都没有，没人出面作主，不确定因素加大，而金玉良缘之说又步步紧逼，甚嚣尘上，黛玉已经愁肠满腹，逐渐对希望的归宿失去了信心，生来还泪的她，质本洁来的她又哪肯任人宰割，把命运交给别人来安排，思绪万千又无法排解，整个荣府中仅紫鹃一个闺蜜，这种情况下只能诗中排解。《桃花行》中，黛玉以花喻人，人花融合，花就是春天、青春、生命；人就是哀思愁长的自己，顺便说一句，我不同意蒋勋先生关于《桃花行》是写给尤二姐的文字的说法，尤二姐林黛玉风马牛不相及也；人花融合就是春天的结束，青春的完结，大观园由聚到散，就是生命的结束！

　　我们再来看看诗中，林黛玉观看事物的角度和一般人不一样，比较细腻，比较哀愁，别人看到的是聚，她看到的是散，别人看到欢乐，她看到悲苦，别人是赏花，她看到春尽花落，是寒冬是伤情。注意细品"帘内""帘外""东风软""晨妆懒""人比桃花瘦""隔帘消息风吹透"等用词，黛玉身在帘内，可是啥都知道，花语怜人也枉然，面对满园春色，倍伤情，独自凭栏，偷傍桃花，调焦微距观察，已经"花绽新红叶凝碧"了，单反广角却是"烘楼照壁红模糊"了。仰望天空天际织出火烧云的美丽图案鸳鸯锦，脚踏实地挪挪枕头洗洗睡吧。慵懒地起床，看着水盆倒影中的胭脂发发呆，人泪似桃花呀，这里简单解释一下，人泪为啥似桃花？因为冷水解开了胭脂，泪水流出后冲带了胭脂，胭脂色红，如果你爱好摄影，有过拍摄水珠的经验就很好理解了，所以泪珠色彩就鲜艳了，叫血泪，同样的道理，贾宝玉说的抛红豆也是泪花。泪流干了春天尽了花也憔悴了，花飞人倦易黄昏。最后一句全诗总结，画龙点睛，一声杜宇春归尽，寂寞帘栊空月痕。有一个源于四川的传说，杜宇原为蜀王，死后化为杜鹃鸟啼血鸣叫，此鸟一叫春天已去，人去楼空，只剩下月光照洒着寂寞帘栊了。黛玉泪尽将死了，所以说《桃花行》也是诗谶。

　　曹公菩萨心肠，深怕读者对《桃花行》有所误解，特意安排了宝玉、宝琴、宝钗三个的对话，这个看似干扰项，实则是对《桃花行》的导读。文本中宝玉看了《桃花行》并不称赞，却滚下泪来。便知出自黛玉，因此落下泪来，又怕众人看见，又忙自己擦了。因问："你们怎么得来？"宝琴笑道："你猜是谁做的？"宝玉笑道："自然是潇湘子稿。"宝琴笑道："现是我作的呢。"宝玉笑道："我不信。这声调口气，迥乎不像蘅芜之体，所以不信。"宝钗笑道："所以你不通。难道杜工部首首只作'丛菊两开他日泪'之句不成！一般的也有'红绽雨肥梅''水荇牵风翠带长'之媚语。"宝玉笑道："固然如此说。但我知道姐姐断不许妹妹有此伤悼语句，妹妹虽有此才，是断不肯作的。比不得林妹妹曾经离丧，作此哀音。"

贾宝玉和林黛玉虽然说距婚姻还很遥远，但他俩的爱情却是实实在在的，他们早已过了相互猜疑，你证我证的阶段，心心相印了，所以宝玉一看诗歌，就知道是黛玉所作，也明白了诗中的含义，诗歌中的情绪也传染给了他，故并不称赞，眼中却流出了热泪，他知道黛玉也将不久于人世，这是黛玉写给自己的安魂曲，这又是钗琴如何能干扰得了的吗？！

林黛玉的《桃花行》是中华文学又一个难以逾越的高峰，有唐曲和唐寅的骨，有李煜和李清照的血和肉，更有林黛玉的髓。我每次读《桃花行》，总是泪流满面，耳中仿佛听到了关中人用唢呐吹响的《渭水秋歌》，也似乎听到了闵慧芬大师的二胡独奏曲目《江河水》。

附　桃花庵歌

唐寅

桃花坞里桃花庵，桃花庵下桃花仙。

桃花仙人种桃树，又摘桃花换酒钱。

酒醒只在花前坐，酒醉还来花下眠。

半醉半醒日复日，花落花开年复年。

但愿老死花酒间，不愿鞠躬车马前。

车尘马足富者事，酒盏花枝隐士缘。

若将显者比隐士，一在平地一在天。

若将花酒比车马，彼何碌碌我何闲。

世人笑我太疯癫，我笑他人看不穿。

不见五陵豪杰墓，无花无酒锄作田。

也谈宝玉悟禅

《红楼梦》第二十二回，贾宝玉在爱情小挫的情况下，心情低落，思绪飞扬，写下了偈文：你证我证，心证意证。是无有证，斯可云证。无可云证，是立足镜。除偈文外，还有一个《寄生草》的曲子：无我原非你，从他不解伊。肆行无碍凭来去。茫茫着甚悲愁喜，纷纷说甚亲疏密。从前碌碌却因何，到如今回头试想真无趣！偈（音记），原本是佛经中颂歌的唱词，后来则成为佛门弟子或带发修行的居士，表达理念或发表感言的文体，形式类诗不谓诗。贾宝玉仿禅宗偈文的形式表达了当时的心境和体会，是悟禅吗？宝玉当时的呆痴样吓着了花袭人，也使黛钗湘为之着急，这段偈文究竟是什么意思呢？我们先不回答，话题先扯远一些。

话说虚空之时，天花乱坠，佛祖释迦牟尼拿起一朵飞舞的花朵，面向观众拈花示众，观众中唯有摩诃（音喝）迦叶（音加社）会心一笑。佛祖云：吾有正法眼藏，涅槃妙心，实相无相，微妙法门，不立文字，教外别传，付嘱摩诃迦叶。由此，会心一笑的摩诃迦叶创了禅宗，成为鼻祖。

从摩诃迦叶"一苇过江""洛阳山洞面壁"算起，也不知过了多少个朝代，到了唐代，禅宗"衣钵相传"到了五世祖弘忍。弘忍开堂讲法，弟子无数，但也面临法嗣问题，他要求弟子们每人写一篇学习的心得体会即偈文，竞争上岗。弟子中有一人叫神秀者，是弘忍的大弟子，品学皆优，无比聪慧，在所有弟子中鹤立鸡群，夺魁呼声最高。神秀的偈文是：身是菩提树，心如明镜台，时时勤拂拭，莫使惹尘埃。众人齐喝彩称好，独弘忍默然。这时出现的不是扫地僧，而是尚没有剃度的大字不识一斗的伙头军慧能，他给出的偈文是：菩提本无树，明镜亦非台。本来无一物，何处惹尘埃。弘忍一看称绝，随将木棉袈裟密传给慧能，这样慧能成为了禅宗六世鼻祖。后来六世鼻祖慧能让禅宗发扬光大，完全成为中国人的佛教，以及中国优秀文化的重要组成部分，居功至伟。

禅宗绝妙的是，不立文字，见性成佛，靠什么呀，靠会心一笑，靠心心相印。普通人讲什么呀，讲证明，证据，验证，口说无凭，立此凭证，讲到底要靠实验，靠试验，靠物质，靠真凭实据。佛家靠印。印，就是印证，也就是承认和许可，就像在文件上签字盖章。古人把图章叫作印，也叫印信或者印章。用印来证明，就叫印证。印证跟验证是不同的。验证必须检验，印证却有印就行。

我们再来看看禅宗的理念，禅宗讲实相无相，讲四大皆空，五阴全无，讲虚、无、空。不是说不计较职务职称，功名经济呀等，要看淡这些，而是说这些东西在你的心中本来就不存在，本来无一物，何处惹尘埃呀！禅宗最伟大的贡献就是讲，人人都可成佛，方法也很简单，就是"放下"，如何放下，就是"破执"，执就是执着，关键在觉，关键在悟。觉和悟应该没有实质上的区别，可能形式上有所差别吧，两者中间差了一个"定"字。觉悟有三个要求，自觉，觉他，觉行圆满。自觉为罗汉，自觉而又觉他的是菩萨，三个条件全满足就是佛。

有了这些预备知识，我们再来看贾宝玉的偈文，原文大意彼此都想从对方得到的印证而徒增烦恼；看来只有到了虚无状态，无须再证验时，方谈得上彻悟；到了万境归空，什么都无可验证之时，才是真正的立足之境。问题的关键是证什么？这个时期的宝玉放下了吗，无欲了吗，还执着吗，破没破执？

我们分析一下背景。

背景一，先看第二十回。

且说宝玉正和宝钗顽笑，忽见人说："史大姑娘来了。"宝玉听了，抬身就走。宝钗笑道："等着，咱们两个一齐走，瞧瞧他去。"说着，下了炕，同宝玉一齐来至贾母这边。只见史湘云大笑大说的，见他两个来，忙问好厮见。正值林黛玉在旁，因问宝玉："在那里的？"宝玉便说："在宝姐姐家的。"黛玉冷笑道："我说呢，亏在那里绊住，不然早就飞了来了。"宝玉笑道："只许同你顽，替你解闷儿。不过偶然去他那里一趟，就说这话。"林黛玉道："好没意思的话！去不去管我什么事，我又没叫你替我解闷儿。可许你从此不理我呢！"说着，便赌气回房去了。

宝玉忙跟了来，问道："好好的又生气了？就是我说错了，你到底也还坐在那里，和别人说笑一会子。又来自己纳闷。"林黛玉道："你管我呢！"宝玉笑道："我自然不敢管你，只没有个看着你自己作践了身子呢。"林黛玉道："我作践坏了身子，我死，与你何干！"宝玉道："何苦来，大正月里，死了活了的。"林黛玉道："偏说死！我这会子就死！你怕死，你长命百岁的，如何？"宝玉笑道："要像只管这样闹，我还怕死呢？倒不如死了干净。"黛玉忙道："正是了，要是这样闹，不如死了干净。"宝玉道："我说我自己死了干净，别听错了话赖人。"正说着，宝钗走来道："史大妹妹等你呢。"说着，便推宝玉走了。这里黛玉越发气闷，只向窗前流泪。

没两盏茶的工夫，宝玉仍来了。林黛玉见了，越发抽抽噎噎的哭个不住。宝玉见了这样，知难挽回，打叠起千百样的款语温言来劝慰。不料自己未张口，只见黛玉先说道："你又来作什么？横竖如今有人和你顽，比我又会念，又会作，又会写，又会说笑，又怕你生气拉了你去，你又作什么来？死活凭我去罢了！"宝玉听了忙上来悄悄的说道："你这么个明白人，难道连'亲不间疏，先不僭后'也不知道？我虽糊涂，却明白这两句话。头一件，咱们是姑舅姊妹，宝姐姐是两姨姊妹，论亲戚，他比你疏。第二件，你先来，咱们两个一桌吃，一床睡，长的这么大了，他是才来的，岂有个为他疏你的？"林黛玉啐道："我难道为叫你疏他？我成了个什么人了呢！我为的是我的心。"宝玉道："我也为的是我的心。难道你就知你的心，不知我的心不成？"林黛玉听了，低头一语不发，半日说道："你只怨人行动嗔怪了你，你再不知道你自己怄人难受。就拿今日天气比，分明今儿冷的这样，你怎么倒反把个青肷披风脱了呢？"宝玉笑道："何尝不穿着，见你一恼，我一炮燥就脱了。"林黛玉叹道："回来伤了风，又该饿着吵吃的了。"

背景二，第二十二回，贾母给宝钗过生日唱戏，王熙凤、史湘云当众说林黛玉长得像一个演小旦的戏子引起的矛盾。宝玉居间，两头说和，结果两头得罪。先是劝和湘云，碰了一鼻子灰。

宝玉没趣，只得又来寻黛玉。刚到门槛前，黛玉便推出来，将门关上。宝玉又不解其意，在窗外只是吞声叫"好妹妹"。黛玉总不理他。宝玉闷闷的垂头自审。袭人早知端的，当此时断不能劝。那宝玉只是呆呆的站在那里。黛玉只当他回房去了，便起来开门，只见宝玉还站在那里。黛玉反不好意思，不好再关，只得抽身上床躺着。宝玉随进来问道："凡事都有个原故，说出来，人也不委曲。好好的就恼了，终是什么原故起的？"林黛玉冷笑道："问的我倒好，我也不知为什么原故。我原是给你们取笑的——拿我比戏子取笑。"宝玉道："我并没有比你，我并没笑，为什么恼我呢？"黛玉道："你还要比？你还要笑？你不比不笑，比人比了笑了的还利害呢！"宝玉听说，无可分辩，不则一声。

黛玉又道："这一节还恕得。再你为什么又和云儿使眼色？这安的是什么心？莫不是他和我顽，他就自轻自贱了？他原是公侯的小姐，我原是贫民的丫头，他和我顽，设若我回了口，岂不他自惹人轻贱呢。是这主意不是？这却也是你的好心，只是那一个偏又不领你这好情，一般也恼了。你又拿我作情，倒说我小性儿，行动肯恼。你又怕他得罪了我，我恼他，与你何干？他得罪了我，又与你何干？"

宝玉见说，方才与湘云私谈，他也听见了。细想自己原为他二人，怕生隙恼，方在中调和，不想并未调和成功，反已落了两处的贬谤。正合着前日所看《南华经》上，有"巧者劳而智者忧，无能者无所求，饱食而遨游，汎若不系之舟"，又曰"山木自寇，源泉自盗"等语。因此越想越无趣。再细想来，目下不过这两个人，尚未应酬妥协，将来犹欲为何？想到其间也无庸分辩回答，自己转身回房来。林黛玉见他去了，便知回思无趣，赌气去了，一言也不曾发，不禁自己越发添了气，便说道："这一去，一辈子也别来，也别说话。"

所谓的宝玉悟禅就是在这样的背景下产生，这是宝黛爱情初期的典型表现，这一阶段，恋爱中的双方多疑、猜测、敏感、极端、嫉妒、出格，心绪飘乎不定，都在寻求和验证对方心中的反应，这些都是物理的验证，这一阶段两人都并没有心心相印，关系远没有确定，这个年龄段的孩子，又处在恋爱初期阶段，这种恋爱关系，有人称之为小狗的爱！曹雪芹伟大就伟大在他生活的那个年代不可能有什么心理学方面的学说，特别是恋爱心理学，他都把宝黛爱情写得如此生动细腻，心理活动如此丰富，不仅成为文学史上典型的恋爱桥段，而且为研究行为心理学，特别是恋爱心理学提供了难得的素材。这个时候的贾宝玉，不仅没放下，很执着，甚至执迷不悟，而且欲念强烈，眼中心中空气中全是他的林妹妹，哪有那么一点点禅宗的影子，一切都是反其道而行，这是对林黛玉的进一步的爱情宣言！所以这样的偈文通俗地讲就是，我爱你，你到底爱不爱我，怎么证明我爱你呀你爱我，如果一切尘埃落定，心心相印了，你我永远相爱，就不需要证明了，钻石恒久远，一颗永相传。所以偈文非悟禅而是悟情。

冰清玉洁的林黛玉看了宝玉偈文后，还有什么不明白的，立刻就收到了宝玉发出的爱情讯息，知是宝玉一时感愤而作，不觉可笑可叹，便向袭人道："作的是玩意儿，无甚关系。"

人们都说《红楼梦》是描述宝黛钗三人的爱情故事，但其实一直是宝黛二人台，宝钗一直想走却走不进宝黛两人的世界。可怜的宝钗看到了宝玉的偈文以及《寄生草》的曲子，看毕，又看那偈语，不得要领地笑道："这个人悟了。都是我的不是，都是我昨儿一支曲子惹出来的。这些道书禅机最能移性。明儿认真说起这些疯话来，存了这个意思，都是从我这一只曲子上来，我成了个罪魁了。"说着，便撕了个粉碎，递与丫头们说："快烧了罢。"黛玉笑道："不该撕，等我问他。你们跟我来，包管叫他收了这个痴心邪话。"

三人果然都往宝玉屋里来。一进来，黛玉便笑道："宝玉，我问你：至贵者是'宝'，至坚者是'玉'。尔有何贵？尔有何坚？"宝玉竟不能答。三人拍手笑道："这样钝愚，还参禅呢。"黛玉又道："你那偈末云，'无可云证，是立足境'，固然好了，只是据我看，还未尽善。我再续两句在后。"因念云："无立足境，是方干净。"宝玉自己以为觉悟，不想忽被黛玉一问，便不能答。自己想了一想，便笑道："谁又参禅，不过一时顽话罢了。"这其中宝钗虽然不明就里，却也讲述了禅宗六世祖慧能的故事，不知宝黛两人笑了没笑。

推波助澜的薛宝琴

一场大雪过后，大观园被白茫茫的积雪所覆盖，不远的山坡上，一位佳人身披红色的大氅，身后站着怀抱红梅的丫头。这个符合中国独特审美标准的极具美感的画面，是清代及以后无数画家和影像工作者极力营造和复原的境界。这个画面被称为"雪艳图"，是曹雪芹在文学名著《红楼梦》中采用蒙太奇手法精心制作的与黛玉葬花、共读西厢、宝钗扑蝶、湘云卧石等齐名的意境无穷的踏雪寻梅图。这样一个美好的画面，被一个年近八十岁的老太太首先发现。贾母喜的忙笑道：你们瞧，这山坡上配上他的这个人品，又是这件衣裳，后头又是这梅花，像个什么？众人都笑道：就像老太太屋里挂的仇十洲画的《双艳图》。贾母摇头笑道：那画的那里有这件衣裳，人也不能这样好！画面中的美人，大名薛宝琴，身披的大氅是名贵的凫靥裘，为贾母所赠。

薛宝琴，薛姨妈的侄女，薛蟠、薛宝钗的堂妹，她还有一个胞兄薛蝌。薛宝琴因从小说被给了翰林院梅家，这次随兄进京待嫁。薛家进京途中巧遇邢夫人内侄女邢岫烟，李纨两个堂妹李纹、李绮，大家结伴而来。这是《红楼梦》故事递次发展，逐渐进入高潮阶段，曹公引入一批新人，特别是薛宝琴，推动情节合理发展的严谨的结构性安排。这位薛小妹在长相上秒杀薛宝钗，才气不输黛钗湘，性情温婉和顺又见广识多，走遍山川南北，是几近完美的形象设计。薛宝琴的出场对红楼剧情的发展起到了推波助澜的作用，一是宝黛钗三角关系逐步清晰化；二是大观园众芳完成谢幕式的欢聚，此后众芳各自散去。当然在红楼情节的推进过程中，曹公又搂草打兔子布下很多迷阵，给无数红迷和所谓的红学家布置了至今无法完成的家庭作业。宝琴一出场，我们先看看无事忙的宝玉的表现：宝玉忙忙来至怡红院中，向袭人，麝月，晴雯等笑道："你们还不快看人去！谁知宝姐姐的亲哥哥是那个样子，他这叔伯兄弟形容举止另是一样了，倒象是宝姐姐的同胞弟兄似的。更奇在你们成日家只说宝姐姐是绝色的人物，你们如今瞧瞧他这妹子，更有大嫂嫂这两个妹子，我竟形容不出了。老天，老天，你有多少精华灵秀，生出这些人上之人来！可知我井底之蛙，成日家自说现在的这几个人是有一无二的，谁知不必远寻，就是本地风光，一个赛似一个，如今我又长了一层学问了。除了这几个，难道还有几个不成？"一面说，一面自笑自叹。袭人见他又有了魔意，便不肯去瞧。晴雯等早去瞧了一遍回来，笑向袭人道："你快瞧瞧去！大太太的一个侄女儿，宝姑娘一个妹妹，大奶奶两个妹妹，倒象一把子四根水葱儿。"

贾母见过水葱般的薛宝琴，对她十分的喜爱。在第四十九回中，探春说道"老太太一见了，喜欢的无可不可的，已经逼着咱们太太认了干女孩儿。老太太要养活，才刚已经定了"以及薛宝钗的对话"正说着，只见宝琴来了，披了一领斗篷，金翠辉煌，不知何物。宝钗忙问：'这是那里的？'宝琴笑道：'因下雪珠儿，老太太找了这一件给我的。'……'可见老太太疼你了，这么样疼宝玉，也没给他穿。'宝钗笑道：'真真俗语说的，各人有各人的缘法，我也再想不到他这会子来；既来了，又有老太太这么疼他。'"这些都处处体现着贾母对宝琴的喜爱，特意留薛宝琴与她同榻而眠。

《红楼梦》第五十回：

> 贾母因又说及宝琴雪下折梅比画儿上还好，因又细问他的年庚八字并家内景况。薛姨妈度其意思，大约是要与宝玉求配。薛姨妈心中固也遂意，只是已许过梅家了，因贾母尚未明说，自己也不好拟定，遂半吐半露告诉贾母道："可惜这孩子没福，前年他父亲就没了。他从小儿见的世面倒多，跟他父母四山五岳都走遍了。他父亲是好乐的，各处因有买卖，带着家眷，这一省逛一年，明年又往那一省逛半年，所以天下十停走了有五六停了。那年在这里，把他许了梅翰林的儿子，偏第二年他父亲就辞世了，他母亲又是痰症。"凤姐也不等说完，便毛声跺脚的说："偏不巧，我正要作个媒呢，又已经许了人家。"贾母笑道："你要给谁说媒？"凤姐儿说道："老祖宗别管，我心里看准了他们两个是一对。如今已许了人，说也无益，不如不说罢了。"贾母也知凤姐儿之意，听见已有了人家，也就不提了。大家又闲话了一会方散。一宿无话。

提醒大家这几段文字要小心谨慎地看，因为曹公写得隐晦，采用的是声东击西的方法，稍不留神就上了曹公的当了，整体意思就南辕北辙了。大家可千万不要以为贾母看上薛宝琴，要说她与宝玉为亲呢。如果是这样，贾母何必要逼迫王夫人立刻认薛宝琴为干女儿呢，而且由贾母养着，请注意"逼迫"与"立认"的用词，这岂非多此一举呢！贾母思路周密，设计完美，先让王夫人认下干女儿，后欲盖弥彰地问讯宝琴的生辰八字，又不明说，其用意就是当薛姨妈的面拒绝金玉良缘，否认薛宝钗成为宝二奶奶的可能性。姜还是最老的辣！当时的形势是，一方面宝玉当黛玉面表露心意（黛玉走后，宝玉把袭人当成黛玉），以及紫鹃试探宝玉说黛玉要回苏州引起宝玉发魔怔，宝黛爱情合府皆知，半公开化了；另一方面，金玉良缘的传说愈传愈烈，尽人皆知，而且王夫人也动用了贾元春的关系，通过元春赠礼表明态度，隐性赐婚，而且在端午打醮过程中请出了张道士。在此情况下，荣府的最高统治者贾母被迫要提前表态，这确是个难题。这次天遂人愿地送来了薛宝琴这样的助演，贾母自然顺势而为了。大家都是聪明人，都是高手，心中明镜似的，这也就是贾母公开向宝琴示好，林黛玉却意外的丝毫没有吃醋的表示，而相反薛宝钗却显得有点羡慕嫉妒恨了，醋意十足地说，"我就哪儿不如你了呢？"这也是后来薛姨妈和薛宝钗去潇湘馆羞辱黛玉的原因，这一段笔者在写薛宝钗一文中有详述，这里略过。

贾母提出将薛宝琴配给贾宝玉，是她有意为之。实际上她是知道薛宝琴，早就被许配给了梅翰林的儿子了的。在这种情况下，提出将宝琴配给宝玉的打算，实际上是为了让薛家看清楚，打消将宝钗塞给宝玉的打算。毕竟薛宝琴是薛宝钗的妹妹，越过姐姐，反而看中了妹妹，说明她根本没有想将宝钗配给宝玉的心思嘛！贾母这样做，既能警醒薛家之人，又将黛玉隔离于外，不染丝毫纷争。

芦雪庵联句是大观园为薛宝琴、邢岫烟、李纹和李绮四位入园新生吹奏的悦耳动听的迎宾曲；也是大观园众芬青青之歌的高潮演出，同时也是谢幕演出，是众芳全员出席的最后的晚餐！芦雪庵联句之后就没有了全员参与的大型活动，从此之后，大观园逐渐进入散场阶段，开始有姐妹因各种原因离开大观园。芦雪庵联句，众芳热情参加，连王熙凤都打了开头炮，作出了"一夜北风紧"这样的诗句，但联句过程显然是薛宝琴的主场，小姑娘才思敏捷，好句不断，风头力压黛钗二人，成为联句活动主角，与史湘云连襟演出了一台好戏。随后的暖香坞雅制春灯谜更是成为薛宝琴的独角戏，她结合自己的出游经历一个人独作了十首怀古诗。这十首怀古诗也是灯谜，文本中却罕见地又未给出谜底，这是七横六竖（曹公）布下的迷魂阵，害得红学家和无数红粉们有做不完的家庭作业，有人在打谜，有人研究背景，有人深探寓意，忙得不亦乐乎！但曹公早在文本中指出，众人猜了一会，都不对！这里所说的众人既包括贾宝玉、林黛玉、薛宝钗、史湘云、贾探春等人，我想也包括无数的红粉和红学家，包括你我他，都猜了一会，都不对！其实有或没有谜底都不重要，不影响红楼故事的完整性。猜猜，做做游戏，不猜也无关紧要，只要不要胶柱鼓瑟，矫揉造作就行了。说归说，笔者还是偏于认可有的红粉给出的十首古诗隐藏着十位已故或将故红楼人物的命运走向的研究成果，可能也不对。

薛宝琴怀古诗十首

赤壁怀古

赤壁尘埋水不流，徒留名姓载空舟。

喧阗一炬悲风冷，无限英魂在内游。

　　谜底：风炉　借指：妙玉

交趾怀古

铜铸金镛振纪纲，声传海外播戎羌。

马援自是功劳大，铁笛无烦说子房。

　　谜底：油灯　借指：红玉

钟山怀古

名利何曾绊汝身，无端被诏出凡尘。

牵连大抵难休绝，莫怨他人嘲笑频。

　　谜底：骰子　借指：凤姐

淮阴怀古

壮士须防恶犬欺，三齐位定盖棺时。

寄言世俗休轻鄙，一饭之恩死也知。

　　谜底：马桶　借指：巧姐

广陵怀古

蝉噪鸦栖转眼过，隋堤风景近如何？

只缘占得风流号，惹得纷纷口舌多。

　　谜底：梳子　借指：秦可卿

桃叶渡怀古

衰草闲花映浅池，桃枝桃叶总分离。

六朝梁栋多如许，小照空悬壁上题。

　　谜底：纸　借指：黛玉

青冢怀古

黑水茫茫咽不流，冰弦拨尽曲中愁。

汉家制度诚堪叹，樗栎应惭万古羞

　　谜底：墨　借指：元春

蒲东寺怀古

小红骨贱最身轻，私掖偷携强撮成。

虽被夫人时吊起，已经勾引彼同行。

谜底：香粉　借指：尤三姐

梅花观怀古

不在梅边在柳边，个中谁拾画婵娟？

团圆莫忆春香到，一别西风又一年。

谜底：骨牌　借指：尤二姐

　　薛宝琴在红楼梦中不是主角，是个配角，暖香坞灯谜之后，她就突然处于半隐退状态，有些活动即使出席，也仅出现一下名字，毫无作为。因为她的历史任务完成了。从某种角度说，薛宝琴和我们一样，仅仅是一个看客，如果说比我们强一点儿，她除了是看客外，她还是一个过客，她对故事情节和人物命运走向起到推波助澜的作用。因此七横六竖（曹）也没有让她入金陵十二钗的正副册。薛宝琴后来结局不详，祝愿这位美才女就别入薄命司吧。

迷失的甄英莲

　　甄英莲是《红楼梦》中第一回就出场，第八十回仍登台活跃的曹公精心打造的命运最为悲苦的一位人物（没有之一），其余红楼人物少有如此殊荣，可见甄英莲这个人物的重要。只不过这个人物形象不同阶段有不同的名字称谓，先后被称为甄英莲、香菱、秋菱。本文拟定题目时是有所犹豫的，按理说对应文本她的主要事迹时她相应的称谓为香菱，但考虑到父母取名才是正统，故题目中就用了甄英莲这个称谓。

　　甄英莲的父亲，大有来头，姓甄，名费，字士隐。甄士隐的谐音是"真事隐"，即把真事隐去，留下"假语存"（贾雨村）。士隐，据周汝昌先生考证，出自《礼记·中庸》"君子之道费而隐"。《礼疏》云：遭真事隐去也。值乱世，道德违费，则隐而不仕。是则"真废物""真事隐去"言外意也。甄士隐曾先于贾宝玉赴太虚幻境一游，"因曾历过一番梦幻之后，故将真事隐去"。甄士隐的梦幻人设是一个经历了骨肉分离、家遭火灾、下半世坎坷而终于醒悟出世。通过这样的人生道路我们可以看到贾宝玉，甚至是作者自身的影子，也是全书的导读线索。

　　曹雪芹是这样介绍甄士隐及其一家的："当日地陷东南，这东南有个姑苏城，城中阊门，最是红尘中一二等富贵风流之地。这阊门外有个十里街，街内有个仁清巷，因地方狭窄，人皆呼作'葫芦庙'。庙旁住着一家乡宦，姓甄名费，字士隐；嫡妻封氏，性情贤淑，深明礼义；家中虽不甚富贵，然本地也推他为望族了。因这甄士隐禀性恬淡，不以功名为念，每日只以观花种竹，酌酒吟诗为乐。倒是神仙一流人物；只是一件不足：年过半百，膝下无儿，只有一女，乳名英莲，年方三岁。"

女儿甄英莲（取意真应怜），叹其可怜应怜。癞头和尚曾送英莲八个字，"有命无运，累及爹娘"。英莲是甄士隐独女，爱若珍宝，四岁那年元宵，在看社火花灯时因家奴霍启（祸起）看护不当而被骗子拐走，后遭人贩子拐卖。甄士隐与妻子封氏遍寻不着，先后病倒了。不想没过多久，隔壁葫芦庙失火，牵三挂四，甄士隐家中房屋被烧成一片瓦砾场。他想到田庄上去安身，偏值近年水旱不收，鼠盗蜂起，无非抢田夺地，鼠窃狗偷，民不安生，因此官兵剿捕，难以安身。士隐只得将田庄都折变了，便携了妻子与两个丫鬟投他岳丈家去。

岁月无痕，转眼已过七八个年头了。话说甄英莲被拐以后，拐子寻觅到葫芦庙里小沙弥的一所偏静小房便租下居住，待英莲养至十二三岁时，先卖给了金陵公子冯渊，后又一女二卖给呆霸王薛蟠，原打算卷包走人，事露被两家死揍。冯薛两家却都不肯退让，争抢英莲，薛蟠竟然喝奴把冯公子打死了。这个官司被受到甄士隐恩泽滋润的贾雨村恩将仇报贪赃枉法地摆平了，给贾府做了顺水人情，作为晋见贾府的投名状。

据葫芦僧（贾雨村官府门子）介绍，初长成的甄英莲出落得可以，偏好同性恋的冯渊一见英莲，性取向立马被颠覆，言一不再结交男子，二不再迎娶新人。本可以一手交钱一手领人的冯公子，为了避免仓促行事，遂决定三天后迎娶。英莲看来对冯公子也相当满意，言"这下我的罪孽可算是满了"，只是心里清楚拐子为人的她，刚听到三天后才能迎娶顿显郁闷。果然，这三天就出事了，呆霸王也看上了英莲，呆霸王薛蟠却更见江湖功底，见了英莲，哪里肯再放手，想想后来贾宝玉魔怔后薛蟠在乱中的荣府看了一眼黛玉就身子酥了不得动弹的情景吧。

注意，这时的甄英莲已经迷失了，也许是被拐子打怕了，只认拐子为爹娘，不知甄士隐为何人了，葫芦僧曾用儿时之事提醒，且英莲娘胎带来的眉心痣等，英莲却说，"小时候的事记不起了"。果真如此吗？也许吧。

甄英莲再次返场时，已经到了荣府且不叫甄英莲，而叫香菱了，名字是薛宝钗所赐。

那日，周瑞家的为了给王夫人回刘姥姥之事，来到了梨香院，薛姨妈顺手牵羊地指派周瑞家的给园内姑娘各处送宫花，唤香菱拿花。

说着，周瑞家的拿了匣子，走出房门，见金钏仍在那里晒日阳儿。周瑞家的因问他道："那香菱小丫头子，可就是常说临上京时买的，为他打人命官司的那个小丫头子么？"金钏道："可不就是他。"正说着，只见香菱笑嘻嘻的走来。周瑞家的便拉了他的手，细细的看了一会，因向金钏儿笑道："倒好个模样儿，竟有些像咱们东府里蓉大奶奶的品格儿。"金钏儿笑道："我也是这么说呢。"周瑞家的又问香菱："你几岁投身到这里？"又问："你父母今在何处？今年十几岁了？本处是那里人？"香菱听问，都摇头说："不记得了。"周瑞家的和金钏儿听了，倒反为叹息伤感一回。

这时的香菱十三岁左右，应与薛宝钗、花袭人、晴雯等同庚。文本中没有明说香菱不记得的是哪段经历，想来不会连拐子都记不起来吧，因为她是薛家临进京时才买的。也许在甄家的生活和与拐子在一起的生活都已不记得了。一般来说，人的长久记忆始于三四岁时，她的生活变故始于被拐，前后生活反差想来十分巨大，她怎么会对"有带夹道的住宅，书房外有小花园，家中至少有两个使唤丫头和一位男仆一个小童，吃穿无忧，生活无虑"的中产阶级生活没有任何蛛丝马迹的记忆呢？门子一句也许是被拐子打怕了暴露了天机，也许不堪回首的经历再也不愿提及，选择性的记忆和失忆是弱小的她唯一的自卫武器，进入薛家后若还能记着甄家和拐子的话，她在薛家还怎么活？虽然她在拐子家和薛家所经历的事，曹公留白了，拐子不用说，我们知道薛蟠也是有暴力前科的。

香菱出身迷失，经历失忆，性格呆萌。经过重大生活变故的香菱一出现在荣府，就是一个笑嘻嘻的贪玩的形象，作为配角演员的她，出镜不可谓不多，但是几乎每次都要先露出笑容，且无正经事可干，在玩耍中度日，往姑娘堆里混，和小丫头们疯跑乱玩。这样的香菱哪儿有袭人、平儿们的努力上进，哪见晴雯等人的反抗，玩、笑、乐是她的三部曲。这样的香菱让死去不久的冯渊情何以堪！这样的形象，宝钗却送给她一个"呆"字，难道仅仅因为她是呆霸王薛蟠的小妾吗？真是小两口"呆"在一块去了。难道是薛家人对香菱太好了，或许是香菱就是这样没肝没肺，像贾母身旁的粗使丫头傻大姐一样，也许香菱的这种作派，骨子里还保留着甄家小姐的遗风呢。

香菱性情的迷失，使她成为一个长不大的或者是不愿意长大的孩子，这和与她同年的薛宝钗形成了鲜明的对照，致使香菱在薛家身份的迷失。香菱在薛家曾扮演过薛姨妈的丫头、薛宝钗的丫头、薛蟠的小妾等多个角色，但是哪个角色都没立起来，整日无所用心，就知贪玩，和小丫头厮混，当丫头无法和鸳鸯、黄莺儿、晴雯等相比较，当姨娘又岂能与赵姨娘、平儿，甚至袭人相提并论。其实薛家和贾府一样就是人丁不旺，十分缺乏理家能手，如果香菱能补缺帮忙，薛家会求之不得，初时薛姨妈还喜欢香菱安静老实，后也逐渐嫌弃，甚至要把她拉出去卖了。就是在小丫头堆中也并没有地位，她自己也没有把自己当作哪怕半个主人。我们来看这个桥段：

外面小螺和香菱、芳官、蕊官、藕官、荳官等四五个人，都满园中顽了一回，大家采了些花草来兜着，坐在花草堆中斗草。这一个说："我有观音柳。"那一个说："我有罗汉松。"那一个又说:"我有君子竹。"这一个又说:"我有美人蕉。"这个又说:"我有星星翠。"那个又说:"我有月月红。"这个又说:"我有《牡丹亭》上的牡丹花。"那个又说:"我有《琵琶记》里的枇杷果。"豆官便说:"我有姐妹花。"众人没了,香菱便说:"我有夫妻蕙。"豆官说:"从没听见有个夫妻蕙。"香菱道:"一箭一花为兰,一箭数花为蕙。凡蕙有两枝,上下结花者为兄弟蕙,有并头结花者为夫妻蕙。我这枝并头的,怎么不是?"豆官没的说了,便起身笑道:"依你说,若是这两枝一大一小,就是老子儿子蕙了。若两枝背面开的,就是仇人蕙了。你汉子去了大半年,你想'夫妻'了,便扯上蕙也有夫妻,好不害羞!"香菱听了,红了脸,忙要起身拧他,笑骂道:"我把你这个烂了嘴的小蹄子!满嘴里洴澈的胡说了,等我起来,打不死你这小蹄子!"

豆官见他要勾来,怎容他起来,便忙连身将他压倒。回头笑着央告蕊官等:"你们来帮着我拧他这张嘴。"两个人滚在草地下,众人拍手笑,说:"了不得了,那是一洼子水,可惜污了他的新裙子了。"豆官回头看了一看,果见旁边有一汪积雨,香菱的半扇裙子都污湿了。自己不好意思,忙夺了手跑了。众人笑个不住,怕香菱拿他们出气,也都哄笑一散。

贾宝玉一直在注视着这个黛玉老乡,污裙事件就是宝玉出手让香菱穿上袭人衣裳以免被薛姨妈埋怨。但是香菱迷失的够可以,薛蟠成婚她显得比谁都兴奋,比谁都着急,比谁都忙碌。在宝玉为她未来担忧时,她都怼得宝玉无言以对,狗咬吕洞宾不识好人心。即就如此,宝玉后来还是为了香菱去找什么张道士求所谓的嫉妒汤药。

我们来看看这一桥段:宝玉为了迎春的事情天天到紫菱洲一带徘徊,融景生情,情不自禁,乃信口吟成一歌曰:

> 池塘一夜秋风冷,吹散芰荷红玉影。
> 蓼花菱叶不胜愁,重露繁霜压纤梗。
> 不闻永昼敲棋声,燕泥点点污棋枰。
> 古人惜别怜朋友,况我今当手足情!

宝玉方才吟罢,忽闻背后有人笑道:"你又发什么呆呢?"宝玉回头忙看是谁,原来是香菱。宝玉便转身笑问道:"我的姐姐,你这会子跑到这里来做什么?许多日子也不进来逛逛。"香菱拍手笑嘻嘻的说道:"我何曾不来。如今你哥哥回来了,那里比先时自由自在的了。才刚我们奶奶使人找你凤姐姐的,竟没找着,说往园子里来了。我听见了这信,我就讨了这件差进来找他。遇见他的丫头,说在稻香村呢。如今我往稻香村去,谁知又遇见了你。"宝玉又让他同到怡红院去吃茶。香菱道:"此刻竟不能,等找着琏二奶奶,说完了正经事再来。"宝玉道:"什么正经事这么忙?"香菱道:"为你哥哥娶嫂子的事,所以要紧。"宝玉道:"正是。说的到底是那一家的?只听见吵嚷了这半年,今儿又说张家的好，明儿又要李家的，后儿又议论王家的。这些人家的女儿他也不知道造了什么罪了，叫人家好端端议论。"香菱道："这如今定了，可以不用搬扯别家了。"宝玉忙问："定了谁家的？"香菱道："这门亲原是老亲，且又和我们是同在户部挂名行商，也是数一数二的大门户。合长安城中，上至王侯，下至买卖人，都称他家是'桂花夏家'。"宝玉笑问道："如何又称为'桂花夏家'？"香菱道："他家本姓夏，非常的富贵。其余田地不用说，单有几十顷地独种桂花，凡这长安城里城外桂花局俱是他家的，连宫里一应陈设盆景亦是他家贡奉，因此才有这个浑号。"宝玉忙道："只是这姑娘可好？你们大爷怎么就中意了？"香菱笑道："一则是天缘，二则是'情人眼里出西施'。当年又是通家来往，从小儿都一处厮混过。叙起亲是姑舅兄妹，又没嫌疑。虽离开了这几年，前儿一到他家，夏奶奶又是没儿子的，一见了你哥哥出落的这样，又是哭，又是笑，竟比见了儿子的还胜。又令他兄妹相见，谁知这姑娘出落得花朵似的了，在家里也读书写字，所以你哥哥当时就一心看准了。你哥哥一进门，就咕咕唧唧求我们奶奶去求亲。我们奶奶原也是见过这姑娘的，且又门当户对，也就依了。和这里姨太太凤姑娘商议了，打发人去一说就成了。只是娶的日子太急，所以我们忙乱的很。我也巴不得早些过来，又添一个作诗的人了。"宝玉冷笑道："虽如此说，但只我听这话不知怎么倒替你耽心虑后呢。"香菱听了，不觉红了脸，正色道："这是什么话！素日咱们都是厮抬厮敬的，今日忽然提起这些事来，是什么意思！怪不得人人都说你是个亲近不得的人。"一面说，一面转身走了。

香菱后来的命运验证了宝玉的担忧。薛蟠太太夏金桂浑说宝钗起的香菱不通，改香菱为秋菱。改名以后，秋菱步入了人生的至暗时刻，会写诗的秋菱更成为夏金桂的眼中钉，肉中刺了，谩骂折磨，设计陷害，薛蟠毒打等各种不堪，接踵而来，致使秋菱得了干血病，终在屈辱中死去，不忍细表。

香菱人生最为光彩照人的是拜黛玉为师学作诗。文本中香菱学诗相关内容十分精彩，下面笔者简缩共赏。

黛玉道："你只听我说，你若真心要学，我这里有《王摩诘全集》你且把他的五言律读一百首，细心揣摩透熟了，然后再读一二百首老杜的七言律，次再李青莲的七言绝句读一二百首。肚子里先有了这三个人作了底子，然后再把陶渊明、应玚、谢、阮、庾、鲍等人的一看。你又是一个极聪敏伶俐的人，不用一年的工夫，不愁不是诗翁了！"香菱听了，笑道："既这样，好姑娘，你就把这书给我拿出来，我带回去夜里念几首也是好的。"黛玉听说，便命紫鹃将王右丞的五言律拿来，递与香菱，又道："你只看有红圈的都是我选的，有一首念一首。不明白的问你姑娘，或者遇见我，我讲与你就是了。"香菱拿了诗，回至蘅芜苑中，诸事不顾，只向灯下一首一首的读起来。宝钗连催他数次睡觉，他也不睡。宝钗见他这般苦心，只得随他去了。

香菱拿回诗来，又苦思一回作两句诗，又舍不得杜诗，又读两首。如此茶饭无心，坐卧不定。宝钗道："何苦自寻烦恼。都是颦儿引的你，我和他算帐去。你本来呆头呆脑的，再添上这个，越发弄成个呆子了。"香菱笑道："好姑娘，别混我。"

香菱听了，默默的回来，越性连房也不入，只在池边树下，或坐在山石上出神，或蹲在地下抠土，来往的人都诧异。李纨、宝钗、探春、宝玉等听得此信，都远远的站在山坡上瞧看他。只见他皱一回眉，又自己含笑一回。宝钗笑道："这个人定要疯了！昨夜嘟嘟哝哝直闹到五更天才睡下，没有一顿饭的工夫天就亮了。我就听见他起来了，忙忙碌碌梳了头就找颦儿去。一回来了，呆了一日，作了一首又不好，这会子自然另作呢。"

只见香菱兴兴头头的又往黛玉那边去了。探春笑道："咱们跟了去，看他有些意思没有。"说着，一齐都往潇湘馆来。只见黛玉正拿着诗和他讲究。众人因问黛玉作的如何。黛玉道："自然算难为他了，只是还不好。这一首过于穿凿了，还得另作。"香菱自为这首妙绝，听如此说，自己扫了兴，不肯丢开手，便要思索起来。因见他姊妹们说笑，便自己走至阶前竹下闲步，挖心搜胆，耳不旁听，目不别视。一时探春隔窗笑说道："菱姑娘，你闲闲罢。"香菱怔怔答道："'闲'字是十五删的，你错了韵了。"众人听了，不觉大笑起来。宝钗道："可真是诗魔了。都是颦儿引的他！"黛玉道："圣人说，'诲人不倦'，他又来问我，我岂有不说之理。"

各自散后，香菱满心中还是想诗。至晚间对灯出了一回神，至三更以后上床卧下，两眼鳏鳏，直到五更方才朦胧睡去。一时天亮，宝钗醒了，听了一听，他安稳睡了，心下想："他翻腾了一夜，不知可作成了？这会子乏了，且别叫他。"正想着，只听香菱从梦中笑道："可是有了，难道这一首还不好？"宝钗听了，又是可叹，又是可笑，连忙唤醒了他，问他："得了什么？你这诚心都通了仙了。学不成诗，还弄出病来呢。"一面说，一面梳洗了，会同姊妹往贾母处来。原来香菱苦志学诗，精血诚聚，日间做不出，忽于梦中得了八句。梳洗已毕，便忙录出来，自己并不知好歹，便拿来又找黛玉。刚到沁芳亭，只见李纨与众姊妹方从王夫人处回来，宝钗正告诉他们说他梦中作诗说梦话。众人正笑，抬头见他来了，便都争着要诗看。

话说香菱见众人正说笑，他便迎上去笑道："你们看这一首。若使得，我便还学；若还不好，我就死了这作诗的心了。"说着，把诗递与黛玉及众人看时，只见是：

精华欲掩料应难，影自娟娟魄自寒。

一片砧敲千里白，半轮鸡唱五更残。

绿蓑江上秋闻笛，红袖楼头夜倚栏。

博得嫦娥应自问，何缘不使永团圆！

众人看了笑道："这首不但好，而且新巧有意趣。可知俗语说'天下无难事，只怕有心人'社里一定请你入社。"

《红楼梦》中有三位女性来自姑苏，分别是香菱、妙玉、林黛玉，她们都冰清玉洁，一个比一个漂亮，一个比一个有才，但是命运也一个比一个悲惨，还不重样，真乃姑苏丽人三人行，千红一窟，万艳同杯。甄英莲一生出身迷失，经历断片，性情迷失，身份迷失，是最为悲苦的一生。也许一些迷失是英莲有意为之，作为自卫武器使用，这就更增添了她人生的悲剧色彩。但是一个角色演久了，演了一辈子，自己早就变为了角色中人了，假作真时真亦假，真作假时假亦真。

探春三叹

贾探春是"原应叹息"的"叹"，是贾府三小姐，贾宝玉之庶妹。叹是因忧闷悲痛而呼出长气，如叹气、叹息、悲叹、叹惋、长吁短叹；当然因高兴、兴奋、激动而发出长声也有，如叹赏、叹服、赞叹、叹观止矣；有时也有吟咏的意思，如咏叹、一唱三叹。

我们叹气的时候，其实是一个深呼吸，深呼吸在发生作用，使身体进入更多新鲜空气，给各个脏器供氧，加快血液循环，排出二氧化碳，帮助舒缓情绪。

叹气不过是一种心理兼生理的反应。身体上的过度劳累，心理上的压力，都会产生不自觉的叹气现象。从科学上说，这还可以一定程度上缓解压力和疲劳。

谁都会有烦恼，心情郁闷烦躁，不爽，缺氧，神经紧张，人就不自觉地进行身体调整，叹气连连。其实经常会叹气的人大致上是一个心思细腻而感情丰富的人，事物的发展与自己的认知有所偏差，客观上又无力改变，心理上又坚守信念，坚持不妥协的人，就会经常叹气，烦恼缠身。能力有限又无所事事不思进取者，糊里糊涂不明事理者，心无成见见风使舵者就少有烦恼，自然不会整天叹气。贾母身边的傻大姐就不会经常叹气。

能者多叹。曹雪芹在《红楼梦》第一回中记述那块石头（贾宝玉）"因见众石俱得补天，独自己无材不堪入选，遂自怨自叹，日夜悲号惭愧"，"偈云，无材可去补苍天，枉入红尘若许年"。这也是雪芹自叹。贾探春也有自己的不如意和苦恼，中夜四五叹，常为贾府忧。

贾探春削肩细腰，长挑身材，鸭蛋脸面，俊眼修眉，顾盼神飞，文采精华，见之忘俗。她精明能干，富有心机，能决断，主持大观园改革，见识远卓，雄才伟略，既依规按例，又除弊兴利，勇于改革；她还工诗善书、趣味高雅，曾发起建立海棠诗社，也是大观园中的一位大才女。

贾探春是一个能人，胸有沟壑，见识非凡，她能看到事物的全局，洞察事物发展的三知和三世，对于世事乱相总比别人早看到，看得清，看得明白，看得透。可惜啊，贾探春生不逢时，"才自精明志自高，生于末世运偏消"。人不可能和天斗，不可能和地斗，甚至有时也不可能和人斗，只能和自己较劲，经常叹气。聪明人有聪明人的痛苦，聪明人的痛苦甚至比愚笨者更甚，聪明人的痛苦谁能懂？贾探春就是聪明人，有烦恼，有痛苦，常叹气。

一叹身世。贾探春，她的父亲是荣府掌门人贾政，可谓苗红根正，但是母亲却是贾政小妾赵姨娘，还有一个同胞弟弟贾环。贾探春有侯门小姐的体面，却始终摆脱不了庶出的阴影；有巾帼不让须眉的特质，却严守封建宗法制度。贾探春一半是贾政之女，是小姐；一半又是卑贱赵姨娘之女，是庶出。赵姨娘在贾府里到处惹是生非，很怕别人不知道她养出了一个这么优秀的女儿，四处宣扬夸耀，完全不顾忌探春的感受。

探春是最在意自己的出身的，对庶出的鄙弃目光没有一天不盯在她身上，烙在她心里。探春人前嘴硬，"什么偏的、庶的，我统统不知道"。可是她越是这样遮掩，庶出的这块伤疤就越显露得厉害。她不在意就不会说出"谁是我的舅舅？我的舅舅年下才升了九省检点，那里又跑出一个舅舅来？"这样的话。对于出身，探春不能不在意，她不在意别人也得在意，她就生活在在意出身的社会，就成长在在意出身的时代。下人兴儿说，三姑娘的诨名是玫瑰花，又红又香，无人不爱，只可惜不是太太养的；凤姐背后也夸，好个三姑娘，我说她不错，然后也来个转折，只可惜她命薄，没有托生在太太肚里。

封建宗法制度的核心价值观就是嫡长子文化，就是君君臣臣父父子子，讲究的是正统一条线。庶出就是旁门别支，不仅没有继承权，其地位与嫡出的也相差甚远。在《红楼梦》中，贾探春、贾环的主母只能是王夫人，不是赵姨娘，赵姨娘只能说是从她肚子里爬出来的，称姨娘。所以探春不认她的舅舅，只能把贾宝玉的舅舅当成自己的舅舅。

贾探春、赵姨娘和贾环一样，都对出身有自卑感，但他们对此认知理念不同，所走的道路不一样。赵姨娘和贾环采取的方法是对抗和不合作，而且没有是非观念，置个人利益于家庭之上，有些手段见不了阳光，为人所不齿，但只要对他们有利就行。探春则更有大局观，认为大河不满小河干，只有家族兴旺了，小家与个人的利益才有保障，为人处世持家须按道德规范走，下马步蹲扎实了，才能取得持续发展。两者格局不一，高下两判。不过探春过度敏感，听不得有关庶出类话题，她自欺地以为不说自己是姨娘养的别人也就不知道，这是逃避主义的做法，并不能解决问题。她采用阿Q忌讳光亮的方法，无异于伤口里边没有长好却强让外面尽快结痂，实际上以后还会出事的。

二叹命运。贾探春生于长于"末世"，她面对的是一个以男权为主的社会，失败与失意是必然的。她曾悲怆地说："我但凡是个男人，可以出得去，我必早走了，立一番事业，那时自有我一番道理。偏我是女孩儿家，一句多话也没有我乱说的。"性别的歧视，连有济世之才的探春也无可奈何，甚至对自己也时有不自信的表现，她也不能把握自己的命运，只有将自己的命运交给那些能左右她的人。

探春是庶出，这是无法改变的现实。在那样一个封建等级森严的社会中，也就注定了她婚姻的悲剧。探春由赵姨娘所生，在她所处的年代，庶出是很丢人的事情。这对于颇具人生抱负、独立思想的贾探春来说，是个不为自己所原谅的缺陷与遗憾。她自己在与赵姨娘争吵的时候说："何苦来，谁不知道我是姨娘养的，必要过两三个月寻出由头来，彻底来翻腾一阵，生怕人不知道，故意的表白表白。"每每有人提及她的出身，她就有一种本能的反抗，她的玫瑰刺就显露出来。为此，她为人处世都是特别谨慎，生怕成为别人议论的对象。王熙凤私下里对平儿还说过，"将来说亲时，如今有一种轻狂人，先要打听姑娘是正出庶出，多有为庶出不要的"。

探春的判曲是《分骨肉》："一帆风雨路三千，把骨肉家园齐来抛闪。恐哭损残年，告爹娘：休把儿悬念。自古穷通皆有定，离合岂无缘。从今分两地，各自保平安。奴去也，莫牵连。"由曲子内容可以看出，探春嫁得很远。并且还是嫁到海外。不然何谈"一帆风雨路三千""把骨肉家园齐来抛闪""从今分两地，各自保平安"和"恐哭损残年"，再也不能与家人相会。

另外，书中多处出现风筝，都与贾探春有关。第二十二回探春制的灯谜："游丝一断浑无力，莫向东风怨别离"，谜底即是风筝；第七十回黛玉探春她们放风筝，探春放了一个凤凰风筝，天外又飞回来了一个凤凰风筝，接着又来了一个门扇大的带响鞭的玲珑喜字风筝，三个风筝绞在一起，"三下一齐收线乱顿，谁知线都断了，那三个风筝飘飘摇摇都去了"，看来，探春与风筝有着密切的关系。正如判词"清明涕送江边望，千里东风一梦遥"。

三叹家运。人的一生实乃取决于时也、运也、命也。时就是时代、朝代，具体就是清朝康乾时期；运就是机缘巧合，就是四王八府中的贾府，就是从贾家老哥俩算起，至探春辈已经近百年满四代的宁荣府；命就是探春乃政老爷小妾赵姨娘之庶出，而且赵姨娘不成相，探春之胞弟贾环不成气。时运不争，命一半靠天，一半靠己，奈何？"才自精明志自高，生于末世运偏消。"时运一结合，百年老店已是王小二过年，一年不如一年了，子孙亦是一代不如一代了。这种颓势连周瑞家的女婿古董商人冷子兴都看得出来。贾府不肖子弟各种不堪的行为勾当，连两耳不闻窗外事，冷心内向的贾惜春都不少听说。探春看得透，拿得定，说得出，办得来，她日常目睹王熙凤左支右挡，穷于应付，拆东墙补西墙，眼见连太监都连续敲竹杠，她能看不明白，能不着急，能不叹气？！心中明白都也插不上手，感觉英雄无用武之地。

机会说来就来，王熙凤由于积劳成疾，却又争胜好强，忽于医治和调理，使病成势，无力理事。受王夫人之命，成立了李纨、贾探春、薛宝钗组成的三人小组共理大观园事务。贾探春提出了深思熟虑的开源与节流的"两手都要抓，两手都要硬"的重要举措，获得一致通过。开源方面引入赖家花园的先进经验，大力推进承包制与责任制；节流方面根据实际情况蠲了很多不必要的具有明显弊端的开支项目。在这一过程中，经历了老奴欺主，亲情绑架，立规树威，破除旧规等事件。改革取得了立竿见影的良好成效，获得赞誉连连。下人都说，便添了一个探春，也都想着不过是个未出闺阁的青年小姐，且素日也最平和恬淡……只三四日后，几件事过手，渐觉探春精细处不让凤姐，只不过是言语安静，性情和顺而已。凤姐连用了四个好，说：好，好，好，好个三姑娘！连贾宝玉都赞道，她干了好几件事……最是心里有算计的人，岂只乖而已。

探春严于律己，有担当、有胆量、不惧权威，在抄检大观园的时候，唯独她命众丫鬟秉烛而待；给了王善保家的一个耳光子。探春对抄检大观园不以为然，冷笑道："……你们别忙，自然连你们抄的日子还有呢！你们今日早起不曾议论甄家，自己家里好好的抄家，果然今日真抄了。咱们也渐渐的来了。可知这样大族人家，若从外头杀来，一时是杀不死的，这是古人曾说的'百足之虫，死而不僵'，必须先从家里自杀自灭起来，才能一败涂地！"说着，不觉流下泪来。贾探春一语成谶。

当然，仅凭贾探春救不了贾府。纵观贾府诸男人，不是有心无才，就是好色无能之辈，没有一人能拯大厦于将倾。女人们，只知道个人利益，窝里斗。贾府内部自己先内耗，耗得成了空架子。一旦有风吹草动，自然一碰就倒。脂砚斋曾批注：噫！事亦难矣哉！探春以姑娘之尊，以贾母之爱，以王夫人之付托，以凤姐之未谢事，暂代数月，而奸奴蜂起，内外欺侮，锱铢小事，突动风波，不亦难乎！以凤姐之聪明，以凤姐之才力，以凤姐之权术，以凤姐之贵宠，以凤姐之日夜焦劳，百般弥缝，犹不免骑虎难下，为移祸东吴之计，不亦难乎！况聪明才力不及凤姐，权术贵宠不及凤姐，焦劳弥缝不及凤姐，又无贾母之爱，姑娘之尊，太太之付托，而欲左支右吾，撑前达后，不更难乎！士方有志作一番事业，每读至此，不禁为之投书以起，三复流连而欲泣也！

贾探春是曹公在四春中用墨最多的一个形象，寄托着作者很大的期望。如果说林黛玉是理想版的，目下无尘，是脱世的；薛宝钗是现实版的，世故功利，入世太深；那么贾探春就是黛玉和宝钗的调和，现实中的理想，既可仰望天空，又能脚踏实地，是一个光彩照人的艺术形象。只可惜探春"处末世"，"运偏消"，我为探春一叹！

功利取舍人生的薛宝钗

薛宝钗是《红楼梦》中的女二号，但她经常抢戏，争当女一号。薛宝钗一亮相就获彩头，看看宝玉眼中的宝钗，"头上挽著漆黑油光的纂儿，蜜合色棉袄，玫瑰紫二色金银鼠比肩褂，葱黄绫棉裙，一色半新不旧，看去不觉奢华。唇不点而红，眉不画而翠，脸若银盆，眼如水杏。罕言寡语，人谓藏愚；安分随时，自云守拙"。

"罕言寡语，人谓藏愚；安分随时，自云守拙。"这十六个字是薛宝钗的做人哲学。读懂了这十六个字，就读懂了薛宝钗。王熙凤曾评论薛宝钗"事不关己不开口，一问摇头三不知"。林黛玉也曾批判薛宝钗"胶柱鼓瑟，矫揉造作"。王熙凤和林黛玉是从不同层面不同层次上质疑薛宝钗的为人，因为这十六个字当中，重要的两个字是"藏"和"守"。这一藏一守就没有了自己，缺失了自我，消极应世，明哲保身。这十六个字中没有真情，只有假意，没有是非曲直和对错，只有功利选择，也可以违心，没有原则，射覆的原是极端的自我。守与藏也并不绝对是贬义的，最起码是韬光隐晦的近义词，只是格局没那么大。

"安分随时"是十六字中的关键要诀，最重要的行为规范。"安分"就是守本分，遵礼教，从传统。"安分"就是君君臣臣父父子子，就是三从四德，就是功名经济，就是封建礼教，就是体制内的条条框框。"随时"就是顺应时势，是从权从变，可以因时变通求达。所以，薛宝钗并不是一个死板无聊的教条之人，她是要争做体制内的优秀者。当然从时也绝不是与时俱进，是消极应对而非主动作为。

"藏"和"守"统一后就一个字"装"，我们看到的薛宝钗是装出来的。装出来的薛宝钗没有了真我，没有了自己的喜怒哀乐，率性、偏好、真性、特点都不见了。我们看到的是与自己年龄严重不符的整天说着大人话的薛宝钗，开口守本分好女红，闭口仕途经济功名，用现在的话说，就是政治正确，哪有一点点孩子的率性与天真。规劝黛玉守本分，不要看违禁杂书，但其实她自己早看了，而且她看得更多更杂。除了装大，还有讨好，刚一亮相，荣府各色人等都有小礼物送达，送礼名单中甚至包括了不吃香人人厌恶的赵姨娘和荣府重要人物身边的大丫头。对于鲁莽决定请客自己又实力不济的史湘云及时主动送去小恩惠。一个豆蔻年华的少女，喜欢煮得烂烂的食物，清淡的口味，偏好听热闹打杀的戏，这些分明都是投贾母之所好，明眼人一看就知。

比"装"上层次的是设计。薛宝钗的人生道路是目标导向，她不是消极等待，而是主动作为。初到荣府时，薛宝钗每天到什么地方，见什么样的人，说什么样的话，送什么样的礼，都是有系统设计的，不停周旋于贾母、王夫人、宝玉、各姑娘、用得着的各处有头面的丫头、不想得罪的赵姨娘，甚至下人等各处，所以荣府中最忙的除了王熙凤就是薛宝钗，以至于薛宝钗只能白天交际，晚上熬夜做针线活！薛宝钗深谋远虑的是让自己的大丫头黄莺儿认宝玉贴身小子茗烟的娘为干娘，还请了席，可谓用心良苦呀。薛宝钗最初进京是要选秀入宫的，初始目标并非要当什么宝二奶奶的，只是选秀落选之后，进行了目标转换。有了新的目标，进行了系统设计，咬住青山不放松，围绕目标设置任务和行动，并有很好的执行力。

"装"和"设计"都是自己的事，除了对人的认知造成干扰外，并不妨碍什么。在装和设计的基础上再上一个台阶就谓"局"，做"局"就有了危害性，往往会伤及无辜。"金玉良缘"就是薛宝钗主创的臭名昭著的"局"。我们先看一段相声，表演者为薛宝钗和黄莺儿：

> 宝玉一面看，一面问："姐姐可大愈了？"宝钗抬头只见宝玉进来，连忙起身含笑答说："已经大好了，倒多谢记挂着。"说着，让他在炕沿上坐了，即命莺儿斟茶来。一面又问老太太姨娘安，别的姐妹们都好。一面看宝玉头上戴着累丝嵌宝紫金冠，额上勒着二龙抢珠金抹额，身上穿着秋香色立蟒白狐腋箭袖，系着五色蝴蝶鸾绦，项上挂着长命锁，记名符，另外有一块落草时衔下来的宝玉。宝钗因笑说道："成日家说你的这玉，究竟未曾细细的赏鉴，我今儿倒要瞧瞧。"说着便挪近前来。宝玉亦凑了上去，从项上摘了下来，递在宝钗手内。宝钗托于掌上，只见大如雀卵，灿若明霞，莹润如酥，五色花纹缠护。
>
> 宝钗看毕，又从新翻过正面来细看，口内念道："莫失莫忘，仙寿恒昌。"念了两遍，乃回头向莺儿笑道："你不去倒茶，也在这里发呆作什么？"莺儿嘻嘻笑道："我听这两句话，倒像和姑娘的项圈上的两句话是一对儿。"宝玉听了，忙笑道："原来姐姐那项圈上也有八个字，我也赏鉴赏鉴。"宝钗道："你别听他的话，没有什么字。"宝玉笑央："好姐姐，你怎么瞧我的了呢。"宝钗被缠不过，因说道："也是个人给了两句吉利话儿，所以錾上了，叫天天带着，不然，沉甸甸的有什么趣儿。"一面说，一面解了排扣，从里面大红袄上，将那珠宝晶莹、黄金灿烂的璎珞掏将出来。宝玉忙托了锁看时，果然一面有四个篆字，两面八字，共成两句吉谶：不离不弃，芳龄永继。
>
> 宝玉看了，也念了两遍，又念自己的两遍，因笑问："姐姐这八个字倒真与我的是一对。"莺儿笑道："是个癞头和尚送的，他说必须錾在金器上……"宝钗不待说完，便嗔他不去倒茶，一面又问宝玉从那里来。

这就是金玉良缘的最初版本，如果薛宝钗与黄莺儿私下里没有多次演练，配合焉能如此天衣无缝。金玉良缘版本后经薛姨妈，薛蟠等人的努力，不断完善，荣府无人不知，从此林黛玉就生活在金玉良缘的梦魇之中，宝玉也是深受其害。

装、设计、做局如果都是自己的修为问题，不妨碍到别人并符合传统的行为规范，倒也没什么，如果擦边或撞线就另当别论，更甚者超越底线，那就是品质问题了。我们看三个例子。

一是滴翠亭诬陷黛玉。宝钗扑蝶本是文本中极具画面感的极美的一段描写，曹公却偏要无缝衔接地记述了宝钗急中生智（愚）诬陷与陷害黛玉的一段情节，文本中说：一双玉色蝴蝶，把宝钗带到了滴翠亭，此时的宝钗因为扑蝶而有些微微的气喘，步子也慢了下来。她听到了小红和坠儿的谈话，原来是小红与贾芸的手帕传情。

> 宝钗在外面想道："怪道从古至今那些奸淫狗盗的人，心机都不错。这一开了，见我在这里，他们岂不臊了。况才说话的语音，大似宝玉房里的红儿的言语。他素昔眼空心大，

是个头等刁钻古怪东西。今儿我听了他的短儿，一时人急造反，狗急跳墙，不但生事，而且我还没趣。如今便赶着躲了，料也躲不及，少不得要使个'金蝉脱壳'的法子。"

犹未想完，只听"咯吱"一声，宝钗便故意放重了脚步，笑着叫道："颦儿，我看你往那里藏！"一面说，一面故意往前赶。好冷静好机敏，可是一个好演员。薛宝钗这事做得实在是不厚道，更不地道，还做得那么自然，不露声色，连小人精一样的小红都没有看出破绽，但是广大读者难道也看不出来宝钗人品上存在的瑕疵吗？

二是金钏儿死后，宝钗与王夫人间的对话情节。先看文本：

一句话未了，忽见一个老婆子忙忙走来，说道："这是那里说起！金钏儿姑娘好好的投井死了！"袭人唬了一跳，忙问"那个金钏儿？"老婆子道："那里还有两个金钏儿呢？就是太太屋里的。前儿不知为什么撵他出去，在家里哭天哭地的，也都不理会他，谁知找他不见了。刚才打水的人在那东南角上井里打水，见一个尸首，赶着叫人打捞起来，谁知是他。他们家里还只管乱着要救活，那里中用了！"宝钗道："这也奇了。"袭人听说，点头赞叹，想素日同气之情，不觉流下泪来。宝钗听见这话，忙向王夫人处来道安慰。这里袭人回去不提。

却说宝钗来至王夫人处，只见鸦雀无闻，独有王夫人在里间房内坐着垂泪。宝钗便不好提这事，只得一旁坐了。王夫人便问："你从那里来？"宝钗道："从园里来。"王夫人道："你从园里来，可见你宝兄弟？"宝钗道："才倒看见了。他穿了衣服出去了，不知那里去。"王夫人点头哭道："你可知道一桩奇事？金钏儿忽然投井死了！"宝钗见说，道："怎么好好的投井？这也奇了。"王夫人道："原是前儿他把我一件东西弄坏了，我一时生气，打了他几下，撵了他下去。我只说气他两天，还叫他上来，谁知他这么气性大，就投井死了。岂不是我的罪过。"宝钗叹道："姨娘是慈善人，固然这么想。据我看来，他并不是赌气投井。多半他下去住着，或是在井跟前憨顽，失了脚掉下去的。他在上头拘束惯了，这一出去，自然要到各处去顽顽逛逛，岂有这样大气的理！纵然有这样大气，也不过是个糊涂人，也不为可惜。"王夫人点头叹道："这话虽然如此说，到底我心不安。"宝钗叹道："姨娘也不必念念于兹，十分过不去，不过多赏他几两银子发送他，也就尽主仆之情了。"

这段表演就不仅仅是人品的瑕疵了，已经触碰到了道德的底线了，对生命如此的冷漠，对比宝玉在王熙凤生日时出逃祭奠金钏儿那就何止相差十万八千里，就是和感慨落泪的花袭人也相差甚远，一句"这也奇了"的四字反应让人说不出话来，紧接着的第一反应是赶紧安慰王夫人！后来宝钗与王夫人的两人对话，简直就是黑白颠倒、鬼话连篇、捏造事实、推卸责任、面目狰狞、人性全失，宝钗认为人的生命不就是多花几两银子就可摆平的，这也是薛家从几次薛蟠打死人命事件中所得出的经验。

三是薛姨妈薛宝钗母女戏弄黛玉事件。《红楼梦》第五十七回，宝玉因紫鹃说黛玉要回苏州老家的一句玩笑话而引发的呆病，此事件让宝黛爱情昭告荣府，事件刚刚恢复正常，潇湘馆才恢复平静，一位稀客突然莅临了。这位客人是薛姨妈，随后薛宝钗也来了。薛姨妈以邢、薛的亲事为由头，讲了有关婚姻是前世注定的道理。她说："自古道：'千里姻缘一线牵。'管姻缘的有一位月下老人，预先注定，暗里只用一根红线把这两个人的脚绊住，凭你两家隔着海，隔着国，有世仇的，也终久有机会作了夫妇。这一件事都是出人意料之外，凭父母本人都同意了，或是年年在一处的，以为是定了的亲事，若月下老人不用红线拴的，再不能到一处。比如你姐妹两个的婚姻，此刻也不知在眼前，也不知在山南海北呢。"这就很明确地说明宝黛之恋不算数，恁你年年在一处也没用，你也不用惦记着。试想这对黛玉的打击该有多大啊！在黛玉还未寻思出薛姨妈的话中话时，薛宝钗就躺在她妈妈的怀里撒开娇了。薛姨妈用手摩弄着宝钗，叹向黛玉道："你这姐姐就和凤哥儿在老太太跟前一样，有了正经事就和他商量，没了事幸亏他开开我的心。我见了他这样，有多少愁不散的。"

当着黛玉的面，宝钗撒娇，薛姨妈爱抚并且夸赞宝钗，这让没了母亲的黛玉作何感受呢？黛玉见此光景，禁不住哭了，她说："他偏在这里这样，分明是气我没娘的人，故意来刺我的眼。"

但薛姨妈改摩黛玉以后说了一番话：好孩子别哭。你见我疼你姐姐你伤心了，你不知我心里更疼你呢。你姐姐虽没了父亲，到底有我，有亲哥哥，这就比你强了。我每每和你姐姐说，心里很疼你，只是外头不好带出来的。你这里人多口杂，说好话的人少，说歹话的人多，不说你无依无靠，为人作人配人疼，只说我们看老太太疼你了，我们也洑上水去。薛姨妈更疼黛玉这话鬼都不信，况且她还造谣说黛玉的生存环境恶劣，身边人都说黛玉坏话，不说黛玉好话。

但黛玉的心是单纯的，她立刻相信了薛姨妈的"爱语"，表示愿意认薛姨妈作娘。薛姨妈刚说了一个"好"，宝钗就用一个极不堪的恶谑打断了——她说薛蟠看上了黛玉，只要薛姨妈去和老太太求这门亲事，也就成了。黛玉气得上来抓宝钗，说："你越发疯了！"宝钗当然没有疯，她不过是开了一个玩笑，只不过开得不伦不类，"谑"变成"虐"，和我们看到的历来的宝钗都不一样，不仅扭曲了自己，也伤损了黛玉。

接下去薛姨妈讲的话，更需要听话听音儿。她对宝钗说：前儿老太太因要把你妹妹说给宝玉，偏生有了人家，不然倒是一门好亲。前儿我说定了邢女儿，老太太还取笑说："我原要说他的人，谁知他的人没到手，倒被他说了我们的一个去了。"虽是顽话，细想来倒有些意思。我想宝琴虽有了人家，我虽没人可给，难道一句话也不说？我想着，你宝兄弟老太太那样疼他，他又生的那样，若要外头说去，断不中意。不如竟把你林妹妹定于他，岂不四角俱全。

这个时候的黛玉智商大约低于 10 了，她哪里知道人生险恶，坏人居多，可怜的黛玉却当了真，脸一下子红了。紫鹃听到更如获至宝，立即跑来说："姨太太既有这主意，为什么不和太太说去？"老于世故的姨妈竟然哈哈大笑，说道："你这孩子，急什么？想必催着你姑娘出了阁，你也要早些寻一个小女婿去了！"

宝黛之间的爱情，贾府上下、大观园内外，谁人不知？哪个不晓？薛姨妈却在这里"揣着明白装糊涂"。

潇湘馆服侍黛玉的婆子们，也都在为黛玉的婚事着急，见薛姨妈如此说，也都上来说话了："姨太太虽是顽话，却倒也不差呢。到闲了时和老太太一商议，姨太太竟做媒促成这门亲事是千妥万妥的。"薛姨妈回答得很平静："我一出这主意，老太太必喜欢的。"然而直到最后，薛姨妈也没有给贾母出过这个主意。

第六十七回薛姨妈、薛宝钗母女在黛玉房中的丑恶表演，一是向黛玉宣告宝黛恋无效，二是公告薛家要嫁女贾府，三是当面戏谑羞辱黛玉。这是在黛玉的爱情伤口上撒上盐再换着手拼命揉搓。薛家母女是在宝黛爱情半公开状态下气急败坏地上演了极为无耻的精彩纷呈的一出折子戏，这对林黛玉未免有些太残酷了。薛宝钗母女俩的行为让人不齿。

薛宝钗作为一个十来岁的小姑娘，她深谙世故太早了，失去了许多本真，这也是这个人物不可爱的原因。这种过早成熟，想必也是有个寡母和不争气的哥哥这种身世造成的。薛宝钗活得很累，小心谨慎，战战兢兢，如履薄冰。史大姑娘来的那次，住在黛玉的潇湘馆，宝玉天不亮不梳洗就去看望还没起床的湘云和黛玉，惹得袭人生气，哪里知道薛宝钗去怡红院看宝玉来得更早，一个姑娘家家的。文本中还有薛宝钗正午和夜深时刻造访怡红院的描述。怡红院的小丫头小红最初登场之时，连护花使者宝玉当面也认不出是谁时，宝钗却能够仅凭声音就判断出是小红，特别是知道小红的脾气和性格特点，这得用多大心思，死多少脑细胞呀！宝钗除了每天数次怡红院打卡外，需要周旋考虑的事更多，该讨好的讨好，该维系的维系，不能得罪的绝不能得罪，真是不易呀！！价值观决定人生道路，性格也决定命运。薛宝钗行为特点和人生道路上写有四个醒目的大字——功利取舍。

薛宝钗最后的结局，曹公没写就不知道了。也许是宝玉出家后贫困潦倒中守寡了却残生（刘姥姥讲的雪地抱柴的红衣妇女，薛宝钗的谐音）；也许是机缘巧合中给贾雨村做小（钗在奁中待时飞，时飞乃雨村的字）；也许是第一种情景中还有故事（笔者推荐），即宝玉先离家，后邂逅史湘云（脂砚斋）并有一段共同的生活（因麒麟伏白首双星），史湘云死后，宝玉出家。

孤独自闭的贾惜春

贾惜春在贾府四姐妹中年龄最小，排行老四，是"原应叹息"中的"息"。"息"是吸进呼出的气，无色无形，气若游丝。身体健康时，有谁会在意呼吸进出的气，甚至都不认为它是身体的一部分，不可或缺。肌体有恙时方显呼吸之重要。有的病菌如新型冠状病毒对于人体的侵入就是通过呼吸之气息得逞的。一旦有疾痛或病入膏肓时，就呼吸困难或不能呼吸，呜呼哀哉时，就停止了呼吸，咽了气。贾惜春在《红楼梦》中虽然戏分不多，却是一个相当重要的角色，是百年贾府走向衰亡的标志性人物，也是探秘贾府死亡之旅的灯笼和路标。

《红楼梦》中贾家四位小姐的首次出场，是通过冷子兴之口向贾雨村间接介绍的。子兴道："便是贾府中，现有的三个也不错。政老爹的长女，名元春，现因贤孝才德，选入宫作女史去了。二小姐乃赦老爹之妾所出，名迎春；三小姐乃政老爹之庶出，名探春；四小姐乃宁府珍爷之胞妹，名唤惜春。因史老夫人极爱孙女，都跟在祖母这边一处读书，听得个个不错。"

再看冷子兴如何介绍贾敬。"贾代化次子贾敬，一味好道，只爱烧丹炼汞，余者一概不在心上。幸而早年留下一子，名唤贾珍，因他父亲一心想作神仙，把官倒让他袭了。他父亲又不肯回原籍来，只在都中城外和道士们胡羼。"

提醒读者要仔细阅读上面两处原文，文本中介绍元春、迎春、探春时都是从父亲母亲开始的，唯有惜春不是，是从胞兄贾珍处介绍的，这种从兄不从父的介绍是十分罕见的，也是与传统文化不相符合的。同样在介绍贾敬时，只说道贾敬有一子名叫贾珍，并没有说贾敬有一子一女，女儿贾惜春什么的，而介绍赦、政儿与女就全都介绍。很多读者是通过贾珍将贾敬与贾惜春联系在一起的，曹公可没有让你这么干！曹雪芹一上来就摆了一个迷魂阵，使很多读者犯错误，但错的是读者，不是雪芹，但读者的错却是雪芹诱导的！

实际上，曹公在书中不仅没说贾敬有一女为贾惜春，而且洋洋百万字也没有让贾敬与惜春有任何交集，形同参商，岂不怪哉！一是贾敬寿诞，连贾赦（色）、政，邢、王夫人等全族人员都到宁府请安，贾惜春却缺席；二是贾敬呜呼哀哉的治丧期间惜春同样踪迹全无。

当然，全书中，贾珍与贾惜春也无什么交集，这与惜春的这位哥哥比宝钗的哥哥呆霸王薛蟠更不靠谱有关！大观园抄检后突发的贾惜春与尤氏的著名一吵，也是贾惜春要与宁府划清界线。这还不够微妙吗？

所以更接近事实的是，贾珍与贾惜春同母异父，他们的母亲，也就是贾敬之妻，在贾敬偏好沉溺于炼丹之时守不住寂寞，劈腿出墙，不仅让贾敬道帽的颜色变绿了，而且生下了孽种贾惜春，致使贾府的希望之子贾敬从沉溺炼丹到彻底离家。贾惜春的父亲大概率是贾敬的弟弟好色不是人的贾赦。这是贾府天大的丑闻，合府皆知，贾母也知原委，但胳膊折了往袖子里藏，说不得呀，明知纸里包不住火，但也得硬包呀，只得出面将亲孙女名义上的侄孙女贾惜春接入荣府养着。这也是一些读者奇怪，按传统说法，贾母与惜春关系已经不是很近，况且虽然贾母辈分最高，但贾府族长却是贾珍，为什么贾惜春要寄人篱下被养在荣府。因此，贾珍与惜春的妈就成了焦大口中的"扒灰的扒灰，养小叔子的养小叔子"的养小叔子的了，贾赦就是那个小叔子。

这也解释了另外两件让人费解的事。其一是贾赦做为贾母的长子，却失去了荣府的掌门并另院居住；其二是秦可卿判词中让人不理解的"皆从敬，首罪宁"。

> 画梁春尽落香尘。
> 擅风情，秉月貌，便是败家的根本。
> 箕裘颓堕皆从敬，家事消亡首罪宁。
> 宿孽总因情！

宿孽一词就是指过去的，历史上的，上一辈的事。这样"皆从敬，首罪宁"就成立了，一切源于"擅风情，秉月貌"！

贾惜春这孩子命苦呀，从小妈妈就死了（出了这种事情，就算自己不做了断，贾府岂能容她），成了没娘的孩子；有爹不如无爹，亲爹不能认，叫爹的不是爹，可能还恨她；唯一的亲人哥哥贾珍，本身就不成器，比不上薛蟠还处处疼爱着宝钗，不仅不管不顾贾惜春，没准还嫌弃呢！就出身而言，贾惜春比不上贾迎春，更苦命，更悲惨。

生活在荣府的贾惜春寄人篱下，更加孤单，贾母等虽有心照顾，却也难以周全，一是贾母王夫人等几乎所有心思都在宝玉、黛玉等人身上，哪能照顾得过来。二是贾惜春身份尴尬，其出身合府尽知（贾敬离家修行，贾赦失去荣府掌门，贾敬之妻生女后死去等这么大的事想瞒也瞒不住，对于这点只要看看焦大破口爆粗时整个下人的反应就知）。三是贾惜春资质平平，又性格内向，不是那种特别惹人喜欢的孩子。因此舞台中央不会有惜春的影子，她永远是背景墙，加上年龄又比众伙伴小一些，难以参与和融入大家的喜怒哀乐，兴趣爱好，生活节奏不尽相同，很快就会被边缘化。大千世界，关我甚事。孤独、孤单、孤僻、自卑、自闭。

贾惜春的朋友圈很小，能谈得来只有陇翠庵的妙玉，水月庵的智能儿。其他人焉能走进惜春的世界。

惜春年幼之时，母亲便已死去，名义上的父亲离家当了道士，亲父亲却不能相认（退一步讲，既使能相认，还指望贾赦能给他父爱吗），兄长对她也是不理不问，亲情的寡淡造就了她孤介冷情的性格特点。惜春从刚开始就表现的与寻常姑娘不同，像黛玉喜欢诗，宝钗爱读书和女红，探春自幼比较操心家里，像个男孩子，而惜春从小就跟尼姑关系走得很近，跟智能儿和妙玉都很要好。惜春第一次正面出现，是周瑞家的送宫花过去，惜春笑说：自己正跟智能儿说要剪掉头发做姑子去，就送了花过来，真剪了头发，花儿要往哪儿戴呢？

命运的悲惨加上亲情的缺失使惜春从小就有远离尘世的想法，不禁让人唏嘘。

宁国府，是惜春的出生之地，父亲的冷漠、荒唐，哥哥的淫乱，是她所不能接受的，在她眼里，父亲、兄长，有也是无！第七十四回中，抄检大观园，当从惜春的丫鬟入画箱子翻出男人衣物时，惜春冷漠绝情，全不念主仆一场的情分，王熙凤碍着入画是东府过来的人，又是珍大爷的衣物，有意给台阶下，惜春却要王熙凤秉公处理，赶走入画。

当嫂子尤氏证明入画的男人衣物，是哥哥贾珍赏给入画哥哥的，入画保管着，惜春更加不依不饶，说道："不但不要入画，如今我也大了，连我也不便往你们那边去了。况且近日我每每风闻得有人背地里议论什么多少不堪的闲话，我若再去，连我也编派上了。"贾珍的荒唐淫乱事情，惜春听得太多了，哥哥的不堪让她蒙羞，她大概早想与东府撇清关系，借此机会，来个一刀两断。

贾惜春具有绘画技能，曾受贾母之命，画《大观园行乐图》。她不工诗，但也参加诗社，雅号"藕榭"。她在大观园中的卧房名为"藕香榭"，来人未进藕香榭的门便能感到一股温香拂面而来。人不奇则不清，不僻则不净，以知清净法门，皆奇僻性人也。她说"古人说得好，'善恶生死，父子不能有所勖助'……我只知道保得住我就够了，不管你们"。又说"'不作狠心人，难得自了汉。'我清清白白一个人，为什么给你们教坏了我！"实际上她只是逃避现实，以求个人的精神解脱，最终落发为尼，也仍被归入薄命司了。

在刘姥姥二进大观园的时候，曾演出说："老刘，老刘，吃一个老母猪不抬头。"贾惜春笑得肚子疼，滚到奶娘怀里叫奶娘揉揉肠子。这也许是大观园带给她有限的甚至是唯一的一次欢乐时刻吧。

且豪且二的史湘云

迟迟没有动笔写史湘云，有两个原因：一是自己对史湘云定位困难而模糊；二是云粉众多，舆论导向影响思维。

史湘云圈粉无数，周汝昌就是一个，刘心武也是一个，还有很多很多，估计粉丝团规模在探粉之上，位居大观园三甲之列。众人之所以喜欢史湘云，实是离不开一个"豪"字。豪气干云当然谈不上，但她的确豪气，豪爽，豪迈，豪放，豪横，豪霸。

一般来说，豪与直是一对孪生姊妹，相伴而生。直就是不弯曲或使弯曲的伸开来，转义为公正合理，爽快。但其实我们又是一个崇尚曲的民族，以曲为美。曲线美的女子就比直挺挺的电线杆子具有更高的审美价值。中式园林进门都要以假山或照壁挡住视线，讲究的是三步一景和曲径通幽。而欧美花园则傻呵呵的被一眼望穿，通览无遗，纵观全局。中国人内敛含蓄，不张扬；西洋人则龇牙咧嘴，直来直去。有时候中国人厉害的一招就是不接招，不出招，让你搞不明白，充满想象，从而恐惧。

有意思的是直或曲却是人对事物表达描述的方式方法，是外在的形式，并不涉及本质。事物本来是什么样子，与表现和表达的外在方式没有关系。有人喜欢曲，甚至以病梅为美，更有人则喜欢直，这些纯属个人偏好，自然天成，无关对错和是非曲直。草莽英雄好直，文人居士善曲。直的并非都质洁，曲的不一定质不洁，曲直都有好人，也都有坏人。曲中有精致，曲中常变幻，曲中有山水，曲中有回味，曲中有乾坤。

还有一个让人容易混淆的概念是快，认为直就是快，心直口快嘛。两点间距离最短的是直线，好像有点儿道理。但快与直在概念内涵上并无交集，距离短却不一定快，有时甚至欲速则不达。以快为目标的确曾是人们阶段性的价值取向，但宁等三分，不抢一秒也是人生的宝贵经验，慢同样也是人们追求的哲学目标。

让人遗憾的是本质是看不见摸不着的，只能感知，而且可悲的是只能通过外在表现形式感知。通过表认识里虽然是唯一的渠道和正解，但是对于粉饰是非，隐藏真相，甚至口是心非，表里不一，口蜜腹剑，两面三刀，说一套做一套的诸多情况就会感知困惑和困难。满嘴仁义道德的人，却原来满肚子的男盗女娼。活久见后，人们就不听你说什么了，而是想你为什么要这样说，还有什么没有说，你隐藏什么，等等。你说得好，政治正确，人们不信，嗤之以鼻；你骂娘混蛋，人们说你真实实在！故小丑一样的川普和杜特而特天降大地。这样的事情多了，人们就不喜欢曲了，偏好直了，以为这样就可以规避表里不一了，但其实，唉！

废话说得够多了，还是说史湘云。金陵十二钗中最后一位出场的史湘云，第二十回中以一句"史大姑娘来了"隆重而奇怪地登场，没有任何铺垫和交代，突兀和直接，就和史湘云的性格一样直接，真真是天上掉下来了一个史湘云，而且一出场经常稳居C位！！

史湘云，金陵十二钗之一，在诗社中的雅号为"枕霞旧友"，缘贾母提起幼时"枕霞阁"撞破鬓角而起。贾母娘家的侄孙女，宝玉的表妹。父母早亡，由叔叔婶婶抚养长大，幼年时因贾母疼爱常接到荣府居住，与宝玉一起厮磨。但史湘云的真实身份恐怕并不简单。有学者直言，史湘云就是脂砚斋，实乃曹雪芹的挚友，熟悉贾府事项和来龙去脉，影响并参与了《红楼梦》的创作。要知道脂批可是红学支柱之一，那么史湘云红楼地位非比寻常，至关重要，但毕竟这是文本以外的事，聊作参考。还有一个头绪，就是冯紫英家宴席中出现的妓女云儿，就是宝玉作出红豆曲，薛蟠作出著名的不堪的所谓诗句的那次聚会。史湘云在大观园中人称云儿，对于人名地名非常讲究的曹公为何让史湘云与妓女云儿同名呢？而且这个云儿与贾宝玉非常熟悉，知道宝玉的身边人名字叫花袭人，这可不是一般的熟悉！这当然不是说史湘云的出身，也许是对史湘云后来结局的一种暗示，1987版电视剧就如此安排，但我却不忍心甚至反对这样的故事编排。

文人士子固有的个性特质形成的决定性时期是魏晋时期，那一个个熟悉的脸庞和身影千古流芳。个性张扬，天马行空，睥睨乾坤是那一时期文人士子的标签。史湘云就是作者按照《世说新语》魏晋风度标配的一位具有中性美的女子形象：生性豁达，心直口快，开朗豪爽，爱淘气，甚至敢于喝醉酒后在园子里的大青石上睡大觉；偶尔身着男装，大说大笑，风流倜傥，不拘小节；诗思敏锐，才情超逸；说话"咬舌"，把"二哥哥"叫作"爱哥哥"。她的经典事迹有：海棠诗社夺魁；烤鹿肉割腥啖膻；芦雪亭联诗夺魁；醉眠芍药裀；中秋联诗"寒塘渡鹤影"。这样的史湘云谁不喜欢！！

史湘云是难得的才女，才思之敏捷实为罕见，她的诗词歌赋篇篇上乘，个人认为她的才气并肩林黛玉，超越薛宝钗。她在第三十七回中小试牛刀的《咏白海棠》两首，文字极美，内涵深刻，暗喻林黛玉和薛宝钗性格与人生道路，其实也是自我画像。她的《如梦令·柳絮词》，眼光独到，感情细腻，意境深远。拇战游戏中的拇战词气势冲天，诙谐幽默，及至她说出"这鸭头不是那丫头，头上那找桂花油"时，全场笑翻。她在凹晶馆与林黛玉中秋联诗中一句"寒塘渡鹤影"达到了她的文学新高度并实现了对自己的超度：

咏白海棠（两首）

其一

神仙昨日降都门，种得蓝田玉一盆。

自是霜娥偏爱冷，非关倩女亦离魂。

秋阴捧出何方雪，雨渍添来隔宿痕。

却喜诗人吟不倦，肯令寂寞度朝昏。

其二

蘅芷阶通萝薜门，也宜墙角也宜盆。

花因喜洁难寻偶，人为悲秋易断魂。

玉烛滴干风里泪，晶帘隔破月中痕。

幽情欲向嫦娥诉，无奈虚廊夜色昏。

如梦令·柳絮词

岂是绣绒残吐，卷起半帘香雾，纤手自拈来，空使鹊啼燕妒。且住，且住！莫放春光别去。

拇战词

奔腾而砰湃，江间波浪兼天涌，须要铁锁缆孤舟，既遇着一江风，不宜出行。

史湘云这么好的姑娘其实是有瑕疵的，就是有点儿二。因为她从小就没有爹娘，缺少教养，也是因为她豪爽，心直口快，口无遮拦。薛宝钗曾叹曰，"呆香菱之心苦，疯湘云之话多"。她一出场就卷入林薛矛盾之中，并旗帜鲜明地加入到宝钗战队且冲锋陷阵。几次交锋均是湘云挑起，言语锐利，反显得黛玉大度有教养。在宝钗生日宴的看戏情节中，湘云大呼黛玉像戏子，搞得宝玉十分紧张，说其实在场的人都看出来了，都不说就你说出来了得罪人！

原本最早与宝玉厮磨的是湘云，黛玉一来就取而代之了，所以湘云是在吃醋，有点羡慕嫉妒恨的意思。其次是识人失准，加上得到了薛宝钗的一点儿小恩惠，心中没有成见，把心都交出来了，言有这样的姐姐可以没有父母，并对宝钗控诉对她恩重如山的养父母——她的叔叔婶子，让其亲做针线活儿至夜深的劳累。她哪知四大家族中的史家最早走了下坡路，早已今不如昔了，她的婶子自己也是做活计至深夜的。不知感恩，为了蝇头小利，就与宝钗结盟，确是有欠妥当。后来抄检大观园时，终被自保的薛宝钗嫌弃抛弃，自顾逃离大观园，对同住蘅芜院的史湘云不管不顾，甚至连个招呼都不打。

尽管如此，史湘云的形象亦是熠熠生辉，哪怕是在她犯二的时候，照样二得可爱。

可叹的是，史湘云结局成疑，前八十回很重要的金麒麟事件，因《红楼梦》未完而没有了下文。我实在不忍心想象史湘云这样豪霸之人最终落入青楼变为风月女子（对妙玉也一样），这样的形象塑造是失败的。我更期待的情景是，因麒麟伏白首双星，史湘云与贾宝玉有一段患难与共的日子，史湘云在贫困潦倒中走完人生最后一程，宝玉飘然出家。

美的集成者林黛玉

美女林黛玉

林黛玉到底长什么样？雪芹从三侧一正给出了答案。

荣府多美女，王熙凤自然也算一个，且见多识广。黛玉初入贾府时，她年龄尚小，王熙凤第一次见她，就当众在美人堆中盛赞"天下竟有这样标致人物"，说明黛玉容貌出众。

一见钟情的贾宝玉，哭闹时也不忘说"如今来了这个神仙似的妹妹"，这就不止美貌了，连气质都很好。

另一个侧面来自呆霸王薛蟠。有次王熙凤、贾宝玉被赵姨娘伙同道婆坑得魔魇了，家里乱作一团：

别人慌张自不必讲，独有薛蟠更比诸人忙到十分去：又恐薛姨妈被人挤倒，又恐薛宝钗被人瞧见，又恐香菱被人臊皮，知道贾珍等是在女人身上做功夫的，因此忙的不堪。忽一眼瞥见了林黛玉风流婉转，已酥倒在那里。

再来看看曹雪芹对黛玉外貌的正面描写：

两弯似蹙非蹙笼烟眉，一双似喜非喜含情目。态生两靥之愁，娇袭一身之病。泪光点点，娇喘微微。闲静似娇花照水，行动如弱柳扶风。心较比干多一窍，病如西子胜三分。

不论三侧，还是一正，都太过朦胧，实在是太抽象了！这也正好给人无限的想象空间，属于典型的东方审美价值。

才女林黛玉

黛玉是个诗人，是大观园里一等一的才女。

她作《葬花词》，那凄美哀怨的句子使宝玉听了哭倒："花谢花飞飞满天，红消香断有谁怜""质本洁来还洁去，强于污淖陷渠沟""一朝春尽红颜老，花落人亡两不知"……

她敏感地捕捉到大自然的气息，她用一个纯美少女的眼光诠释着春天、落花，甚至命运。

她作《桃花行》，她夺魁菊花诗，她在大观园诗社里活跃而生动。她敏感多情，多愁善感，她笔下的柳絮词是"粉堕百花洲，香残燕子楼""嫁与东风春不管，凭尔去，忍淹留"。

她的判词便是"堪怜咏絮才"，这是借用才女谢道韫咏雪"未若柳絮因风起"的典故，将黛玉之才暗比著名才女谢道韫，可见作者曹公也是深爱黛玉之才的。

纯女林黛玉

黛玉虽然有些小性儿，可这也是她真性情的体现。她初时对宝钗尖酸，对宝玉刻薄。这使得她受到诟病与批评。许多人提起黛玉便说她爱哭又小心眼。可是事实上，那是成长中的少女的一段心事啊。

黛玉的性格虽有多愁善感、敏感多疑的一面，可是同样的，也有她作为一个少女的明媚鲜妍的一面。况且随着成长，她也褪去了许多锋芒。

湘云与她在中秋夜吟诗作对，两人惺惺相惜。她与宝钗冰释前嫌，她坦言自己过去"多心"，一片赤诚。自从宝玉对她表明心迹以后，她亦不再与宝玉生嫌隙，两人相安无事。

雅女林黛玉

她住在潇湘馆，与千竿翠竹为伴，她珍爱落花，扫落花做花冢，"未若锦囊收艳骨，一抔净土掩风流"。

她叮嘱紫鹃等燕归巢，她养的鹦鹉会念诗，她不爱点翠赤金的金麒麟，北静王赏宝玉的鹡鸰珠串，却对莺儿编的新鲜花篮情有独钟。

她的生活是诗意的，她的情趣是高雅的。她与宝玉玩九连环，她的绣房仿佛上等的书房，她的窗上糊着霞影纱，其品味之不俗可见一斑。

她的高雅吸引了香菱，香菱学诗亦是师从黛玉。这是诗社的盛事，是大观园的春天，是整部《红楼梦》的经典。

幽默的林黛玉

多愁善感是黛玉的标志，俏皮幽默也是她的标签之一。通书读来，黛玉并不是世人眼中心里所想的那样小性儿、爱哭、孤高自许，而是处处有灵性、风趣、雅谑，让原本尴尬、枯燥的气氛因她的伶牙俐齿而妙趣横生。较之凤姐的村话式，贾母搞笑式，刘姥姥的诙谐式，宝玉的调皮式……黛玉的幽默更显得含蓄而高雅，犹如一缕淡淡的荷香，清香怡人而韵味十足。

黛玉身上不仅有多愁善感的气质，高洁率直的品质，更有一种平民精神、悲悯情怀、幽默天资。她将自己对生活的诠释和理解化为形式多样的幽默，尖刻嘲笑也是她情绪的流露和宣泄，更是她绽放魅力的时刻。

她是凡间的明珠，世外的仙姝。

深情的林黛玉

黛玉的情榜考语是"情情"。她对爱情的执着与深情感人至深。

她视宝玉为知己，她的眼泪只为宝玉而落，前世的绛珠草为了还泪坠落人间，这段痴情浑然天成。

宝玉挨打，她哭得眼睛肿得像桃子。怕贾政回家查问宝玉的功课，她一面悄悄地仿照宝玉的笔迹替他写字，一面装不耐烦不跟宝玉玩，只为让他安心念书。

宝玉被薛蟠骗出去过生日，黛玉担心了一整天。宝黛的爱情建立在心灵相通的基础上，二者是灵魂伴侣。因为这段爱情，黛玉的形象更加鲜明动人。

尽管，最后黛玉泪尽而逝，可是她对宝玉的深情天地可鉴。

一千个读者眼里有一千个林黛玉，我眼中的黛玉，既有仙子般的超凡脱俗，又有小女儿的娇柔灵动。

她不是一个悲苦的焚稿断痴情的含恨死去的哀怨的女子，她是一个绽放过，生活过，爱过的女子。

苦命的女人——贾迎春

按照测字算命的看来，贾迎春这个名字就很好，其五行组合是：水—土—金。这种组合的人个性善良，温文尔雅，有智慧，有才华，头脑灵活，做事都能经过仔细考虑。其人意志坚定，能为自己的理想不断奋斗，耐性佳，贵人运很好，能开创一番属于自己的事业。哈哈，这画像与命运多舛的人称"二木头"的贾迎春相去甚远，风马牛不相及，简直就是笑话！想来曹雪芹不懂测字算命，所以测字算命游戏人生玩玩可以，不必当真，更不能迷信。

名字好其实命苦，这适合周易理论，坏孕育着好，好就是坏的开始。周人的理念与哲学，那是经过几千年实践的检验。这就是民间常给孩子起名阿猫阿狗的道理，名贱人贵。

过去流传过一个著名的鸡汤，讲成分论，不唯成分论，重在政治表现。也不知这个鸡汤喝晕过多少无知少年！贾迎春就曾经叹道，"我不相信我的命就这么不好"。说起来，贾迎春的出身就不好！先拼爹，大多数版本中都说她爹是贾赦（色），但庚辰本却说是贾政。我们知道，贾赦虽然是长子，但却不当荣府的家，更不招贾母的喜爱，早就另居别院；贾迎春生在侯门倒是不假，但早已被边缘化了，不明不白地被养在贾政门下。贾政，假正经也，情商智商双低，况且早就被王夫人垂帘，实乃耳朵是也，还用说其他！不幸的是，贾迎春他爹大概率事件是贾赦，这个贾府不肖子孙的典型代表，除了嗜好女色和金钱外，别无所长，他妈曾经骂他，放着身子不好好保养，一天到晚就知道和小老婆喝酒！这个看上了鸳鸯的家伙，据说身边的女人没有他不上手的。所以说迎春不是他的掌上明珠，而是他滥情的衍生品！

拼完爹再拼娘，贾迎春的娘，无名无姓，有没有身份，不知道。有一点是肯定的，就是贾赦（色）的身边人，这个身边人地位低下，别说姨娘，甚至连通房丫头也不是。贾赦对于身边的女人那是绝对不放过的，这点倒是和他的乘龙快婿孙绍祖是一路货色，他的儿子贾琏也是香的臭的都往屋里拉，贾赦还曾经把他的秋桐赏给宝贝儿子贾琏，互通有无呢！所以贾迎春的娘姿色如何，不知道，她与贾赦绝没有夫妻情谊，就是这样的娘还早死了，迎春从小就是没娘的孩子！但是贾迎春有主母，即贾赦后来娶的妻子邢夫人。迎春的这位主母呀，也是一言难尽的不成相，无原则地事夫，拼命地抓钱财，不明事理，心胸狭窄，心理阴暗，就不指望她能对迎春付出的母爱了吧！

迎春的身世被广泛接受的是第七十三回中邢夫人给出的，文本中说邢夫人因冷笑道："总是你那好哥哥好嫂子，一对儿赫赫扬扬，琏二爷凤奶奶，两口子遮天盖日，百事周到，竟通共这一个妹子，全不在意。但凡是我身上掉下来的，又有一话说，——只好凭他们罢？况且你又不是我养的，你虽然不是同他一娘所生，到底是同出一父，也该彼此瞻顾些，也免别人笑话。我想天下的事也难较定，你是大老爷跟前人养的，这里探丫头也是二老爷跟前人养的，出身一样。如今你娘死了，从前看来你两个的娘，只有你娘比如今赵姨娘强十倍，你该比探丫头强才是。怎么反不及他一半！谁知竟不然，这可不是异事。倒是我一生无儿无女的，一生干净，也不能惹人笑话议论为高。"

邢夫人这句话，很明确地点出了贾迎春的身世，贾迎春是贾赦的女儿，与贾琏是同父异母的兄妹，贾迎春的生母与赵姨娘一样都是侍妾，只是比赵姨娘强了十倍，可见也是一个非常出色的女人，只是早逝。邢夫人认为迎春的娘地位高于赵姨娘，这点笔者不敢苟同。

摊上这样的爹和娘，贾迎春地位就尴尬了，爹不爱，娘不亲，不明不白地被养在贾政门下，贾母虽欲宠爱却也难以周全，贾琏和王熙凤也是事不关己高高挂起，并且也是忌惮邢夫人，也就更加多一事不如少一事了，加上贾府中人的极端势利眼，贾迎春被边缘化也是顺理成章的。贾迎春性格的懦弱与在荣府中无人疼爱的边缘化形成互动，相互强化和成长，可怜的孩子。给迎春弱弱的冬阳的是宝玉、探春和贾母。

贾迎春寄人篱下，生性懦弱，胆小怕事，小心谨慎，息事宁人，压抑抑郁，受人欺负，就连下人也敢欺负她。在荣府寅吃卯粮不能维系之时，王熙凤和平儿私下算计荣府未来几件大事之时，就下意识地把迎春排除在外，她结婚嫁妆都不用动用府中官银。就连她的大丫头想吃蛋羹都被厨娘柳嫂直接拒绝。大家是否记得宝玉丫头袭人回家省亲、赴丧都是大讲排场的，这样看来，迎春地位岂不都在花袭人之下，可叹的是另一个主子赵姨娘也曾经有过这样的感觉。迎春不懂得委屈不能求全，息事不能宁人，不刷存在感，别人就真的认为你不存在而忽略你这些道理。

古时女人改变命运的一个转折来自婚姻，而贾迎春的悲剧高潮却恰恰来自婚姻，正是婚姻把她推向了万丈深渊。民间的女子都讲嫁女嫁汉穿衣吃饭，而迎春的婚姻却来自不是人的父亲与一个流氓无赖的无耻而罪恶的赤裸裸的交易！

贾迎春嫁的夫君是个恶棍，是迎春挥之不去的恶梦，《红楼梦》中第一恶人（没有之一）孙绍祖，在家境困难时曾经拜倒在贾府门下，乞求帮助。后来，孙绍祖在京袭了官职，又"在兵部候缺题升"。依附贾府，候缺题升。八字要义，十分精确。孙绍祖字面意思是孙子传承了祖先的德行，如果祖宗德行就不怎么样，他还那样德行。但谐音孙臊祖，大意则为羞他的先人呢，一代不如一代了，"青出于蓝而胜于蓝"了。

候缺题升，一靠关系，二要孔方兄说话，这是规矩。连贾蓉捐个虚职都要动用宫内关系并花1000两银子，所以孙绍祖走贾府路线也是花了钱的，据孙绍祖讲他给了贾赦5000两银子，贾赦便用贾迎春嫁女抵债。可怜的可叹的与世无争的木头一样的侯门小姐贾迎春被他父亲与中山狼一样的孙绍祖做了交易，贾迎春终被孙绍祖毒打折磨致死。

在文本前八十回，贾迎春之死已有征兆，高鹗续本中迎春的死应该是第一个出现的大事件。虽然高续被人多有诟病，但我认为有关贾迎春之死的相关描写倒是符合曹公原意，可悲可叹！

贾迎春

【判词】

子系中山狼，得志便猖狂。

金闺花柳质，一载赴黄粱。

【曲】喜冤家

中山狼，无情兽，

全不念当日根由。

一味的，骄奢淫荡贪欢媾。

觑着那，侯门艳质同蒲柳，

作践的，公府千金似下流。

叹芳魂艳魄，一载荡悠悠。

青春的挽歌

《芙蓉女儿诔》是《红楼梦》第七十八回贾宝玉祭奠晴雯时所用的一篇祭文，是《红楼梦》所有诗文词赋中最长的一篇。在这篇诔文中贾宝玉以炽烈的情感、生动的比喻、形象的叙述，回想晴雯在世时，黄金美玉般的高贵，晶冰白雪似的纯洁，星辰日月般的光华，春花秋月似的娇美。所以姊妹爱慕她的娴雅，婆奴敬仰她的贤慧。贾宝玉用最美好的语言，热情赞颂这个"心比天高，身为下贱"被迫致死的女婢，他以无限惋惜的心情，追忆了自己和这位女婢近五年八个月的生活、游处，同时又以无比激愤的语言痛斥、责骂了那些制造悲剧的当权者和那些卑鄙无耻的奴才。《芙蓉女儿诔》全篇文采飞扬、感情真挚、寓意深刻，全面体现了作者曹雪芹的不世文才。作品所代表诗文创作成就，置诸中国最优秀的悼祭文学之列也毫不逊色。

贾宝玉给人表面的印象是聪明程度与才气指数要逊于林黛玉、薛宝钗，甚至于史湘云、贾探春等，其实非也。贾宝玉是个情商很高的人，情不情嘛，在大观园诗词大会上，不能说他有意输给姐妹们，但他的确是愿意输给她们，因为他始终怀着欣赏的态度看待世人，尤其是姐妹们。他真情井喷而出的《芙蓉女儿诔》不逊于黛玉的葬花词、菊花诗和桃花诗，实是《红楼梦》诗词中的巅峰之作，是中国文学的新标高。

贾宝玉对于这篇诔文的写作是有顶层设计的。文字形式是前序后歌，不落俗套，真情流露，志在创新。写作的指导思想，写作原则，写作手法、写作风格、写作参考，甚至写作效果一开始就有所设计。请看原文：

> 话说宝玉一心凄楚，回至园中，猛然见池上芙蓉，想起小丫鬟说晴雯作了芙蓉之神，不觉又喜欢起来，乃看着芙蓉嗟叹了一会。忽又想起死后并未到灵前一祭，如今何不在芙蓉前一祭，岂不尽了礼，比俗人去灵前祭吊又更觉别致。"亦不可太草率，也须得衣冠整齐，奠仪周备，方为诚敬。"想了一想，"如今若学那世俗之奠礼，断然不可；竟也还别开生面，另立排场，风流奇异，于世无涉，方不负我二人之为人。况且古人有云：'潢污行潦，蘋蘩蕴藻之贱，可以羞王公，荐鬼神。'原不在物之贵贱，全在心之诚敬而已。此其一也。二则诔文挽词也须另出己见，自放手眼，亦不可蹈袭前人的套头，填写几字搪塞耳目之文，亦必须洒泪泣血，一字一咽，一句一啼，宁使文不足悲有余，万不可尚文藻而反失悲戚。奈今人全惑于功名二字，尚古之风一洗皆尽，恐不合时宜，十功名有碍之故。我又不希罕那功名，不为世人观阅称赞，何必不远师楚人之《大言》《招魂》《离骚》《九辩》《枯树》《问难》《秋水》《大人先生传》等法，或杂参单句，或偶成短联，或用实典，或设譬寓，随意所之，信笔而去，喜则以文为戏，悲则以言志痛，辞达意尽为止，何必若世俗之拘拘于方寸之间哉。"

诔文是祭奠晴雯的，但却并不仅仅是祭奠晴雯，更是祭奠林黛玉的，不仅仅因为晴为黛影，不记得宝玉生日拈花，林黛玉就拈的是芙蓉花吗？！当然诔文也是祭奠大观园中所有的青春韶华的。当时大观园抄检以后，走了司棋、入画、芳官等5人；死了晴雯，金钏儿早前已死；宝钗亦搬离了大观园；贾迎春将要出嫁，宝玉强烈地意识到园中之人都要散了，大故迭起，正应了小红"世上没有不散的宴席"，百无聊赖，抑郁气闷，愁绪满怀，都集中在诔文中发泄，既是对晴雯的祭奠，也是对黛玉、宝钗等的祭奠，也是对自己的青春年华做一次告别，因此诔文是敲响了大观园之丧钟，是青春的挽歌。

曹雪芹为了防止读者对诔文的狭隘性解读，在宝玉宣读诔文之后专门安排了宝玉和黛玉对诔文的三次修改的情节进行导读。诔文原文中"红绡帐中，公子多情，黄土垄中，女儿薄命"，黛玉改为"茜纱窗下，公子多情，黄土垄中，女儿薄命"，还记得贾母为黛玉换窗帘的事吧，这一改由泛指改成了特指；宝玉第二次改为"茜纱窗下，小姐多情，黄土垄中，丫鬟薄命"，这一改就不仅仅是晴雯了，扩大化了；宝玉最后定稿为"茜纱窗下，我本无缘，黄土垄中，卿何薄命"，定稿后，诔文的适用范围再次扩大，何为卿呀，你我她呀，黛玉、宝钗、湘云、晴雯、金钏、司棋、迎春等也！黛玉听明白了，怅然变色，外面却不肯露出。

请看文本：

> 话说宝玉祭完了晴雯，只听花影中有人声，倒唬了一跳。走出来细看，不是别人，却是林黛玉，满面含笑，口内说道："好新奇的祭文！可与曹娥碑并传的了。"宝玉听了，不觉红了脸，笑答道："我想着世上这些祭文都蹈于熟滥了，所以改个新样，原不过是我一时的顽意，谁知又被你听见了。有什么大使不得的，何不改削改削。"黛玉道："原稿在那里？倒要细细一读。长篇大论，不知说的是什么，只听见中间两句，什么'红绡帐里，公子多情，黄土垄中，女儿薄命'这一联意思却好，只是'红绡帐里'未免熟滥些。放著现成真事，为什么不用？"宝玉忙问："什么现成的真事？"黛玉笑道："咱们如今都系霞影纱糊的窗槅，何不说'茜纱窗下，公子多情'呢？"宝玉听了，不禁跌足笑道："好极，是极！到底是你想的出，说的出。可知天下古今现成的好景妙事尽多，只是愚人蠢子说不出想不出罢了。但只一件：虽然这一改新妙之极，但你居此则可，在我实不敢当。"说著，又接连说了一二十句"不敢"。黛玉笑道："何妨。我的窗即可为你之窗，何必分晰得如此生疏。古人异姓陌路，尚然同肥马，衣轻裘，敝之而无憾，何况咱们。"宝玉笑道："论交之道，不在肥马轻裘，即黄金白璧，亦不当锱铢较量。倒是这唐突闺阁，万万使不得的。如今我越性将'公子''女儿'改去，竟算是你诔他的倒妙。况且素日你又待他甚厚，故今宁可弃此一篇大文，万不可弃此'茜纱'新句。竟莫若改作'茜纱窗下，小姐多情，黄土垄中，丫鬟薄命'如此一改，虽于我无涉，我也惬怀的。"黛玉笑道："他又不是我的丫头，何用作此语。况且小姐丫鬟亦不典雅，等我的紫鹃死了，我再如此说，还不算迟。"宝玉听了，忙笑道："这是何苦又咒他。"黛玉笑道："是你要咒的，并不是我说的。"宝玉道："我又有了，这一改可妥当了。莫若说'茜纱窗下，我本无缘，黄土垄中，卿何薄命'"黛玉听了，怅然变色，心中虽有无限的狐疑乱拟，外面却不肯露出，反连忙含笑点头称妙，说："果然改的好。再不必乱改了，快去干正经事罢。才刚太太打发人叫你明儿一早快过大舅母那边去。你二姐姐已有人家求准了，想是明儿那家人来拜允，所以叫你们过去呢。"